imaginist

想象另一种可能

理想国

imaginist

图书在版编目（CIP）数据

大乔小乔 / 张悦然著 .-- 上海：上海三联书店，
2024.7

ISBN 978-7-5426-8516-2

Ⅰ . ①大 ... Ⅱ . ①张 ... Ⅲ . ①中篇小说 – 小说集 – 中
国 – 当代②短篇小说 – 小说集 – 中国 – 当代 Ⅳ.
① I247.7

中国国家版本馆 CIP 数据核字 (2024) 第 098849 号

大乔小乔

张悦然 著

责任编辑：宋寅悦
策划编辑：黄平丽
特约编辑：黄盼盼
封面设计：汐和 at compus studio
封面摄影：山本昌男
内文制作：陈基胜
责任校对：王凌霄
责任印制：姚　军

出版发行 / 上海三联书店
　　　　　（200041）中国上海市静安区威海路755号30楼
邮　　箱 / sdxsanlian@sina.com
联系电话 / 编辑部：021–22895517
　　　　　　发行部：021–22895559
印　　刷 / 山东韵杰文化科技有限公司

版　　次 / 2024 年 7 月第 1 版
印　　次 / 2024 年 7 月第 1 次印刷
开　　本 / 787mm×1092mm　1/32
字　　数 / 170千字
印　　张 / 11.5
书　　号 / ISBN 978-7-5426-8516-2/I・1880
定　　价 / 59.00元

如发现印装质量问题，影响阅读，请与印刷厂联系：0533-8510898

大乔小乔

Unseen Sister

张悦然

上海三联书店

目 录

大乔小乔

一

上瑜伽课前，许妍接到乔琳的电话。听说她到北京来了，许妍有些惊讶，就约她晚上碰面。电话那边沉默了片刻，乔琳用哀求的声音说，你现在在哪里，我能过去找你吗？

她们两年没见面了。上次是姥姥去世的时候，许妍回了一趟泰安，带走了一些小时候的东西。走的时候乔琳问，你是不是不打算再回来了？许妍说，你可以到北京来看我。乔琳问，我难过的时候能给你打电话吗？当然，许妍说。乔琳总是在晚上打来电话，有时候哭很久。但最近五个月她没有打过电话。

外面的天完全黑了，她们坐进车里。照明灯的光打在乔琳的侧脸上，颧骨和嘴角有两块瘀青。许妍问她想吃什么。她转过头来，冲着许妍露出微笑，辣一点的就行，我嘴里没味儿。她坐直身体，把安全带从肚子上拉起来说，能不系吗，勒得难受。系着吧，许妍说，我刚会开，车还是借的。乔琳向前探了探身子，说开快一点吧，带我兜兜风。

那段路很堵。车子好容易才挪了几百米，停在一个路口。许妍转过头去问，爸妈什么时候走？乔琳说，明天一早。许妍问，你跟他们怎么说的？乔琳说，我说去找高中同学，他们才顾不上呢。许妍说，要是他们问起我，就说我出差了。乔琳点点头，知道，我知道。

车子开入商场的地下车库。许妍踩下刹车，告诉乔琳到了。乔琳靠在椅背上说，我都不想动弹了，这个座位还能加热，真舒服啊。她闭着眼睛，好像要睡着了。许妍摇了摇她。她抓起许妍的手，放在自己的肚子上，低声说，孩子，这是你的姨妈乔妍，来，认识一下。

在黑暗中，她的脸上露出微笑。许妍好像真的感觉到什么东西动了一下。像朵浪花，轻轻地撞在她的手心上。她把手抽了回来，对乔琳说，走吧。

许妍捂着肚子蹲在地上。明晃晃的太阳，那些人的腿在摆动，一个个翻越了横杆。跳啊，快跳啊，有人冲着她喊。她用尽全身力气站起来，横杆在眼前，越来越近，有人一把拉住了她……她觉得自己是在车里，乔琳的声音掠过头顶，师傅，开快点。她感到安心，闭上了眼睛。

许妍已经忘记自己曾经姓乔了。其实这个姓一直用了十五年。办身份证的时候，她改成了姥姥的姓。姥姥说，也许我明年就死了，你还得回去找你爸妈，要是那样，你再改成姓乔吧。从她记事开始，姥姥就总说自己要死了，可她又活了很多年，直到许妍在北京上完大学。

许妍一出生，所有人听到她的啼哭声，都吓坏了。应该是静悄悄的才对，也不用洗，装进小坛子，埋在郊外的山上。地方她爸爸已经选好了，和祖坟隔着一段距离，因为死婴有怨气，会影响风水。

怀孕七个月，他们给她妈妈做了引产。据说是注射一种有毒的药水，穿过羊水打进胎儿的脑袋。可是医生也许打偏了，或者打少了，她生下来是活的，而且哭得特别响。整个医院的孩子加起来，也没有她一个人声大。姥姥说，自己是循着哭声找到她的。手术室没有人，她被搁在操作台上。也许他们对毒药水还抱有幻想，觉得晚一点会起作用，就省得往囟门上再打一针。

姥姥给了护士一些钱，用一张毯子把她裹走了。那是个晴朗的初夏夜晚，天上都是星星。姥姥一路小跑，冲进另一家医院，看着医生把她放进了暖箱。别哭了，你睡一会儿，我也睡一会儿，行吗，姥姥说。她在监护室门外的椅子上，度过了许妍出生后的第一个夜晚。

许妍点了鸳鸯锅，把辣的一面转到乔琳面前。乔琳只吃了一点蘑菇，她的下巴肿得更厉害了，嘴角的瘀青变紫了。

怎么就打起来了呢？许妍问。乔琳说，爸在计生办的办公楼里大吼大叫，保安赶他走，就扭在一块了，不知道谁推了我一把，撞到了门上。许妍叹了口气，你们跑到北京来到底有什么用呢？乔琳说，我只是想来看看你。许妍问，那他们呢，你为什么就不劝一下？乔琳说，来北京一趟，他俩情绪能好点，在家里成天打，爸上回差点把房子点了。而且有个汪律师，对咱们的案子感兴趣，还说帮着联系《法律聚焦》栏目组，看看能不能做个采访。许妍说，采访做得还少吗，有什么用？乔琳说，那个节目影响大，好几个像咱们家这样的案子，后来都解决了。许妍问，你也接受采访吗？挺着个大肚子，不觉得丢人吗？乔琳垂着眼睛，夹起浸在血水里的羊肉扑通扑通扔进锅里。

过了一会儿，乔琳小声问，你在电视台，能找到什么熟人帮着说句话吗？许妍说，我连我们频道的人都认不全，台里最近在裁员，没准明天我就失业了，她看着乔琳，是爸妈让你来的吧？乔琳摇了摇头，我真的只想来看看你。

许妍没说话。越过乔琳的肩膀，她又看到了过去很多年追赶着她的那个噩梦。上访，讨说法。爸爸那双昆虫标本般风干的眼睛，还有妈妈磨得越来越尖的嗓子。当然，许妍没资格嫌弃他们，因为她才是他们的噩梦。

她爸爸乔建斌本来是个中学老师，因为超生被单位开除了。他觉得很冤，老婆王亚珍是上环后意外怀孕，有风湿性心脏病，好几家医院都不敢动手术，推来推去推到七个月，才被中心医院接收。他们去找计生委，希望能恢复乔建斌的工作。计生委说，只要孩子活下来，超生的事实就成立。孩子是活了，可那不是他们让她活的啊。夫妻俩开始上访，找了各种人，送了不少礼，到头来连点抚恤金也没要到。

乔建斌的精神状况越来越糟，喝了酒就砸东西，还总是伤到自己，必须得有人看着才行。虽然他嚷着回去上班，可是谁都看得出来，他已经是个废人了。王亚珍的父母都是老中医，自己也懂一点医术，就找了个铺面开了间诊所。那是个低矮的二层楼，她在楼下看病，全家人住在楼上，这样她能随时看着乔建斌。乔琳是在那幢房子里长大的。许妍则一直跟着姥姥住。在她心里，乔琳和爸妈是一个完整的家庭，而她是多余的。乔建斌看见她，眼睛里就会有种悲凉的东西。她是他用工作换来的，不仅仅是工作，她毁了他的一切。王亚珍的脸色也不好看，总是有很多怨气，她除了养家，还要忍受奶奶的刁难。奶奶觉得要不是她有

大乔小乔

心脏病，没法顺利流产，也不会变成这样。每次她来，都会跟王亚珍吵起来。她走了以后，王亚珍又和乔建斌吵。这个家所有人都在互相怨恨。没有人怨乔琳。她是合情合理的存在，而且总在化解其他人之间的恩怨。那些年她做得最多的事，就是劝架和安抚。她在爸妈面前夸许妍聪明懂事，又在许妍这里说爸妈多么惦记她。她一直希望许妍能搬回来住。可是上初中那年，许妍和乔建斌大吵了一架，从此再也没有踏进过家门。

许妍骑着她那辆凤凰牌自行车经过诊所门前的石板路。乔琳从二楼的窗户探出头来，朝她招手。快点蹬，要迟到了，乔琳笑着说。许妍读初中，她读高中，高中离家比较近，所以她总是等看到了许妍才出发。有时候，她会在门口等她，塞给她一个洗干净的苹果。

许妍的手机响了。是沈皓明，他正和几个朋友吃饭，让她一会儿赶过去。许妍挂了电话。面前的火锅沸腾了，羊肉在红汤里翻滚，油星溅在乔琳的手背上。但她毫无知觉，专心地摆弄着碟子里的蘑菇，把它们从一边运到另一边，一片一片挨着摆好。她耐心地调整着位置，让它们不要压到彼此。然后她放下筷子，又露出那种空空的微笑说，刚才是你男朋友吗？许妍嗯了一声。乔琳说，你还没跟我说过呢。你什么都不跟我说，从小就这样。他是干什么的？许妍说，公司上班的白领。乔琳又问，对你好吗？许妍说，还行吧，你到底还吃不吃？乔琳说，有个人让你惦记着，那种感觉很好吧？

餐厅外面是个热闹的商场。卖冰淇淋的柜台前围着几个高中女生。许妍问，想吃吗？乔琳摸了摸肚子，好像在询问意见。她趴在冰柜前，逐个看着那些冰淇淋桶。覆盆子是种水果吗，她问，你说我要覆盆子的好，还是坚果的好呢？那就都要，许妍说。我不要纸杯，我想要蛋筒，乔琳笑着告诉柜台里的女孩。

那是九月的一个早晨，许妍升入高中的第一天。乔琳撑着伞，站在校门口。见到她就笑着走上来，你怎么不把雨衣的帽子戴上，头发都湿了。她伸出手，撩了一下许妍前额的头发说，真好，咱们在一个学校了，以后每天都能见到。放学以后别走，我带你去吃冰淇淋，香芋味的。

　　路过童装店，乔琳的脚步慢下来。许妍顺着她的目光望过去，亮晶晶的橱窗里，悬挂着一件白色连衣裙。发光的塔夫绸，胸前有很多刺绣的蓝粉色小花，镶嵌着珍珠，裙摆捏着细小的荷叶边。乔琳把脸贴在玻璃上说，小姑娘的衣服真好看啊。许妍问，你希望是男孩还是女孩？男孩吧，乔琳说，如果是男孩，说不定林涛家里能改变主意。许妍问，他后来又跟你联系过吗？乔琳摇了摇头。

　　汽车驶出地下车库。商业街灯火通明，橱窗里挂着红色圣诞袜和花花绿绿的礼物盒。街边的树上缠了很多冰蓝色的串灯。广告灯箱里的男明星在微笑，露出白晃晃的牙齿。乔琳指着他问，你觉得他长得像于一鸣吗？许妍问，你这次来联系他了吗？乔琳说，我没有他的手机号码了。许妍沉默了一会儿，说快到了，我给你订了个酒店，离我家不远。乔琳点点头，双手抓着肚子上的安全带。

　　于一鸣走过来，坐在了她和乔琳的对面。他

T恤外面的衬衫敞着，兜进来很多雨的气味。空气湿漉漉的，外面的天快黑了。于一鸣抹了一把脸上的水，冲她们笑了。他的下巴上有个好看的小窝。

到了酒店门口，乔琳忽然不肯下车。她小心翼翼地蜷缩起身体，好像生怕会把车里的东西弄脏。许妍问，到底怎么了？乔琳用很小的声音说，别让我一个人睡旅馆好吗，我想跟你一起睡……她抬起发红的眼睛说，求你了，好吗？

车子开回到大路上。乔琳仍旧蜷缩着身体，不时转过头来看看许妍。她小声问，旅馆的房间还能退吗，他们会罚钱吗？许妍说，我只是觉得住旅馆挺舒服的，早上还有早餐。乔琳说，我知道，我知道，对不起。

车窗起雾了，乔琳用手抹了几下，望着外面的霓虹灯，用很小的声音念出广告牌上的字。直到车子开上高架桥，周围黑了下去。她靠在座椅上，拍了拍肚子说，小家伙，以后你到北京来找姨妈好不好？许妍没有说话，她望着前方，挡风玻璃上也起雾了，被近光灯照亮的一小段路，苍白而昏暗。

大乔小乔

乔琳盯着于一鸣说，你的发型真难看。于一鸣说，我知道你剪得好，可我回去两个月不能不剪头啊。乔琳揽了一下许妍说，来，认识一下，这是我妹妹，亲妹妹。于一鸣对乔琳说，走吧，该回去上晚自习了。乔琳说，你先去，我跟我妹妹坐一会儿，好久没见她了。于一鸣说，咱俩也好久没见了，说好去济南找我也没有去。乔琳笑了，明年暑假吧，我跟我妹妹一起去。于一鸣走了。许妍说，别跟人说我是你妹妹行吗，非得让所有人都知道家里超生的事吗？乔琳垂下眼睛说，知道了。许妍问，你们在谈恋爱？乔琳说没有。许妍说，别骗我了。乔琳说，真的，他来泰安借读，高考完了就走了。许妍说，你也可以走啊。

乔琳笑了一下，没说话。

二

许妍找到一个空车位，停下了车。刚下来，一辆车横在她们面前，车上走下一个戴着黑框眼镜的男人。他说，又是你，你又把车停在我的车位上了。许妍认出他就住在自己对门，好像姓汤。有一次他的快递送到了她家，里面是一盒迷你乐高玩具。她晚上送过去，他开门的时候眼睛很红。她瞄了一眼电视，正在放《甜蜜蜜》。张曼玉坐在黎明的后车座上。

许妍说，我不知道这个车位是你的，上面没挂牌子。她要把车开走，男人摆了摆手说，算了，还是我开走吧。他钻进车里发动引擎。乔琳笑着说，他一定看出我是孕妇了吧。现在我到哪里都不用排队，一上公交车就有人让座，等孩子生下来，我都不习惯了。

许妍打开公寓的门。她的确没打算把乔琳带回家。房子很大，装修也非常奢侈，就算对北京缺乏了解，也猜得出这里的租金一般人很难负担。但是乔琳没有露出惊讶的神情，也没有发表评论。她站在客厅中间，低着头眯起眼睛，好像在适应头顶那盏水晶吊灯发出的亮光。

过了一会儿，她回过神来，问许妍，你主持的节目几点播？许妍说，播完了，没什么可看的。乔琳问，有人在街上认出你，让你给他们签名吗？许妍说，一个做菜的节目，谁记得主持人长什么样啊。她找了一件新浴袍，领乔琳来到浴室。乔琳指着巨大的圆形浴

大乔小乔

缸问，我能试一下吗？许妍说，孕妇不能泡澡。乔琳说，好吧，真想到水里待一会儿啊。她伸起胳膊脱毛衣，露出半张脸笑着说，能把你的节目拷到光盘里，让我带回去吗？放心，不告诉爸妈，我自己偷偷看。

乔琳的毛衣里是一件深蓝色的秋衣，勒出凸起的肚子，圆得简直不可思议。她变了形的身体，那条被生命撑开的曲线，蕴藏着某种神秘的美感。许妍感觉心被什么东西蜇了一下。

电话响了。沈皓明让她快点过去。听说她要出门，乔琳的眼神中流露出恐惧。许妍向她保证一会儿就回来，然后拿起外套出了门。

许妍睁开眼睛，看到自己躺在病房里。墙是白的，桌子是白的，桌上的缸子也是白的。乔琳坐在床边，用一种忧伤的目光看着她。许妍坐起来，问乔琳，告诉我吧，我到底怎么了。乔琳垂下眼睛说，你子宫里长了个瘤子，要动手术。子宫？许妍把手放在肚子上，这个器官在哪里，她从来没有感觉到它的存在。乔琳说，你才十七岁，不该生这个病，医生说是激素的问题，可能和出生时他们给你打的毒针有关。

　　……医生站在床前，说手术很顺利，但瘤子可能还会长，以后可以考虑割掉子宫，等生完孩子。但你怀孕比较困难。他没说完全不可能，但是许妍知道他就是那个意思。

　　医生走了，病房里很安静。许妍望着窗外的一棵长歪了的树，岔出去的旁枝被锯掉了。乔琳说，我知道我说什么都没用，可是我以后真的不想生孩子。不知道为什么，想想就觉得可怕。

　　许妍赶到餐厅的时候，沈皓明已经有点喝多了，正和两个朋友讨论该换什么车。上个月，他开着花重金改装的牧马人去北戴河，半路上轮轴断了，现在虽然修好了，可他表示再也无法信任它了。

　　他们有个自驾游的车队，每次都是一起出去，十几辆车，浩浩荡荡。许妍跟他们去过一次内蒙古，每天晚上大家都喝得烂醉，在草地上留下一堆五颜六色的垃圾。有一天晚上，许妍和沈皓明没有喝醉，坐在山坡上说了一夜的话。他们两个就是这么认识的。许妍跟所有的人都不熟，是另外一个女孩带她去的，那个女孩跟她也不熟，邀请她或许只是因为车上多一个空座位。到了第五天，许妍坐到了沈皓明的那辆车上，他们一直讲话，后来开错路掉了队。两个人用后备厢里仅剩的烟熏火腿和几根蜡烛，在草原上度过了一个难忘的夜晚。

回北京那天，许妍有些低落，沈皓明把她送回家，她看着车子开走，觉得他不会再联系她了。她知道他是那种有钱人家的孩子，周围有很多漂亮女孩，只是因为旅途寂寞，才会和她在一起。也许是玩得太累了，第二天她发烧了。她躺在床上，觉得自己像一根就要烧断的保险丝，快把床单点着了。她感到一种强烈而不切实际的渴望。帮帮我，在黑暗中她对着天花板说。每次她特别难受的时候，就会这么说。

傍晚她收到了沈皓明的短信，问她要不要一起吃晚饭。她摇摇晃晃地从床上爬起来，化了个妆出门了。那不是一个两人晚餐，还有很多沈皓明的朋友。她烧得迷迷糊糊的，依然微笑着坐在沈皓明的旁边。聚会持续到十二点。回去的路上，她的身体一直发抖。沈皓明摸了摸她的额头，怪她怎么不早说，然后掉头开向医院。在急诊室外面的走廊里，他攥着她的手说，你让我心疼。她笑着说，大家都挺高兴的，这是个高兴的晚上，不是吗？

那个夏天，沈皓明时常带她参加派对。那些派对在郊外的大房子里举行，总有穿着短裙的女孩带着她的外籍男友。直到夏天快过完，她才确定自己成为了沈皓明的女朋友。那时她已经学会了自己卷头发，并且添置了好几条短裙。到了九月末，她和几个从前要好的朋友坐在路边的烧烤摊，意识到自己以后也许不会再见他们了。来北京八年，一直在认识新朋友，进入新圈子，那种不断上升、进化的感觉，给她带来一些满足。

你想去莫斯科吗，沈皓明扭过头来看着她，春天的时候咱们开车去莫斯科吧？好啊，许妍说。她想到旷野上的星星，以及那些因为喝醉而感觉自由一点的夜晚。

饭局散了，许妍开车把沈皓明送回他爸妈家。当初租房子的时候，他是准备跟她一起住的。后来觉得上班太远，多数时候就还是住在他爸妈家。那边有好几个保姆伺候，饭菜又可心。他爸妈也不希望他搬出来，好像那样就等于认可了他和许妍的关系。

　　　　　　　　　　　　大乔小乔

你表姐安顿好了？沈皓明忽然问，明天我妈让你来家里吃饭，喊她一起吧。许妍说，不用，她自己有安排。沈皓明说，后天律师所没事，我可以陪你带她转转，买买东西。许妍说好。

回到家已经是凌晨一点。乔琳还没睡，正靠在床上看电视。她好像在哭，抹了抹脸，对许妍笑了一下说，你看过这个节目吗，把一个城里的孩子和一个农村的孩子对调，让他俩在对方的家里住几天。结果那个农村孩子把城里的"爸妈"给她买早点的钱都攒下来，想给农村的奶奶买副新拐杖。许妍说，都是假的，节目组安排好的。乔琳说，怎么会呢，那个农村孩子哭得多伤心啊。

许妍换上睡衣，在床边坐下说，你怎么会失眠呢，孕妇不是应该贪睡吗？乔琳说，我每天睁着眼睛到天亮，看什么都是重影的，好像那些东西的魂全跑出来了。许妍问，去医院看过吗？乔琳回答，说是精神压力大，可他们不让吃安定。许妍沉默了一会儿问，你后悔吗，把孩子留下来？乔琳笑着说，怎么会呢，我把衣服都买好了，白色的，男女都能用。

半年前乔琳打来电话，说自己怀孕了。男的叫林涛，比乔琳小两岁，和她在同一家商场当售货员。他父母一直告诫他，不能跟乔琳谈恋爱，沾上她爸妈，一辈子都别想安生。得知乔琳怀孕，他吓坏了，休假躲了起来。乔琳厚着脸皮找到他们家，林涛的母亲给了一些钱，让她把孩子打掉。乔琳爸妈说，怎么能打掉？就去林家闹，还跑到商场去找乔琳的领导。乔琳把工作辞了，跟她爸妈说，你们要是再闹，我就死在你们面前。

那段时间，乔琳常常给许妍打电话。她在那边问，为什么我的生活里总是有那么多的纠纷呢？

十月的一个早晨，两个女生在学校门口拦住了她说，你就是乔琳的小跟班吧，最好离那个狐狸精远点，别沾得自己一身骚。许妍不算意外。她已经发现乔琳在学校里非常有名，追她的男生很多，背后说闲话的也很多。

放学后她和乔琳碰面，没有提起这件事。走到大门口，那两个女生又来了。她们低着头，哭丧着脸说，我们说错话了，对不起，你千万别放在心上。乔琳皱着眉头，一言不发。

　　她们又去了冷饮店。于一鸣很快也来了。乔琳瞪着他，你的眼线挺多啊。于一鸣说，怎么了？乔琳说，别装傻，你让王滨去吓唬李菁菁了？于一鸣说，太嚣张了，不给她们点颜色看看怎么行。乔琳说，你要是真拿王滨当哥们，就别让他干这种事。他身上背着两个处分，再有一回就得开除。于一鸣说，我绝不允许她们这么败坏你。乔琳笑了笑，我才不在乎呢。

　　许妍对乔琳说，如果我是你，大概会把孩子打掉。乔琳显得很惊恐，怎么可能，他是个生命啊。许妍说，这个世界上有很多错误的生命，生下来只会受苦。乔琳说，别说了，我绝对不能那么做。

　　许妍很清楚，乔琳不能那么做是因为爸妈。他们最初是反对计划生育，后来变成连堕胎也反对。特别是王亚珍，成为了这方面的斗士。她经常守在医院门口，拦截去做流产的女人，讲各种怨灵的故事，还去吓唬医生和护士，让他们放下手术刀到寺庙里超度。有那么几个女人听了她们的话，没做流产，生下孩子以后拍的满月照片，被王亚珍扩印得很大，拿在手里到处宣传。她还爱讲自己的故事：我的小女儿，当时被他们逼着流掉，又打激素又打毒针，我有心脏病，差点死在手术台上。可孩子不是照样健健康康地活下来了吗？你们现在什么困难都没有，有什么理由不要孩子？以后她一定也会把乔琳当成单亲妈妈的典范。至于乔琳该如何抚养那个孩子，她根本不去想。这几年一直都是乔琳在养家，现在她还没了工作。

她们的不幸，最终都会变成爸妈上访的资本。就像许妍子宫里生瘤，也被他们到处宣扬，无非是为了多要一笔赔偿金。许妍心里的愤怒，如同休眠的火山，这时又燃烧起来。所以或许并不是完全为了乔琳，更多的是想反抗爸妈的意志，给他们沉重一击——她给乔琳打了电话。乔琳有点受宠若惊，说你从没给我打过电话。许妍说，你最好再考虑一下，留下这个孩子，一生可能都完了。乔琳说，可他是活的啊，在我身体里动，真的很奇妙，那种感觉你不会懂的……许妍冷笑了一声，是啊，那种感觉我不会懂的。以后你的事我也不会再管了。

乔琳没有再打来电话。许妍偶尔想起来，会在心

大乔小乔

里算算月份，想一想孩子还有多久出生。

　　乔琳坐在操场的看台上，咬着一根棒冰，嘴上都是鲜艳的色素。许妍走过去说，你躲到这儿有用吗？乔琳不说话。许妍问，你是不是特别喜欢看男生为了你打架？既然你不想跟他们谈恋爱，为什么还要对他们好，让他们围着你团团转呢？乔琳说，可能害怕孤独吧，她抬起头，咧开橘色的嘴唇笑了，你是不是很讨厌我这样的女孩？

　　许妍在床上躺下，伸手关掉了台灯。但黑暗不够黑，窗帘的缝隙间夹着一道颤巍巍的光。她正犹豫是否要去消灭那簇光，乔琳的手穿过阻隔在中间的被子，找到了她的手。她说，你还记得吗，从前姥姥生病我把你领回家，咱俩挤在我那张小床上。许妍说，那是很小的时候，上了初中我就没再去过。

　　乔琳握紧了她的手说，我知道上回我说错话了，一直想给你打电话，可是真怕你再劝我把孩子打掉……许妍说，承认吧，你现在后悔了。乔琳说，没有，我想通了，不管我给这个孩子什么，给多给少，他都是奔着他自己的命去的。你小时候受了不少苦，现在不是也过得挺好吗？许妍问，你自己呢，你是奔着什么命去的，干吗非要背那么重的担子呢？乔琳在黑暗中笑了一声，我爱逞能，老觉得没我不行，其实我有什么用啊？她捏了捏许妍的手心，上访的事我早都不抱希望了，就是跟林涛怄一口气。当时他说，你家里要真是讨到了说法，再也不闹了，我就娶你。其实怎么可能啊，人家肯定早交了新女朋友。

许妍翻了个身，闭上眼睛。她感受着乔琳滞重的呼吸，如同一艘快要沉没的船。一个显而易见的却一直被她忽略的事实是，她的姐姐过得很糟，而且也许再也不会好了。她能帮她做什么吗？

她能。沈皓明自己就是律师，而且热心，爱帮朋友。他爸爸又有很多政府关系。

她不能。她根本无法开口。从一开始她就隐瞒了家里的事，说爸爸走了，妈妈死了，她是跟着姥姥长大的。这不是撒谎，她对自己说，只是出于自保。谁能接受一对不停闹事，总是被保安驱逐和扭走的父母呢？不过，既然她一直说乔琳是她的表姐——是不是可以让他们帮一帮这个表姐呢？但是也有风险，她爸妈曾在采访里提到小女儿的名字，还说她现在在北京生活。一旦那些资料被翻出来，她的身份就掩饰不住了。

许妍勉强睡了几个小时，天快亮的时候醒了。她感觉到乔琳在耳边的呼吸，嘴巴里的热气涌到她的脸上。她睁开眼睛，乔琳在曦光中望着自己。她一时想不起来从前什么时候，她也是这样望着自己，用那双圆圆的大眼睛，好像明白了什么重要的事要告诉她。但是她并没有开口。

你看我也是重影的吗？许妍问。

乔琳说，不，我看你看得很清楚。

于一鸣站在她的教室门口。他说乔琳三天没来上课了。许妍说，我爸把腿摔断了，她得照顾他。于一鸣说，我知道，快考试了，这样下去不行，你带我去找她。

外面下着雪，马路结冰了。他们推着自行车往前走。风很大，雪乱糟糟地降下来，天空像个马蜂窝。于一鸣的头发又长长了，他的脸很白，下巴上有个好看的小窝。他神情凝重地说，帮我劝劝乔琳，让她好好复习，跟我一块儿考到北京。

许妍说,她不想走。于一鸣说,她在这里没有出路。许妍问,北京什么样?于一鸣说,北京的马路特别宽,到处都是商店,还有很多咖啡馆。你好好学习,两年以后也考过去。许妍问,我?于一鸣说,是啊,我们在北京等你。

许妍怔怔地看着他。他口中呼出的白气在空中上升,然后散开了。

三

第二天,许妍录节目到下午五点,然后匆匆忙忙赶去买甜点。那家蛋糕店是从巴黎开过来的,最近上了不少时尚杂志。她每次都为带什么礼物去沈皓明家而伤脑筋。

小巧的纸杯蛋糕陈列在玻璃柜里,上面镶着翻糖做的高跟鞋和花环,像是一件件奢华的珠宝。价格当然也贵得离谱,她最终决定买四个。这时乔琳打来电话,问她什么时候回来。许妍说,冰箱上不是有外卖单吗,你先叫东西吃啊。乔琳说,我不饿,你家门怎么锁,我在屋子里喘不上气,想出去走走。许妍把门

　　　　　　　　　　　大乔小乔

锁的密码告诉她。她重复了一遍，说要是我等会儿忘了，能再给你打电话吗？

挂了电话，许妍扫视了一圈玻璃柜，目光落在一个有跳舞小人的纸杯蛋糕上。小人单脚支地，抬起双臂，好像正准备起跳，飞离地面。我要这个，她跟柜台里的女孩说。

许妍听到乔琳在身后喊自己。她追上来，把手里的布袋递给许妍，说裙子我帮你借好了，领子有点大，你别两个别针就行了。许妍说，我真的不想主持了。乔琳说，你要是不主持，我就也不跳舞了。晚会咱俩都不参加了。许妍问，干吗要费那么大力气帮我争取呢？乔琳笑了，大乔小乔，要一起出风头才好。当时在学校，已经有很多人都知道她俩是姐妹，并且管她们叫大乔小乔。

保姆开了门，要帮许妍拿东西。许妍捧着蛋糕盒说，我自己拿到客厅吧。三个女人坐在客厅的沙发上喝香槟。其中一个短发女人笑盈盈地看着她，对另外两个说，皓明就喜欢这种瘦瘦高高的女孩。旁边披着披肩的女人说，现在的男孩都喜欢这种身材的。

　　一个八九岁的男孩跑出来，是沈皓明的弟弟沈皓辰。他手里牵了一只短腿腊肠狗。那只狗穿着蓝色羽绒坎肩，背后有个帽子，跑快一点帽子就扣过来，盖住它的脸。沈皓辰把狗拽到沙发边，向大家介绍，它叫贝利，有点感冒了。挑高细眉的女人问，你上次那条狗呢？沈皓辰说，送走了，妈妈嫌它老翻垃圾桶。短发女人说，你妈一开始可是爱它爱得不行啊。男孩耸耸肩，我妈妈是个很难捉摸的女人。三个女人笑起来。披着披肩的女人说，皓辰，过来，让阿姨抱抱。男孩勉为其难地向前走了两步，把头转向一边，阿姨，我也感冒了。披着披肩的女人摸了摸他的后脑勺，都那么大了，真是有苗不愁长啊。挑高眉毛的女人放下香槟杯说，后悔了吧，当时都劝你跟于岚一起去，还可以做个双胞胎。

　　谁在说我坏话呢，我可是听到了，一个矮胖的女人走进来，穿着深蓝色香云纱裙子，腰部有一朵白色荷花，是沈皓明的妈妈于岚。你儿子，短发女人说，他说你是个很难捉摸的女人。于岚笑起来，对男孩说，宝贝，你昨天不是还说我不用开口，你都知道我要说什么吗？男孩说，我知道你要说什么，但我不知道你在想什么。挑高细眉的女人说，你儿子是个哲学家。

男孩抬起头问于岚，我能让许妍姐姐陪我去玩吗？于岚说，好啊。她笑吟吟地朝许妍走过来，说我都没看到你来了。许妍微笑着说，我买了甜点，饭后可以吃。太好了，于岚说，那我就不让大李再去买了。许妍在心里飞快地算了一下，四块蛋糕，自己不吃，她们四个女人刚好一人一块。

她跟着沈皓辰来到后院。那里有几簇假山和一个凉亭，前面是一小片结冰的水塘。沈皓辰问，你说贝利能在上面滑冰吗？许妍说，不行，它会掉下去。玩点别的吧，我陪你去搭乐高。沈皓辰摇摇头，我想陪着贝利，它太孤单了。许妍说，它感冒了，需要休息。沈皓辰说，都是我妈，非让它睡在花房里。许妍问，为什么不让它到屋子里去？沈皓辰说，我妈说我们还不了解它的脾气，要观察一段时间，惠惠姐姐刚来的时候，她也不让她跟我们一起吃饭，说她嘴巴臭，可能有胃病。

许妍通过这个男孩知道了他们家不少事。包括沈皓明刚和她在一起的时候，于岚还给他介绍一个银行行长的女儿。没准他们见了面，她没问过沈皓明。以后恐怕还有律师的女儿、医生的女儿，她显然不是理想的儿媳，不过他们也没公然反对。有一次沈皓辰说，我妈说哥哥带什么女孩回来都无所谓，谈谈恋爱又不是当真的。许妍相信沈皓辰不至于蠢到不知道这些话不该讲给她，他是故意的，好让她心里难受。他也会把他妈妈讲保姆小惠的话告诉小惠，然后站在门外听小惠在房间里偷偷哭。这是一种什么爱好，许妍不知道，用沈皓明的话来说，他弟弟是个内心阴暗的小孩。

　　他们相差十八岁，沈皓辰叼着奶嘴的时候，沈皓明已经系着领结跟爸爸去参加慈善晚会了。他对弟弟没太多感情，一开始甚至忘了跟许妍讲。后来有一次随口讲到他，许妍惊讶地问，为什么？什么为什么？沈皓明问。许妍说，为什么能生两个孩子？沈皓明说，哦，我爸妈都入了加拿大籍。其实不入也可以，罚点钱就是了。

　　沈皓明推门走出来，对许妍说，我到处找你呢。他冲着沈皓辰的屁股拍了两下，别老缠着别人，你就不能自己玩会儿吗？沈皓辰哀求道，我们等会儿出去吃冰淇淋吧。沈皓明没理他，拉着许妍走了。

沈皓明的爸爸沈金松和几个男客坐在偏厅的沙发上。沈皓明带着许妍走过去，把她介绍给两个没见过的客人。他爸爸说，皓明，给你李叔叔拿支雪茄来。走出房间，沈皓明咕哝道，他怎么还有脸来？你说谁？许妍问。沈皓明说，那个戴鸭舌帽的男的，做生意把周围的朋友坑了一个遍，大家都不跟他来往了。沈皓明返回偏厅的时候，许妍拉住他说，笑一下。沈皓明皱着眉头，干什么？许妍说，你的怒气都写在脸上，让别的客人看到不好。沈皓明勉强露出一个微笑。许妍也给他一个微笑，进去吧，我去问问你妈妈那边有什么需要帮忙的。

许妍回到大客厅，发现又来了两个女客人。蛋糕不够分了，她有点不安地盯着桌子上的白盒子。开饭了，于岚对她说，我们过去坐吧。

这种家宴是沈家的传统，每个星期都有一两回。客人彼此相熟，不会感到拘束。许妍环视四周，低声问沈皓明，高叔叔没来？沈皓明说，他要开会，晚点来。披着披肩的女人问，皓辰呢？于岚说，让他跟保姆吃，那孩子絮絮叨叨的，大人都没法好好说话了。

戴鸭舌帽的男人挨着女人们坐，一直保持沉默，每当那碟花生米转到面前的时候，他都会夹起一颗。你的古董店还开着吗？旁边的女人问他。没有，他回答，停顿了几秒说，不过我正打算重新开起来。女人问，还在原来的地方吗？啊，对，他说。一个男客人笑了笑，你确定吗？那一带盖了新楼，租金涨了四五倍。所有的人都看向戴鸭舌帽的男人，屋子里一时很静。许妍觉得自己所分担的那份尴尬比其他人更多。她理解那个戴鸭舌帽的男人，他一定很渴望成功，只是运气差了点。

饭吃到一半，高叔叔来了。许妍也弄不清这个高叔叔到底做什么工作，只知道他权力很大，帮人铲了不少事。戴鸭舌帽的男人忽然来了精神，一直看着高叔叔，听他跟周围的人讲话。他们笑起来的时候，他也跟着笑了。

晚饭结束后，大家移到偏厅喝茶。沈金松和高叔叔去了另外一个房间，戴着鸭舌帽的男人也跟了进去。沈皓明对许妍说，他肯定有事要让高叔叔帮忙。许妍问，他会帮吗？沈皓明说，不知道，我们去看电影吧？许妍说，早走了你妈妈会不高兴。沈皓明说，管她呢。许妍笑了一下，你可以不管，我不能不管。她拉着沈皓明来到客厅，女人们正坐在那里聊天。沈皓明听到她们都在谈论衣服和包，就说我还是去男士那边吧。

许妍在于岚旁边坐了一会儿，发现桌上的水果又不够，就起身去拿。让佩佩把甜酒打开，于岚在她身后说。经过走廊，她看到沈金松他们还在那个房间里，好像在说什么房子的事。

她拿着叉子从厨房出来，听到旁边的房间里传来奇怪的声音。好像是干呕，伴随着细小的嘶叫声。她敲了两下，推开门。是沈皓辰，正仰面躺在地上哭。那间屋子长期闲置，空荡荡的，只有一只书柜立在墙边。她蹲下来，说你可真会挑地方。沈皓辰不理她，闭上眼睛继续哭。许妍问，就因为没陪你去吃冰淇淋？沈皓辰抹了把眼泪说，我早就习惯了。许妍问，为什么不叫你的朋友来家里玩呢？沈皓辰说，你要是整天转学，还会有什么朋友吗？他摇了摇头说，这个家里没有一个人真的关心我。许妍说，不要对别人有什么期望，你得自己变得强大起来。沈皓辰撇了一下嘴，我还是个孩子呀。许妍说，孩子怎么了？沈皓辰哀求道，你能让我自己静一会儿吗，我不想回房间，惠惠姐姐像只鹦鹉，一直说个不停。

许妍带上了房间的门。她确实没想过沈皓辰会有什么痛苦。生在这样的家庭，不是应该从梦里笑出声来吗？但是现在看起来，他或许也是一个多余的孩子。他爸妈要他不过是为了装点生活，其实已经没有耐心再陪他长大一遍了。于岚不能放弃太太们的聚会和旅行，沈金松不能放弃打高尔夫和应酬。沈皓辰总是和保姆待在一起。一任又一任保姆。他满意的他妈妈不满意，他妈妈喜欢的他不喜欢。

许妍回到客厅，她的蛋糕盒子打开了，摊在桌上，里面的蛋糕一个也没有动。有两个上面的花蹭在盒子上，变成了一坨红色烂泥，只有跳舞小人的那个仍旧完好。小人踮着脚尖，好像正从一堆废墟里往外爬。

戴鸭舌帽的男人出现在门口，咧开嘴冲着于岚笑了笑说，我来跟你说一声，我要走了。于岚点点头，让司机送你一下？男人说，我叫了辆车，司机好像迷路了。于岚说，坐下等一会儿吧。鸭舌帽迟疑了一下，走过来坐在沙发上。许妍把自己那杯没有动的甜酒放到他跟前，对他笑了笑。

快去把你的貂皮大衣拿来！短发女人把手搭在于岚的肩上。还有那个绝版的蜥蜴皮，挑高细眉的女人

　　　　　　　　　大乔小乔

说。于岚去取了灰蓝色的貂皮大衣，还有几只包。女人们走上前，有的试穿大衣，有的摆弄着包。只有许妍和鸭舌帽坐在沙发上。鸭舌帽探身向前，目光呆滞地盯着茶几上的东西。他忽然伸出手，拿起那个有跳舞小人的纸杯蛋糕，整个塞进了嘴里。

乔琳走到舞台中央，射灯的光不偏不斜地打在她的脸上。她天生知道光在哪里。她趋着步子，荡着纤长的腿，将裙摆转得飞快。每次她双脚离开地面的时候，许妍都感觉到心里一紧。她不知道自己是在担心，还是在希望发生点什么。直到乔琳平安地弯腰谢幕，她才松了一口气，然后忽然难过起来。她想，很多年后，台下的人不会记得是谁主持了这场晚会，但他们一定记得乔琳跳舞的样子。

十点过后，客人陆续离开。许妍帮保姆收酒杯，被沈皓明堵在厨房门口。他搂了一下许妍的腰，眨眨眼睛说，不如今晚你就睡在这里吧？许妍挣脱开，一脸正色地说，跟我说说，你是从多大开始留女生在家过夜的？沈皓明耸耸眉毛，十七？你爸妈也答应吗？许妍问。沈皓明笑着说，他们到我房间来了好几次，我估计是想看看有没有准备避孕套。你准备了吗？许妍问。沈皓明收住笑容，神情变得凝重，我想向你坦白一件事……其实我有一个……年轻时候总会犯些错误对吧……他低下头，双手捂住脸。许妍想把他的手拉开，他拼命躲闪，直到迸发出笑声，他一边笑一边摆手，我实在是憋不住了……许妍推了他一下，自己还觉得演得挺像是吧？沈皓明笑着问，要是我真从外面领回来个孩子，你帮我养吗？许妍说，那得看长得好不好看了。沈皓明说，好看，比我还好看。许妍说，养啊，为什么不养，省得自己去生了。沈皓明伸出双手兜住她，不行，你至少还得生两个。许妍望着他，笑了笑。她说，我还是回去吧，表姐一个人在家。沈皓明说，好吧，我明天陪你们，给你们当司机。许妍说，不用，她脾气怪，你在她会很不自在。

　　许妍穿上外套，拢了一下头发，转过身来问，对了，刚才那个人找高叔叔什么事？沈皓明说，前些年他在郊区找了块地盖房子，当时和乡政府签过合约，但是不作数，现在地要被收走了……许妍问，这事难办吗？

　　　　　　　　　　　　　　大乔小乔

沈皓明说，嗯，不过高叔叔去想办法了。许妍说，所以还是会帮他？沈皓明说，不然呢，他住哪里呢？

回去的路上，许妍在心里掂量，是鸭舌帽拆房子的事难办，还是她爸妈的事难办。他既然连那个名声不好的人都愿意帮，是不是也意味着他可以帮她呢？不，不是她，是她的表姐乔琳。再找机会吧，她想，应该多和高叔叔见几面，让他觉得自己是沈家的一员。

许妍回到公寓，发现乔琳坐在楼下大堂的沙发上。她抬起头，抱歉地冲许妍笑了一下，我把密码忘了，你的手机关机。许妍问她坐了多久。她说没多久，我一直在院子里转悠，把开着的小商店都逛了一遍。这里真好，人都很和气，还借给我厕所用。

许妍看着她，乔琳，你能别把自己弄得那么惨兮兮的吗？

乔琳从三轮车上跳下来，笑着对她说，我把写字台给你拉来了，反正我以后再也不用学习啦。许妍打量着那张写字台，桌腿上的贴画已经斑驳，她还记得贴画刚贴上去的时候，上面那张明艳的赵雅芝的脸。她确实觊觎这张书桌很久。姥姥在窗台上搭了块木板，她一直在那上面写作业。

　　许妍问，成绩出来了？乔琳吐了吐舌头，连那个破烂煤炭学院也没考上。她们把写字台搬下来，乔琳拍了拍手上的灰说，我已经找到工作啦，明天就去华联商场上班，以后你买美宝莲都是员工价。她的手指上涂着藕粉色的指甲油，穿着低腰牛仔裤，长头发在胸前甩来甩去。她身上的美丽还在增加，但她好像并不把自己的美丽当回事。那股潇洒的劲特别令男孩着迷。

四

　　第二天，十点不到她们就出门了。往常的周末，许妍会和沈皓明在床上赖到十一点，然后去吃个早午餐。但是这一天，天刚亮许妍就醒了。失眠大概传染，她就没见乔琳闭过眼睛。但是乔琳坚持说自己睡了一会儿，还做了梦，梦见自己生了个罐子人。罐子人？许妍皱起眉头。对，乔琳说，就是那种马戏团里的小孩，养在罐子里，手脚都萎缩了，只有头特别大。她打了个激灵，跳下床，说我去做早饭了。

　　　　　　　　　　　　　　大乔小乔

厨房里传出葱油的香味。乔琳用平底锅烙了两个葱花饼。这是小时候最熟悉的食物，许妍来北京以后就没有再吃过。要不是再闻到这股味，她已经忘记世界上还有这种食物了。

许妍想带乔琳先去景山，那附近有一段红墙她很喜欢。街上的车不多，她们静静听着广播里的歌。乔琳抿着嘴唇，似乎很悲伤。许妍说，别想了，那只是个梦。乔琳点点头，知道，我知道。没事的，我在等汪律师的电话，他说今天会打给我的。许妍觉得乔琳在把某种压力传递给自己，这令她感到很烦躁。

车子剧烈地震了一下，许妍回过神来，猛踩刹车，可是已经撞上了前面的车。乔琳拱起身体，护住了肚子。前车的女人对着许妍一通抱怨，然后给交警打了电话。交警来了，许妍把车上翻遍了，也没找到行驶证，只好给沈皓明打电话。过了几分钟，沈皓明拨过来，说在家里找到了，上次司机修车取出来，忘记放回去了。沈皓明说，我给你送过去，你在哪里？许妍沉默了几秒钟，说出了自己的位置。

她回到车里。乔琳头靠着车座，双手还放在肚子上。许妍说，我男朋友正赶过来，我跟他说你是我表姐，你不要提爸妈的事。乔琳点点头，知道，我知道。许妍还想交代几句，见她闭上了眼睛，就没有再说。

沈皓明到了，处理完事故，他坐上驾驶座，侧过头来冲乔琳笑了笑，表姐，我开车可稳了，你安心睡会儿吧。

已经过了十一点，沈皓明提议先去吃午饭。他把车开到附近的购物中心。三楼有家粤菜馆，于岚常约人在那吃早茶。沈皓明把菜单交给乔琳，让她看看想吃什么。乔琳看了一下，又把它递给许妍。许妍低头翻菜单，总觉得乔琳在看自己。一屉虾饺上百块，显然不是白领能负担的。乔琳大概早就把她识破了，借来的车，租的房子，一切都充满破绽。她抬起头的时候，乔琳微笑着说，我吃什么都可以，辣一点就行。

我就知道许妍得撞，沈皓明说，不撞个两三回哪算真会开车？可是车上坐着你，不能有半点马虎。我早就跟她说今天我来给你们当司机……乔琳笑了笑，已经很麻烦你了。沈皓明说，她以前不也常麻烦你吗，她说上高中的时候你很照顾她，给她买雨衣，陪她打吊针……乔琳淡淡地说，那不算什么。沈皓明说，有时候表亲反倒更亲，我和我表姐的感情就比跟我弟好……乔琳问，你有个弟弟？沈皓明说，对啊，一个爱哭鬼，烦死人了。乔琳说，怎么能生第二个孩子呢？沈皓明笑了，你怎么跟许妍问得一模一样，我爸妈拿了加拿大护照。乔琳喃喃地说，哦，外国人……沈皓明说，以后我跟许妍至少生三个，你的小孩不愁没人玩。乔琳点点头，好啊。许妍埋头吃着刚上来的石斑鱼。生三个？她似乎听到乔琳在心里暗笑。

乔琳的手机响了。许妍很怕她会在沈皓明面前接起电话，但她站起来，离开了桌子。许妍对沈皓明说，下午你不用陪了，我就带她在后海逛逛。沈皓明说，我跟任国栋吃晚饭，上次他女儿百天不是没去吗，没事，五点出发就行。

乔琳回来了，脸色凝重，失神地盯着面前的盘子。她不吃，许妍也不劝。直到听到沈皓明说，那我们走吧，她站起来，驱着腿往外走。沈皓明喊住她，把落在椅背上的羽绒服交给她。

乔琳跟在他们后面，双手抓着她的羽绒服。里子朝外，破了个洞，钻出一簇棉絮。许妍简直怀疑她是故意的，想要他们给她买件新大衣。沈皓明说，我是不是应该给任国栋的女儿买点东西？买什么呢？他们绕着商场走了半圈，沈皓明忽然停住脚步，指着橱窗说，就买这个吧。小小的白色纱裙被云彩簇拥着，跟上回许妍和乔琳看到的那件一模一样。应该是连锁店铺，橱窗布置得也一模一样。沈皓明问乔琳，知道你的宝宝是男孩还是女孩吗？乔琳摇摇头。沈皓明说没事，转身进了那家商店。

乔琳立即告诉许妍，汪律师说他接不了这个案子。她咬了咬嘴唇说，他去开会了，我等会儿再打个电话求求他。许妍说，别这样，乔琳，你以前不这样。乔琳眼泪涌出来说，我真没用，什么事也办不成。沈皓明拎着纸袋走出来，把其中一只递给乔琳说，我买了个礼盒，里面什么都有，白色的，男女都能穿。乔琳把头扭到一边，抹着脸上的眼泪。沈皓明尴尬地拿着纸袋。过了一会儿，乔琳才回过头来，挤出一个微笑说，谢谢，真的谢谢你。

他们到后海的时候，天已经很阴。空气中零星飘着一点凉丝丝的小雪。河面结着厚实的冰，是青灰色的。沈皓明说，出来走走心情是不是好点了？乔琳点点头说，谢谢你们。许妍转过脸，朝河的方向看去。河中央有一辆鸭子形状的船，冻住了，船身倾斜，鸭头望着天空。

乔琳说，我们那里也有一条河，叫奈河，比这个还宽。沈皓明说，我以为你们那里都是山呢，我还跟许妍说什么时候去爬一次泰山。乔琳说，小时候有一回，我和许妍亲眼看到一个放风筝的小孩掉到水里，淹死了。他妈妈在岸上大哭，围了很多人。许妍说，我不记得了。乔琳说，你站在那里，我怎么拽都不肯走。一直等到人都散了，你用竹竿把那个孩子的风筝挑下来，拿着回家了。沈皓明问，那个小孩是她朋友吗？她想要那个风筝作纪念？乔琳笑了笑，她就是想要那个风筝。许妍盯着乔琳的脸。乔琳没有看她，好像还沉浸在回忆里，说那孩子的妈妈后来每天在岸边哭，抱着经过的人的腿，求他们去救她儿子。再后来岸边的树都砍了，盖起一排楼房。她沉默了一会儿，对沈皓明说，许妍想要什么是不会说的。沈皓明说，对，她什么都憋在心里。乔琳说，不要紧，只要你一直在那里，默默支持她就行了。

许妍看着面前的湖。午后的太阳照着水面，淬起一片金光。于一鸣放下桨，让他们的船在水上漂。乔琳忽然开口说,我看见过水怪。有个放风筝的小孩掉到河里,水面上升起一团白烟。那团白烟朝我们这边飘过来,我吓坏了,拉起许妍的手就跑。可她好像定住了似的,站在那里一动不动。我就也没跑,挽住了她的胳膊,心想要是水怪过来,就把我们一块带走吧。乔琳俯身向湖面,撩了几下水说,于一鸣,什么时候教我们游泳吧。

雪越下越大,河显得更灰了,冻住的鸭子船在身后变小,拐了个弯,看不见了。路边有间咖啡馆,他们决定进去坐一会儿。推开门,里面都是人。沈皓明说,嘿,整个后海的人全都躲到这儿来了。许妍付了钱,在等饮料的地方排队。做咖啡的男孩像是新来的,把热牛奶打翻了。沈皓明从背后戳了戳许妍,说你表姐把手机落车上了,我陪她去拿一下。许妍说,等买了咖啡一起去吧。沈皓明说,没事,很近,然后转身走了。

隔着玻璃窗,许妍看到他们朝来的方向走去,乔琳好像在说什么。她烦躁地看着那个做咖啡的男孩,把手中的收据折成小块,又摊开。乔琳也许是故意的,汪律师不帮她,她就慌了神,觉得沈皓明没准能帮忙,

　　　　　　　　　　　大乔小乔

就想跟他说一说。许妍气恨地用力一挣，把收据撕成了两半。

做咖啡的男孩拿过撕碎的收据，仔细辨认着上面写的是什么饮料。你们连基本的培训都没有吗？许妍气呼呼地问。她把咖啡放在桌上，拉开椅子坐下。乔琳会跟沈皓明说什么呢？事情万一败露了，她应该怎么解释呢？她脑袋一片空白，什么说辞也想不出来，只是不断去按手机，看时间的数字变化。

他们终于回来了。乔琳没坐下，她看了许妍一眼说，我再去打个电话。许妍看着沈皓明，想从他的表情里读出一点信息。但他一直在低头看手机。许妍碰碰他的胳膊，拿起桌上的咖啡递给他。他喝了一口，皱起眉头说，真难喝。乔琳回来后，脸色依然凝重，她喝了两口水，捧着杯子发愣。沈皓明看了看外面的雪，对许妍说，你就别开了，我让司机来接你们。

车来了，她们先坐上，沈皓明去取了先前在童装店给乔琳买的东西，让司机放在后备厢。他凑到车窗前对乔琳说，表姐，这两天你要是不走，到我家来玩。乔琳点点头，一直望着沈皓明走过去，钻进车里。他人真好，乔琳对许妍说。

路上她们没有说话。司机拐了个弯去加油。发动机熄灭，广播里的音乐停止了。乔琳望着窗外纷飞的雪说，我明天就回去了。许妍说好。

太阳从头顶移开，风吹着湖面，水的气味升起来。船从午睡中醒了过来，一点点动起来。许妍、乔琳和于一鸣不约而同地向后靠，蜷缩着腿躺下去，仰脸望着天空。也许是在等晚霞出现，但是渐渐地不重要了。许妍合上了眼睛。湖水像一双温暖的手臂环绕着自己。它的脉搏一起一伏，节律微小而有力。船在缓慢地动着，可他们没什么地方要去。不去对岸，也不回去。他们三个好像可以一直那么待着，谁也不会离开。

好像什么都不重要了。许妍松开了眉头。她不再计较他们到底有多么爱彼此。她只是知道她爱他们。那股强烈的感情使她觉得自己并不是多余的。她是他们当中的一员，即便是微不足道、可以被舍弃的，她也不在乎。

她睁开眼睛的时候，晚霞已经来过了。只有几片很小的云彩挂在天边。湖面一片金色，望不

大乔小乔

到尽头。但只是一瞬间，湖水转眼就开始变灰。当她转过脸去的时候，看到乔琳正望着湖面，似乎已经注视了很久很久，又好像是她的目光使湖面暗了下去。于一鸣还没有睁开眼睛，嘴角带着一丝淡淡的笑意。不要睁开眼睛，许妍在心里这样祝福着他。因为随即他会发现太阳已经落下去，船要往回开了。他们的旅行结束了。

晚饭许妍叫了外卖。乔琳没怎么吃，她说想去床上躺一会儿。许妍吃完看了会儿电视。她到卧室的时候，乔琳正坐在床上发呆。许妍走过去拉窗帘。路灯下，有个穿着羽绒服的男人在遛狗。是对门那个姓汤的邻居。他仰起头看了一会儿月亮，从地上抱起狗，夹在胳膊底下，走进了楼洞。

许妍听到乔琳在身后轻声问，沈皓明能帮上咱们吗？许妍转过身来看着乔琳说，你自己没问他吗？你们两个去拿手机的时候。乔琳摇了摇头，我什么也没跟他说，他问我想不想来北京工作，他可以安排，我说不用了。哦，许妍应了一声。乔琳说，他是律师，又认识挺多人的，没准还能托上政府的关系……许妍问，你怎么知道他是律师的？乔琳说，他自己说的，我真的什么都没问。她低下头，看着拱起的肚子，汪律师不接我的电话了，电视台那边也没回信，我实在没有办法了。这事折腾了那么多年，总得有个了结……许妍笑了一声，你为我考虑过吗？你是不是觉得我想要什么就有什么，过得很容易？你想过几天安稳日子，我不想吗？你小时候至少有个完整的家，我有什么？她的眼圈红了，这么多年了，你们就不能放过我吗？乔琳也哭了，对不起，对不起，我不该来打扰你……她仰起脸，吸了几下眼泪说，你没看到爸妈现在什么样子，爸早晨醒了就喝酒，手抖得已经拿不住筷子，妈整天守着电脑，到各种论坛发帖子求助，隔一会儿发一遍，那些人骂她是疯子，把她踢出去，她就重新注册了再发……我真的管不了了，我的身体垮了，在街上晕倒过好几回……她停住了，定定地看着前方，好像要把什么东西看清楚。

桌上的台灯照着乔琳，但她的脸是暗的，腮颊被阴影削去了。许妍望着她，她容貌的改变令她感到惊讶。那些青春时的光彩消失了，这也许是必然的，可它们好像从来没有存在过。没有人可以通过这张脸，想象出她少女时代的模样。许妍仿佛从二楼教室的窗户里看到那个总是微微扬起脸的长腿姑娘正穿过校园，她从那扇大门走出去，然后消失了。她去了哪里？

许妍走到床边。握住乔琳的手。那只手很烫，热量从指缝间汩汩流出来。乔琳的手指很长，这肯定不是许妍第一次注意到这一点，或许在漫长的青春期的某一天，她偷偷打量过这双手，暗暗惊讶于它们的美。但是现在，她第一次意识到，这双手很适合弹钢琴，要是它们能在童年的时候遇到一个钢琴老师的话，他肯定会这么说。要是那时候遇到一个舞蹈老师，可能也会说她适合跳舞。这具承载着苦难的身体，或许同时蕴藏着某种天赋。但是天赋不重要，对有些人来说，一生中没有任何一个时刻，会有人坐下来讨论一下她的天赋。许妍想起大三的时候，她得到了去电视台实习的机会，后来被留下了，那个频道的主任对她说，我并不觉得你很有当主持人的天赋，知道为什么选你吗？因为你身上有股劲，想从人堆里跳起来，够到高处的东西。

许妍握着乔琳的手，坐下来。她感觉自己在靠它取暖。但屋子里很热，地板也是热的，一点都不像十二月。她说，我答应你，我会去问问沈皓明。具体怎么说，我要想一想。我这么做不是为了爸妈，只是为了你，你明白吗？许妍攥了一下她的手说，给我一些时间好吗？乔琳点了点头。

十点过后，沈皓明打来电话。他说你猜怎么着，礼物拿错了，给你表姐的那袋才是给任国栋女儿的裙子。许妍夹着手机打开纸袋，解掉奶油色的缎带。那件缀满珍珠的小礼服折叠着，静静地躺在盒子里。要我现在送过去吗？她问。不用，沈皓明说，反正给你表姐买的礼盒任国栋女儿也能用。我打赌你表姐生女儿，他在电话那边笑起来，我买的裙子肯定能派上用场。

五

从北京回去不到一个月，乔琳就生下了一个女儿。比预产期早了一个多月，但是孩子很健康。她发过来几张照片，小小的一团，手脚却很长。沈皓明看了两眼说，跟你长得有点像。

那个月许妍很忙。台里在筹备一个新节目，过年

　　　　　　　　大乔小乔

的时候开播。每天连着录十来个小时，一段话反复说。这期间她去过沈皓明家一次，沈金松没在，只有于岚和几个太太在打麻将。许妍替了几圈，输掉六千块。临走时于岚说，咱们过年再打。许妍想，这倒是个讨于岚开心的法子，于是她说服沈皓明过年不去苏梅岛，而是留下陪他爸妈。到时没准还能在家宴上遇到高叔叔。

许妍接到电话的时候是傍晚。还有三天就过年了，下午她和沈皓明去买了一堆烟花。回来的路上有点下雨，据说到了后半夜会转成雪，气温降十度。此前一些天北京都很暖和，让人有一种春天来了的错觉。

手机响了，跳动着一个陌生的号码，当时她正站在沈皓明家的花房里，指挥保姆把兰花搬到屋里去。沈皓辰也被喊来帮忙，许妍觉得让他干点体力活有好处，至少没那么多时间胡思乱想。他撇了撇嘴，说这些花可真丑。她双手叉腰看着他，你觉得什么花好看？假花，他回答。她让沈皓辰把面前这一盆搬到客厅，然后接起了电话。

是她妈妈。在那边大声号哭，告诉她乔琳自杀了，晚上一个人出门，跳进了城边的那条河。还在抢救吗？还在抢救吗？她连着问了好几遍。她妈妈说是昨天的事，人已经没了。许妍挂断了电话。

　　周围一片寂静。她搓了搓手上的泥巴，搬起一盆兰花往外走。天气湿漉漉的，好像已经下雪了，有些凉飕飕的东西，仿佛带着爪子，紧紧地揪住了她的头皮。她伸出手，想触碰到空中的雪花。砰的一声，花盆跌落在地上。瓷片在地上打转。嗡嗡，嗡嗡。

　　沈皓辰走过来，看着她脚边的花盆。哈哈，他有点得意地说，假花就不会摔成稀巴烂。走开，她冲着他喊，蹲下把兰花从碎瓷片里捡起来。沈皓辰吓坏了，站在那里没有动。许妍捡起兰花磕了磕土，抱着它们走了。

　　她把花放在旁边的座位上，驶出了别墅区的大门。窗外是呼啸的大风，雪花如同决绝的蛾，砸在挡风玻璃上。她紧握方向盘，浑身发抖。泪水在眼眶里转悠，她蹙着眉头，盯着前面的路。为什么乔琳要这样做？她感到很愤怒，在北京的最后一个晚上，她不是答应得好好的，回去等着她的消息。她为什么就不能等一等呢？

　　车子冲下高速，擦着一辆卡车开过去，横冲直撞地拐了几个弯，在一片空旷的停车场停住。她狠狠地砸着方向盘，喇叭发出尖锐的鸣响，她不是说会想办法的吗，为什么不相信她呢？她靠在椅背上，大声哭起来。

手机在旁边座椅上响了好几遍，是沈皓明。她坐在黑暗里，等屏幕最终暗下去的时候，才对着它喃喃地说，我姐姐死了。

她没有回去参加追悼会。

除夕夜下着小雪。她站在院子门口，看沈皓明点着了烟花。她仰起头，望着光焰绽放，坠落。天空又黑了下去。几片雪落在她的脸上。

她给家里打了个电话。她妈妈一直在哭，不停地说，乔琳为什么那么狠心抛下我们？那边传来婴儿的啼哭，还有她爸爸的咒骂声，盆碗掉在地上，发出叮叮当当的响声。她妈妈问，你到底什么时候回来啊？这好像是她第一次对许妍表达需要。再过几天吧，她回答。你永远都别回来！她爸爸吼了一声，电话挂断了。

许妍一直没有回泰安。她心里有股怒气无法消退。她觉得乔琳不理解她，不相信她，甚至根本不希望她过得好。她这么做是为了让她永远感到内疚。在很长一段时间里，这股怒气有效地抑制了悲伤，使她可以正常入睡。

四月的一天，她去沈皓明家吃晚饭。那天只有他们自己家的人，吃了巴黎运回来的生蚝和新西兰鳌虾。于岚抱怨生蚝没有上次的新鲜。你下个月不就去巴黎了吗，沈金松拿着遥控器换台，屏幕上出现了一个穿白色西装的女主持人。她看了一眼手中的稿子，抬起头来：

"一九八八年，在泰安的一家医院里，患有风湿性心脏病的王亚珍生下了第二个女儿。她没有一丝做母亲的喜悦，只是感到很恐慌。在她的身旁，那个只有三斤八两的女婴睁开眼睛，好奇地打量着这个世界。那一刻她是否知道，这个世界等待她的不是温暖的祝福，而是无情的责罚呢？手术室的门外，乔建斌坐在长椅上，一夜没有合过眼。在经历了辗转于计生委和医院之间的几个月后，他已经疲倦不堪。然而他们家的厄运才刚刚开始……"

许妍盯着屏幕，一只手攥着毛衣领口，感觉自己就快要窒息。

这个《法律聚焦》有时候还能看看，沈金松说。

于岚说，有什么可看的，不是钉子户就是超生。

妈妈，妈妈，沈皓辰说，我算超生的吗？于岚说，宝贝，生了你，加拿大政府还给我奖励呢。

"……记者来到乔建斌家。乔建斌被开除以后，全家人就以这家诊所维持生计。现在门口依然挂着'平安诊所'的招牌，但是已经好几年没有来过一个病人了。一楼的诊断床上堆满了各种保健药。有的早已过了保质期，王亚珍就留给家里人吃。她拿起一瓶药给记者看，这个是帮助睡觉的，我大女儿老睡不着，我就让她吃……在过去二十多年里，乔建斌和王亚珍一直通过各种途径寻求帮助，希望单位能恢复乔建斌的工作……"

镜头掠过他们家。角落里的蜘蛛网，桌子上油腻的桌布，泛着黄渍的马桶，最后停在墙上的照片上。那是一张他们全家的合影，可能也是唯一一张。当时许妍大概四五岁，站在最右边，乔琳的手搭在她的肩膀上。

许妍感觉所有人的目光好像都朝这边涌过来。她几乎就要从座位上弹起来，冲出房间。

随后，主持人讲述了这些年乔建斌家的生活，也讲到那个超生的小女儿，因为早产和用药的原因导致不孕，但她的去向并没有提及。也没有提到乔琳的女儿，只是说乔琳这些年，一直在为这件事奔波，导致恋爱失败，也失掉了工作。两个多月前，有天晚上她像往常一样，哄孩子睡了觉，然后离开家走到河边，跳了下去。

画面切回演播室。女主持人说，就在自杀的前一天，乔琳还给本节目的编导发过一条短信。在短信里，她这样说："陈老师，我恳求您给我们做一期节目。这不是我们一家人的问题，很多家庭都有类似的遭遇。我相信节目播出以后，一定会引起很大的反响。如果还需要什么材料，您随时找我。给您拜个早年！"主持人垂下眼睛，停顿了几秒："我们将这期迟到的节目献给乔琳，希望她能安息。同时，我们也希望热心的律师朋友能跟乔建斌一家联系，帮助他们走出困境。感谢您的收看，我们下期再见……"

沈皓明气呼呼地说，这也太操蛋了。于岚看了他一眼，你想干吗，这种案子又不是你管的。沈皓明说，我可以去问问我同学，说不定有人愿意接。沈金松说，犯不着打官司，这种事找对了人，就是一句话的事。

于岚说，有捐款电话吗，直接给他们打过去点钱就是了。

保姆端上水果。电视里已经在播连续剧，但许妍不敢去看屏幕，仿佛先前的画面下一秒就会再跳出来。她缩着肩膀，低头盯着面前的盘子，直到听到沈皓明说，我们走吧，就站了起来，跟随他走出大门。她抱着自己的包坐进车里，身体一直在发抖。你的外套呢？沈皓明问。她才发现忘记穿了，别回去拿了，她几乎用哀求的语气说。车子停了，她走下来，发觉自己在一个空旷的院子里，周围都是深红色的砖墙。她打了个寒战，问这是哪里？沈皓明说，苏寒有个生日派对，我不是跟你说了吗？

屋子里很吵，拼起来的长桌两边坐满了人。除了苏寒，她一个都不认识。沈皓明挨个介绍，她一直点头，却记不住任何一个名字。这是方蕾，沈皓明指着右边的女孩说，她跟我在英国一个学校，也读法律，算是我学妹。女孩笑了，你没念几天就转走了，也好意思自称是学长？沈皓明说，嘿，学校的校友录可是有我。女孩耸耸眉毛，那是为了让你捐钱好吗？沈皓明笑起来。许妍也跟着笑了一下。笑意在她的脸上一点点消失，泪水突然涌出来。

乔琳拉着她的手往山上走。许妍说，快下雨了，回去吧。乔琳说，你要去北京了，我得给你求个护身符。许妍说，可是摆摊的都回去了啊。乔琳说，再往上走走看嘛。

大雨降下，她们跑进一座庙里。两人抖着身上的雨水，乔琳长头发上的水珠溅在许妍的脸上，她咯咯笑起来。许妍说，严肃点，菩萨会生气的。乔琳收住笑，环视了一圈大殿，低声问，这个庙是求什么的啊？

许妍支起手肘，托住腮悄悄抹去眼泪。沈皓明正在问那个叫方蕾的女孩，你什么时候搬回来的？方蕾耸耸眉毛，你怎么知道我搬回来了呢，我看起来不像是回来度假的吗？沈皓明摇了摇头，我才不信你在英国待得下去呢。

她们并排站在大殿中央。菩萨的脖子伸进黑暗里，看不见脸，但许妍能感觉到，有一簇白光从上面照下来。

　　乔琳小声问，你说那么多人来求她，她能帮得过来吗？许妍说，只帮她喜欢的人吧。乔琳笑着说，那她肯定喜欢我。当时我一直盼着妈妈能把你生下来。而且我还说，想要个妹妹。你瞧，菩萨就把你给我了。许妍说，当时你才两岁，就知道求菩萨了？乔琳说，我说不出来，但心里想的东西，菩萨一定能知道。许妍说，你要是知道后来发生的事，当初就不会那么希望了。乔琳说，我还是会那么希望的。我从来都没觉得不该有你，真的，一刹那都没有，我只是经常在心里想，要是我们能合成一个人就好了。她握住了许妍的手。她的手心很烫，仿佛有股热量流出来。

　　给我们拍张照片好吗？许妍听到有人在喊自己。是苏寒，她正站在方蕾和沈皓明的身后。许妍接过手机。苏寒笑着问沈皓明，还记得吗，那阵子每个周末我们三个都开车到郊外BBQ。后来过了一个暑假，回来大家都变得很忙，就没有再聚。也可能你们两个聚了，没有叫我。方蕾斜了她一眼，你说对了，我们在瞒着你谈恋爱。沈皓明点点头，后来她把我踹了，我伤心欲绝，就回国了。苏寒笑起来，小心你女朋友当真，回头跟你吵架。沈皓明说，她才不会呢。

大殿里飘过几丝凉飕的风，雨好像停了，有个人靠在门边看着她们。那人穿着一件破袄，逆光里看不到脚，还以为是坐着，后来才发现，脚被袄盖住了，他是个矮人。很老，布满皱纹的脸像一团揉搓起来的废报纸。她们往外走，他在一旁开口说，你们想知道自己的命运吗？她们对望了一眼，没停下脚步。他说，不收钱，我就当给自己解闷。

他走到她们跟前，仰起脸盯着乔琳说，你早运不顺，有一些坎儿，三十岁以后越来越好。乔琳问，怎么个好法？他回答，儿孙满堂，有人送终。乔琳笑起来，有人送终就算是好吗？矮人没回答，把头转向许妍，你啊，想要什么东西，都得跟别人去争。许妍问，那最后能争赢吗？他摇了摇头，说我不知道。许妍问，你也有不知道的事啊？他说，有一些。

苏寒用手指戳了戳沈皓明，说你可得劝劝方蕾，她现在是个愤怒少女，什么都看不惯，整天批判社会。沈皓明说，这叫回国综合症，过一段就好了。方蕾问，就像你吗，坦坦荡荡地做着你的沈家大少爷？沈皓明有点激动地说，别把我想得那么麻木不仁好吗？我一直都想做点事啊……

然后他讲起出门前看的电视节目来：有对夫妻意外怀了二胎，按规定应该打掉，忘了为什么拖了好几个月，反正不是他们自己的责任，七个月才去引产，孩子生下来竟然活着……苏寒感慨道，命可真大。沈皓明说，可是这算超生，男的丢了工作……讲到乔琳自杀的时候，方蕾摇头，这是我觉得最可悲的，因为上一辈的问题，子女的一生都毁了。苏寒说，这个故事有意思的地方是，合法生的姐姐死了，不合法出生的妹妹倒是活下来了。现在他们不就只有一个孩子了吗，还算超生吗？

许妍离开座位，走进洗手间，反锁上门。

乔琳不是不相信她，而是对世界不抱什么希望了。许妍记得最后一次乔琳打来电话，是一天清晨。她说，我今天出月子了。许妍问，你的奶够吃吗，现在能睡着觉吗？乔琳没有回答，只是说，都挺好的，我就是跟你说一声，你去忙吧。她的声音淡淡的，没有高兴，也没有悲伤，只是有种解脱的感觉。她好像一直在等这一天。等孩子出生，等她过了满月……她那么迫切地希望解决爸妈的事，不是期盼能过什么新生活，只是希望有一个让自己心安一点的结果。如果没有，她也不能再等了。她已经松开了双手。

外面的人在不耐烦地敲门。许妍拧开水龙头，把脸伸到水柱底下。外面的声音消失了。好像沉入了河中，耳边只有汩汩的水声。我就是想来看看你，乔琳转过脸来笑着说。那双有点发红的眼睛在黑沉沉的水底望着她。然后熄灭了。

许妍回到座位上，跟沈皓明说自己可能着凉了，想先回去。沈皓明说，我们一起走吧。在车上，他说，方蕾听我讲了新闻里那个事，也挺来气，说她有几个从国外回来的律师朋友，没准儿有谁愿意接。我回头再给高叔叔打个电话，让他跟泰安那边的人说一下。这事反响很大，不解决一下，他们自己也难交代。许妍怔怔地望着他，这是乔琳拿命换来的，她想，眼泪掉下来。沈皓明很惊讶，这是怎么了？他抓住许妍的手，你不会是当真了吧，以为我和方蕾谈过恋爱？我们在开玩笑啊。许妍摇头，没有，没有，我只是有点感动，你真的心肠很好。她望着沈皓明，伸过手去，摸了摸他的脸颊。他拿下巴蹭了蹭她的手心，笑着说，我忘刮胡子了。

六

五月初，许妍回了一次泰安。学校已经给乔建斌恢复了工作，按照退休教师的待遇发给他工资。据说那期《法律聚焦》惊动了北京的大人物，出面打了电话。但是乔建斌和王亚珍对结果并不满意，因为赔偿金的事没有落实。他们还在继续上访。

自从节目播出以后，他们接受了不少采访。乔建斌的口才练得越来越好，见到摄影机镜头，眼睛就放光。他有些得意地告诉许妍，那些记者都挺佩服他的，觉得这个社会就缺他这种有点轴的人。王亚珍开了个微博，在上面写这些年他们家的遭遇，被几个有名的记者和学者转发了，很多人在下面留言。王亚珍每条留言都会回复，谈得来的，还加了QQ。

这些外界的关注使他们一天到晚都很忙碌，暂时缓解了丧女之痛。但是一旦他们回到眼前的生活，意识到乔琳永远不在了，情绪就会再度崩溃。家里的灯坏了，没有人修。冰箱里臭烘烘的，还放着乔琳买的蛋糕和酸奶。桌上的婴儿奶粉敞着盖子，已经结成了疙瘩。一到天黑，蟑螂就变得猖狂，在桌子上到处爬。于是王亚珍又哭起来。乔建斌的情绪比较两极。有时候安静地坐在那里，对着桌上的酒瓶发呆。有时候会暴跳如雷，大骂乔琳没良心，白白把她养到那么大。王亚珍哭完了，就在那台陈旧的电脑前坐下，开始写微博：

"你们不知道我的大女儿有多好，长得漂亮又懂事，性格活泼，所有的人都喜欢她。我难过的时候，她总是安慰我说，妈妈，都会过去的。这个世界上没有过不去的事……"

她写着写着又哭了起来。许妍走过去坐在她的旁边。她转过身，搂住了许妍。许妍轻轻拍着她的背，让她安静下来。电脑发出叮当一声，王亚珍从许妍的怀里坐起来，抹了一把眼泪，有人回复我了，她说着，连忙握住鼠标点击了两下。

大乔小乔

回来的最初两天，许妍住在附近的旅馆里。第三天晚上，乔琳的孩子有点发烧，她留下来照看她，睡在了乔琳的床上。枕巾没有换过，上面还有乔琳没带走的香波的气味。许妍枕着它，想起小时候的愿望，从未被她承认过的愿望，那就是她可以睡在这张床上，不，不是和乔琳一起，而是她自己。这个破烂不堪的家，对她有一种吸引力，她渴望自己能作为一个合法的女儿，住在这幢房子里。在漫长的童年和青春期，她见过不少优秀的女孩，富有的、美丽的、聪明的，可是她一点也不想成为她们。她只想成为乔琳。她想取代她，占有她所拥有的东西。即便那些东西包含痛苦和不幸，也没有关系。因为她觉得那是本来应该属于自己的东西。如果没有乔琳……她无数次这样想。小时候她和乔琳站在河边，一样的太阳照着她们，可是她感觉到乔琳在阳光里，而自己在阴影里。如果没有乔琳……她可以向右挪两步，走到阳光底下。

　　小时候的愿望是如此真挚和恐怖，一直被她揣在心里，缓缓向外界释放着毒素。很多年后，它实现了。乔琳不在了。现在她睡在乔琳的床上，作为爸妈唯一的女儿。许妍把脸埋在枕巾里，失声痛哭。她可以撤销那个愿望吗，这一切是否会有不同？乔琳会幸福一点吗，而她是不是能长成另外一个人？乔琳不在了，她并不能走到阳光底下。她将永远留在阴影里。

婴儿发出响亮的啼哭。许妍抱起了她。黑暗中，孩子皎洁的脸上没有泪痕，也没有难过的表情，好像先前发出的哭声只是为了把许妍从痛苦里拉出来。她静静地看着许妍。小巧的眼仁里像是蓄满宽广的海水。许妍想对着它忏悔，但更想把所有的祝福都给它的主人。如果她的祝福也像她童年的愿望一样有法力。她希望她能得到自己和乔琳永远无法得到的幸福。

许妍从于一鸣身旁醒来，时间是凌晨三点钟。旅馆的窗户关不严，寒风钻进来。立冬了，北京很冷。许妍约于一鸣吃了晚饭，然后又去喝酒。快结束的时候，乔琳忽然在他们的谈话中消失了。许妍记得于一鸣怔怔地望着自己。随后的记忆一片模糊。许妍不记得自己说了什么，于一鸣说了什么。他们有没有接吻。她好像有点疼，也可能没有，只是她觉得自己应该有点疼。

她把于一鸣叫醒了。他从床上翻下来，抓起地上的衣服。女朋友还在家里等他，喝醉之前他就强调过这一点。他一边穿衣服，一边对许妍说，我知道是因为你刚来北京，有点想家，过些日子就好了。

走到门口，许妍喊住了他，拿起背包伸进手去掏索。他问怎么了。许妍说，乔琳有个东西让我带给你。他站在那里等了一会儿，她还是没有找到。他说，我真得走了，以后再说吧，然后拉开门走了。

那支钢笔一直放在书包的隔层里，许妍前两回见于一鸣总是忘记给。也许是想有个和他再见面的理由。但是现在，她非常想把那支笔给他。她打开灯，把包里的东西倒在地上。

乔琳的孩子特别安静。在度过最初那段离开母亲的日子之后，她很快适应了新生活。每次喝完奶就睡着了，醒来只是轻轻哭几声，然后静静地等着。许妍抱起她来的时候，孩子把头贴在她的胸口，好像在听她的心跳，脸上露出一丝微笑。每次放下她，她都会嘤嘤地发出两声，许妍心里一紧，又把她抱了起来。

外面已经很暖和，她抱着孩子走到太阳底下。槐花开了，地上落了厚厚的一层花瓣，被风吹着，散了又拢到一起。她走到河边，在石阶上坐下，想让孩子睡一会儿。但是孩子不睡，和她一起注视着面前的河。你闻到你妈妈的味道了吗？她问孩子。孩子笑起来。

孩子叫乔洛琪，名字是乔琳取的，但是好像没有人记得她的名字，爸妈都管她叫孩子。乔琳的孩子。他们好像仍把她看作是乔琳的一部分。她的圆眼睛和乔琳很像。有时候望着它们，许妍会有一种想和乔琳说话的渴望。但她不知道该说什么，她想说的乔琳应该都知道。现在乔琳知道世界上所有的事。知道许妍回来了，知道她和孩子在一起，知道她很想念她。

离开的那天清晨，许妍又抱着孩子出去散步。路过火车站，她对孩子说，这里面有火车，呜呜呜，汽笛拉响，然后哐当哐当开走了。以后等你长大了，坐着它去找我，好不好？孩子没有笑，静静地看着她。她心里一紧，攥住了孩子的手。她无法想象孩子如何在那样一个破败的家里长大。

回到家，许妍把晾在门口的婴儿衣服叠起来，放在柜子里。她看到了那只纸盒，压在柜子最底下，露出一个角。打开盒子，那件白色连衣裙和她记忆里的样子不一样，塔夫绸没有那么硬，荷叶边也没有那么复杂。她给孩子穿上，把她抱到窗口。阳光照在胸前的那些小珍珠上，像雀跃的音符。你知道你很漂亮吗？她小声对孩子说。孩子软软地趴在她的肩上，用脸蛋蹭着她的脖子。

许妍坐在火车上，听到鸣笛声一阵心悸。她合上眼睛，想睡一会儿，但是耳边都是嗡嗡的噪音。她心烦意乱地拧开水，咕咚咕咚喝下去，然后盯着窗外飞快掠过的树和房屋。她一点点安静下来，并且做了个决定。回去以后，她要把所有的事都告诉沈皓明。他早晚有一天会知道的。她想跟他商量，等孩子大一些，把她接到北京住。要是有可能，她想收养她。

司机在车站等她，接她去吃晚饭。沈皓明订了一间日本餐厅。刚谈恋爱的时候，他们来过一回，从榻榻米包间的玻璃窗望出去，能看到小小的日式园林，但是现在天色太晚，覆盖着青苔的石头都变黑了。喝点酒吧，她跟沈皓明说。我正想说呢，沈皓明拿起酒单翻看。

大乔小乔

清酒端上来，盛在圆肚子的蓝色玻璃瓶里。她和沈皓明碰了一下杯子。沈皓明问，片子什么时候播？她怔了一下。沈皓明说，这次出差拍的片子。她说，哦，下个月吧，还不知道剪出来什么样。然后她问沈皓明，你妈妈去巴黎了吗？沈皓明说，没呢，下周走，她们非要坐徐叔叔的私人飞机。许妍说，挺好，她们四个可以在飞机上打麻将。沈皓明撇了撇嘴说，无聊透了。

　　窗外园林的轮廓被夜色吞噬，只剩下灯光照亮的一角，石头发出幽绿的光。许妍喝了一杯酒，抬起头看着沈皓明说，你知道吗，我一直觉得你身上有很多可贵的品质……她笑了笑说，你知道我不擅长表达，可我真的觉得你特别善良，有正义感……沈皓明问，你干吗要说这个呢？她说，而且你对我很包容，我们的家庭情况不同，生活习惯也不一样，我身上肯定有很多地方让你不舒服……沈皓明打断她，别说这种话行吗？许妍又给自己倒了一杯酒，把发烫的脸贴在杯子上说，我十八岁来到北京，谁也不认识。课余时间我当家教、做导购、帮人主持婚礼，赚了钱给自己买衣服，去西餐厅吃饭。我就是想过体面一点的生活，你明白吗，我小时候家里什么都没有，连写字台也没有，要在窗台上写作业……我特别珍惜现在的生活，珍惜你，所以我一直……许妍哭了起来。沈皓明蹙着眉头望着她，她心里一凛，不知道怎么说下去。

服务员送进来甜点。两人默默吃着。沈皓明给她倒了酒，又把自己那杯添满。许妍喝了一口，鼓起勇气说，我表姐，冬天来北京的那个……沈皓明"啪"的一下把杯子放在桌上。许妍愣住了。他沉了沉肩膀说，我这两天，在方蕾那里过的夜，嗯，他又倒了一杯酒说，我本来想过几天再说，可是你把我说得那么好，让我很惭愧，我没打算瞒你，你知道我最讨厌骗人的。许妍茫然地点点头。她攥住酒壶，想再倒一杯酒，但是始终没有把它拿起来。瓶壁上有很多细小的水滴，像一种痛苦的分泌物。她轻声问，你们俩的事是刚开始，还是已经结束了？沈皓明不说话，点了一支烟，白雾从他的指缝里升起来。许妍用手臂支撑着从榻榻米上站起来，说我先走了，等你想清楚了，告诉我你打算怎么办吧。

她拉开门向外走，沈皓明追出来，把外套披在她身上说，你又忘了穿大衣。然后他张开双臂拥抱了她。

这是最后的告别吗？她一阵心悸，推开他跑到路边，拦下一辆出租车。

回到家，她发觉自己浑身滚烫，好像在发烧，就设了闹钟，吞了两片药躺下来。帮帮我，她在黑暗中说。外面天空发白的时候，她感觉乔琳来了，背坐在床边，扭过头来望着自己。她的目光并没有应许什么，却使许妍平静下来。

闹钟响了很多遍，她挣扎着坐起来，看了看另外半边床，很平整，没有坐过的痕迹。她洗了个澡，烤了两片面包。手机上跳出一条短信。她没有看，走过去拉开窗帘，外面下雨了。她把杏子酱涂在面包上，慢慢吃起来。吃完才拿起手机，点开短信。

沈皓明：我们还是分手吧，对不起。

她喝光杯子里的牛奶，拿起伞出门了。

请假十天，积压了很多工作，她一口气录了三期节目。中场休息的时候，编导进来跟她聊节目改版的事：活泼一点，别死气沉沉的行吗？要是收视率再这么低，节目就得停播了。许妍说，那我就去主持一档新闻节目。编导朗朗地笑起来，《法律聚焦》那种吗？真没看出你身上还有社会责任感。

许妍换了一套衣服，坐在镜子前补妆。她问化妆师，你觉得我剪个短发怎么样？化妆师说，嗯，挺好。别再留齐刘海了，挡着额头影响运势。许妍笑了笑说，听你的。

　　回家的路上，许妍拐进一家美发店。从那里走出来，天已经黑了。夏天的风吹着脖子，很凉爽。她去便利店买了两个面包，然后往家走。路边有一家酒吧，或许是新开的。她朝里面张望了几下，有很温暖的灯光。她推开门走进去。

　　酒吧很小，只有一个男人趴在角落里的桌子上。她坐上吧台，点了一杯莫吉托。角落里的那个男人走过来，要添一杯威士忌。是对面那个姓汤的邻居。他冲她点了点头，然后回到自己的座位。

　　店里放着暗哑的电子乐，像是有什么东西发霉了。喝完第三杯，她觉得自己应该醉一次。她从来没有试过，交过的几个男朋友都很爱喝酒，她必须保持清醒，好把他们送回家。有人在敲桌子。她抬起头来。店主面无表情地说，我要关门了，我女朋友在家等我呢。然后他走到角落里，把她的邻居叫醒，站在那里看着他把口袋里的钱摊在桌上，一张张地数着。

许妍坐在姥姥家门口。明天就要动身去北京，箱子已经装好，还有很多小时候的东西要处理。她把那些纸箱拖到外面，坐在门槛上慢慢挑。乔琳朝这边走过来，她手里举着两个蛋筒冰淇淋，融化的奶浆往下淌。她坐在许妍的旁边，把香草的那只递给她。

乔琳说，我买了支钢笔，你帮我送给于一鸣。她们默默吃着冰淇淋。一个住在隔壁院子里的小男孩走过来。十来岁的样子，站在那里看着她们。乔琳指着冰淇淋说，下回我给你买一个，好吗？男孩没说话，仍旧站在那里。地上散着从箱子里拿出来的乱七八糟的玩意儿。装风油精的瓶子、装雪花膏的铁皮盒子、一块毛边的碎花布……这些不成为玩具的玩具，曾是许妍童年最心爱的东西。乔琳说，雪花膏盒子好像是我给你的。许妍说，我拿纽扣跟你换的。什么纽扣？乔琳问。许妍说，那是我最喜欢的纽扣，你竟然不记得了。她气呼呼地把蛋筒塞进嘴里，起身进屋洗手，忽然听到背后发出叮咣一声响。

隔壁的小男孩从地上那堆东西里拿起一只风

筝，转身就跑。乔琳对她说，走，我们把它抢回来！

男孩到了胡同口，转了个弯，朝大马路跑去。她们给一辆车拦住，落下了很远。但她们还在往前跑。乔琳脚踝上的链子发出丁零零的声响。她的长头发在风里散开了。许妍闻到香波的气味。小男孩消失在马路的尽头，但她们没有停下。头顶上翻卷着乌云。许妍恍惚发现这一会儿的工夫，把小时候整天走的那些街都走了一遍。如同是快进的电影画面，一帧帧飞过，停不下来。乔琳忽然拉了她一下，伸手指了指天空。在天空的最远端，一只绿色的风筝，正在一点点升起来。

许妍停下来，和乔琳仰头望着天上。那只风筝垂着两条长长的尾巴，像只真正的燕子。它在大风里探了个身，掠过低处的黑云，又向上飞去。

许妍和她的邻居站在酒吧的屋檐下。邻居说，好像又下雨了。她笑着说，有什么关系呢。邻居说，我希望下雨，这样土能好挖一点。许妍晃了晃她的短发，你说什么？邻居说，我的狗死了，我等会儿去埋它。它现在在哪里？许妍哈哈笑起来，你不会把它冻在冰箱里了吧？邻居的脸抽搐了一下，说我真的不想回家，我们能再喝一杯吗？许妍说，好啊，我家里有酒。邻居问，你男朋友呢？许妍说，分手啦。邻居说，遗憾。对了，什么时候能尝尝你做的饭吗，经常在走廊里闻见，特别香。许妍说，也可能是外卖。邻居说，不是，周围所有的外卖我都吃过。许妍问，你没有女朋友吗？邻居说，我喜欢的都不喜欢我。许妍说，你肯定有很多怪癖。邻居想了想，喜欢在浴缸里泡澡的时候吃橙子算吗？

雨下大了，他们跑起来。许妍踩到一个大水洼，雨水溅了一身。她笑起来。来到屋檐底下，邻居抖了抖身上的雨水，转过头来问，对了，你的表姐怎么样了？她的孩子好吗？许妍不笑了，望着他。

他说，有天晚上我下来遛狗，拿着手电乱扫，结果忽然在灌木丛边看到一个女人，躺在那里跟死了似的。我刚想喊保安，她睁开了眼睛，说没事，我只是晕倒了。我想扶她起来，但她说想再躺一会儿。我也不好意思丢下她，就坐在旁边，陪她聊了一会儿天。许妍问，她都说什么了？邻居说，忘了……哦对，她说，我肚子里的小家伙好像很喜欢北京，不想离开这儿，我就跟他说，你很快会回来的，你以后会在这里长大的……嗯，你表姐还说，让我到时候别忘了带我的狗和她玩……

许妍哭起来。乔琳从未说过要把孩子托付给她。然而她却知道孩子会来北京的，大概是笃信自己和许妍之间的感情，并且因为她了解许妍是什么样的人，也许比许妍自己更了解。那颗在掩饰和伪装中裹缠了太多层，连自己都无法看清的心。

许妍看向天空，好让眼泪慢点掉下来。她点点头说，孩子很快会来的，跟你的狗一起玩……

邻居说，狗死了啊，我今晚要去埋它……

许妍喃喃地说，你不知道那孩子有多乖，一点都不吵，你一逗她，她就咯咯笑个不停，是个女孩，很漂亮，眼睛圆圆的，穿着白裙子，像个小公主……

邻居说，哦，那我再养一条狗吧……

雨声淹没了他的话。许妍站在楼檐底下，静静听着外面的雨。她不知道能否照顾好孩子，以后会不会为了前途想要抛弃她。她对自己完全没有把握。可是此刻，她能感觉到手心里的那股热量。有些改变正在她的身上发生，她的耐心比过去多了不少。也许，她想，现在她有机会做另外一个人了。

湖

　　程珵第一次那么讨厌下雪。大雪令机场陷入了瘫痪，广播里不断传来抱歉的通知，飞机的抵达时间一再推迟。排椅上坐满了人，邻座的婴儿大声号哭，对面红头发的男孩把薯片撒了一地。她到门外去抽烟，一个穿着纱丽的印度女人立刻坐在了她的椅子上，如释重负地卸下背包。外面天已经黑了，雪还在下。门前的路刚清理过，又落上一层白霜。她拉起风帽，拢住火源在寒风中点着一根烟。

　　在延误了四个小时之后，飞机终于降落到肯尼迪机场。程珵站在护栏后面，看着夏晖走出来，心里真的好像在等待着一点什么。他是个看上去再普通不过的中年男人，拖着笨重的旅行箱，夹在一群白人当中，显得格外瘦小。大概在飞机上睡了很久，梦把头发弄得有一点乱。夏晖朝这边走过来。她收起手中写有他名字的白纸，一直举着它，手臂都发酸了。她接过箱子，向他简单地介绍了自己。

汽车离开机场，驶向驶去。他们没话找话说，谈论着纽约。他来过三次，都很短。他说他不喜欢这里，觉得国际大都市都是一个样。他喜欢古老而小巧的城市，比如西班牙的托雷多。他问她来这里多久了。五年，她说。

"先读了两年书，后来就工作了。"

"一直在这个华人协会？"

"没有，文学节临时过来帮忙。"

"喜欢文学？"

"啊，不，另外一个女孩有事，我来替她。"她转过头对他笑了笑，"我对文学一窍不通。"

他宽宏地点了点头。她感觉一种从高处俯瞰下来的目光，带着些许怜悯。

快到酒店的时候，他接了一个电话。挂了电话，

大乔小乔

他叹了口气：

"还得见两个朋友。我都没写明天的演讲稿呢。"

"作家应该都是出口成章的吧？"

"想混过去当然很容易，反正就是那一套话，翻过来正过去地说。有时候也想说点别的，唉，真是腾不出空来。"

"嗯。"她点了点头，表示自己很理解。

汽车停在酒店门口，披着黑色大氅的门童走上来拎行李。酒店大堂是三十年代的怀旧风格，靡暗的光线微微颤抖，低回的爵士乐如羽毛擦过耳朵。他走过去和坐在沙发上的客人拥抱。那是一对穿着高雅的美国夫妇，五十多岁，男的一头银发，脸庞红润，有点像还没有变瘦的克林顿，女的戴着大颗的珍珠耳环，口红很鲜艳。

程琤过去帮他办入住手续，把证件交给了前台的男孩。她手肘支着桌子站在那里等，随手拿起旁边的宣传单看。原来伍迪·艾伦每个星期一都会在这里吹单簧管。她记得和璐璐一起看过的《午夜巴塞罗那》，一个冒一点小险的爱情故事。但是演出的入场券竟然要两百美金，就算包含一顿晚餐也太贵了。

她走过去，为打断他们的谈话而抱歉，然后询问他是否需要吸烟的房间，又让他在酒店赠阅的几份报纸中选择一份。

"这位是程玠，她很能干。"夏晖介绍她的时候，很自然地把手搭在她的肩上。她有些窘迫地打了招呼。走开的时候，她听到他们在讨论他刚写完的小说。

"我是一口气读完的，真是太精彩了。我非常喜欢。"女人兴奋地说，她的中文非常流利，"杰夫瑞也觉得很棒，是不是？"

"是的，"叫杰夫瑞的男人顿了一下，似乎对自己的中文不是很自信，他转动了几圈眼珠，终于选到了合适的词语，"很有激情。"

"这个主题太好了，一定能引起外国媒体的关注。"女人说。

夏晖微微一笑："我希望明年秋天英文版就能出来。"

女人点点头："我们会尽力的。"

手续办妥，她把房间的钥匙牌交给他，向他道晚安。转身要走的时候，他喊住了她：

"要不要跟我们去喝点酒？"

大乔小乔

她笑着摇了摇头，再次道晚安，走出酒店的旋转门。一群记者举着相机，站在寒风里瑟瑟发抖。黑邃的镜头像狙击手的枪口，扫过她的脸，冷漠地移开，继续瞄准转动的门叶。他们在等某位下榻的明星，这家酒店很有名，她知道它也是从娱乐杂志上，好像是谁和谁在这里幽会，她不记得了。

　　酒店在麦迪逊大街上，周围是高级时装店和有品位的画廊。她朝着最近的地铁站走，虽然早就过了打烊的时间，但那些橱窗依然亮着，在下雪的寒冷天气里，就像有钱人家里的壁炉一样烧得很旺。一个流浪汉盘着腿坐在底下，倚靠着玻璃橱窗，好像在取暖。如果不是担心自己失态，她其实很想喝一杯。小松总说，她是白蛇变的，喝多要现形的，躺在地上扭滚，想蜕去身上的人皮。她醒来却什么都不记得，只觉得很累，似乎拼命要够到什么东西，却怎么也够不到。

　　她下了地铁，走出地下通道，冷风扑上来，迷住了眼睛。她想起来第一次见璐璐，就是在这个路口。当时璐璐已经租下现在的公寓，在网上寻找合租的室友。她到地铁站来接程珵，带她去看房子。等红灯的时候，璐璐转过脸来对她说：

"你知道吗？我每天出门，走到大街上看着周围的行人，总是忍不住在心里大喊一声'我爱纽约'！"

程珵怔怔地看着璐璐。她不爱纽约，她不爱任何地方。或许是被那种自己永远也不会有的热情所感动，还没看到房子，她已经决定和璐璐一起住。

她走到了公寓楼。整幢楼看起来很冷清。隔壁的新加坡女孩搬走了，有些人回去过圣诞节还没有回来。不知道他们还会不会回来。她摸出钥匙开门。锁是新换的，但旧的钥匙还没有从钥匙环上取下来，每次都会插错，总要多试一回。

昨天，璐璐的姑姑搬走了那两箱东西，现在那个房间已经空了，只有贴在墙上的宝丽来照片还没有取下来，相纸上女孩涂得粉白的脸，在黑暗中反着幽冷的光。

她回到自己的房间。地上堆着大号纸箱和撑得滚圆的旅行袋，散落着过期杂志和缠成一团的充电器。离月底只有一个星期了，还有很多东西没有整理。她在写字桌前坐下，拿出路上买的熏肉三明治和通心粉沙拉，打开电脑，一边吃一边看邮件。小松打来电话。

"明天晚上来我家吃饭吧。"

　　　　　　　　大乔小乔

"明晚？有一个酒会要去。"

"我妈过生日。"

"你干吗不早一点说呢？"

"我怎么知道你那么忙啊。"

"哪有啊？"

"不是吗？打电话也没有人接。"

"拜托你看看外面的雪有多大，飞机晚到了好几个小时，八点多我才把人接到，送去酒店。"

"瞧，你确实很忙，我说错了吗？"

"够了，小松。"

"没错，够了。"

两人都不说话了。最近为了工作和搬家的事，他们总是吵架，吵得太多就有了默契。每次要吵起来的时候，两个人就都闭上了嘴巴。

过了一会儿她说："你们先吃饭。酒会一结束，我就赶过去，应该不会太晚。"

"随便你吧。"小松挂断了电话。

程玦继续吃三明治。熏肉难吃得要命，但她似乎有一种把它吃完的责任。"不要任性。"她仿佛听到小松说。她发觉自己和小松家的人越来越像了，对事情没有好恶，只有责任。

其实去那个酒会并不是分内的事，不去也无所谓。她只是不想去小松家吃晚饭。大家无话可说，只是闷头消灭面前的食物，世界上再也没有比那更无聊的事了。小松的妈妈从前在工厂的食堂工作，习惯了用大锅做饭，每次总是会做很多，不停地给每个人添饭夹菜，生怕有谁吃不饱。那种热情在美国难得看见，最初曾令她感到很亲切。

小松的爸妈在唐人街经营一间食品商店，卖中国酱菜、火锅调料、速冻鱼丸和蛋饺。他们身上有一股浓浓的咸菜味，她每次闻到，都会想起小时候被母亲领着去国营食物店，带着套袖的售货员拿着一把长柄勺子伸进硕大的酱菜缸翻搅。

小松的爸妈一直生活在华人圈子里，来了十几年，仍旧说不出一个完整的英文句子。对他们这一家人来说，移民似乎只是连人带房子搬上货轮，经由太平洋运到美洲大陆，最终放置在纽约皇后区的一座公寓楼里。就算是运到喜马拉雅山上，或是南极，他们也还是生活在原来的房子里。那幢房子如同紧闭的蚌壳，连一丝纽约的风也吹不进去。过了这个月，她就要搬

　　　　　　　　　　　大乔小乔

去和他们一起住了。一想到这个，她就觉得呼吸困难。一直都在抗拒的事，终于要发生了。

她从衣柜里拿出一件虾肉色连衣裙，打算穿去明天的酒会。裙子是璐璐的。典型的璐璐的款式，深 V 领，嵌着亮晶晶的碎珠，腰部收紧，裙裾上滚着不动声色的小花边。

整理璐璐的东西的时候，她发现了很多自己的东西。带闪粉的眼影，热带风情的宽发带，缀满挂饰的手链以及珍珠耳钉。璐璐看准她没有主见的弱点，总是怂恿她买一些不适合自己的东西，等闲置一段时间之后，就把它们悄悄地占为己有。她第一次在璐璐的房间里发现自己的东西时感到很吃惊。

"在我心里，我们是不分彼此的，我的就是你的，你的就是我的。你要是问我要什么东西，我肯定都会给你。"璐璐狡辩道。

在把所有物品装进箱子里的时候，她留下了几件璐璐的衣服和一包没有抽完的万宝路香烟。

她穿上那件裙子，看着镜子里的自己，依稀想起璐璐从前穿着它的样子。

刚到纽约的时候，璐璐告诉她，不要错过任何一个酒会，哪怕你没有请柬。事实上，璐璐从来都没有请柬。她只是买一本艺术杂志，翻到最后一页，从画展开幕预告里找到自己感兴趣的，抄下时间和地址。璐璐是因为一个酒会才买下这条裙子。那次她跟着璐璐一起去了。那是她去过的唯一一个酒会。

璐璐捏着一杯鸡尾酒在人群中穿梭，踩着10厘米的高跟鞋，身姿却敏捷如豹。她迅速辨认出那些人中谁是有来头的，凑上去和他们搭讪。她和他们讨论墙上的画，还有最近热门的展览和音乐会。她全部的见解都来自杂志和其他社交场合的道听途说。不过已经足够了，璐璐说，最重要的一点是，无论说什么，都不要赞美，要抱怨。抱怨某个餐馆的口味大不如从前，百老汇的歌剧现在简直没法看，隐藏在布鲁克林的小酒吧如今挤满外国游客。对方肯定会积极响应，纽约这座城市的最大特点，就是聚集着全世界对生活不知满足的人。

璐璐看上去很迷人，穿着酷似巴尼斯百货公司本季新款的连衣裙，挽着仿制的赛琳小包，没有人会知道，她在布朗克斯和别人合租一个房间。这种自信珵永远都没有，她不知不觉已经退到人群的外围，一个人站在角落里，希望不要被别人注意到。然而，她还是被注意到了，先是一个女人，走上来问洗手间在哪里，过了一会儿，一个男人环视四周，把空酒杯交到她的手里。为了让自己显得有事做，她开始假装看墙上的画，看得全神贯注，甚至包括旁边名卡上的名字和尺寸。后来，一个带着棒球帽的中国男孩挽救了她。他走过来和她说话，说她是整个酒会上唯一认真欣赏这些画的人。她很担心他会问她对那些画的评价，好在没有。他们聊了一会儿，她慢慢放松下来。画廊邀请重要的客人共赴晚宴，璐璐攀谈上某位客人，和他一起走了。程玠和棒球男孩是少数留下来的人，他们喝了桌上剩下的几杯鸡尾酒，站在那里说了很多话，直到侍应走出来，从他们的手中收走了杯子。

他们去了一间汽车旅馆。房间冷得像冰柜，空调感冒了似的淌下水滴。做爱的时候，男孩身上顶着一床棉被，程玠感觉自己在一条漆黑的隧道里。那个冬天的大多数时间，都是在隧道里度过的。

男孩叫小松。他没有请柬，酒会那样的场合还是第一次去，同样是陪朋友，而朋友也把他丢下了。她发现他们真的很像，就这样，两个被丢下的人捡到了彼此，不知道应该感到可悲还是庆幸。

"能从酒会上找到一个这么不入流的人，你真是有本事。"璐璐一副恨铁不成钢的样子。

"我和你不一样，我不是一个喜欢冒险的人。"程珺说。璐璐喜欢看惊悚电影，艳遇、凶杀、遗产……而程珺喜欢冗长和平淡的那种，像一个老人晒着太阳，细数一些琐碎的往事。

"我看不是。你骨子里也喜欢，否则一个人跑到纽约来做什么？"

一个人到纽约来，是程珺有生以来冒过的最大的险。未免太大了，地心引力都消失了，很长一段时间里，她觉得自己处在一种自由落体的状态里。

"来这里不是想跟以前过得不一样吗？"璐璐说，"这话可是你自己和我说的。"

程珺摇了摇头，"现在我觉得哪里都是一样的。"

和小松谈恋爱，或许意味着对生活的全面妥协。她所做的唯一一点坚持，是仍旧跟璐璐住在一起。小松不喜欢璐璐，很早就让她搬去和他们一家人住，但她一直不肯。她需要璐璐，尽管需要得不是很多。璐璐就像一个天井，让她能够不时仰起头，看一看外面变幻的风景。那是纽约的风景。明知道只是一种暂时状态，她却在努力维系，如同早上赖床一般。直到有一天，振聋发聩的铃声把她惊醒。

那是她第一次和美国警察打交道。傍晚回家的时候，她看到他们站在公寓楼的下面。蓝色的制服令她一阵莫名紧张，好像自己是个没有身份的偷渡客。

整幢楼被拦起来。房门敞开，里面灯火通明，到处站满了人，她多么希望是璐璐在家里开派对。她坐在沙发上，等着警察带她去录口供。他们仍旧忙碌着，在那个房间里穿进穿出，好像还能挽救什么似的。许多双脚在地板上移动，小心翼翼地绕开当中的一块阴影。深李子色的阴影，她眼睛的余光里都是。她抱住膝盖，把脸埋了起来。

隔壁住的新加坡女孩站在门口，问这里发生了什么。警察告诉她，一位叫李文娟的女性被杀害了，他不懂得声调，一律用平声念出的"李文娟"三个字。李文娟是璐璐的名字。虽然她自己一直不喜欢，可是死的时候，她还是得叫这个名字。

警察初步怀疑是情杀，凶手是被害人两个星期前新交的男友，一个俄罗斯人。

"你见过他吗？"警察手中晃着他的照片。

她摇头。那个人看起来带着高加索的寒意，很苍老，蓄着一脸的络腮胡子。她记得璐璐曾经有过一个络腮胡子的男友。

"不能找络腮胡子的男人，"分手后，璐璐咬牙切齿地说，"都是野蛮人，内心阴暗。"

警察临走时说，如果有新的进展会告诉她。但他们没有打来电话。

第二天是文学周开幕。下午夏晖有一场演讲，程琤很想去听，却被陈彬遣去安排晚上酒会的事。陈彬是华人协会的负责人。他一面说开幕酒会一定要体面，一面又让她去换一种更便宜的香槟。

她下午三点才赶到会场，夏晖的演讲已经结束。正是茶歇的时间，人们都站在外面。夏晖正和两个女人说话，手里捧着一杯咖啡。她没有吃午饭，饿得发晕，匆匆忙忙地取了几块点心。陈彬走过来，脸色难看，小声对她说，夏晖不高兴了，嫌把他的发言顺序安排在那两个流亡作家后面了，而且主持人介绍他的时候，说错了他的作品的名字。他说这是他参加过的最糟糕的文学节，声称要取消媒体采访，晚上的酒会也不参加了。

"你去安抚一下他的情绪，酒会嘉宾的名单早就公布了，他不来，我们可就难堪了。"

"我？"

"嗯。他对你印象挺好的，演讲之前还问我，你怎么没有来。"陈彬说。

两个女人走了一个，剩下的那个穿着芥末黄色花呢套装的女人，一脸痴醉地望着夏晖。这位杨太太程玮是认识的，前天布置会场的时候就来过，怨陈彬没有给自己寄请柬。陈彬立即把责任推到程玮的身上，还当着那个女人批评了她。杨太太走后，陈彬说，这种人多了，在华人圈子里混各种场子，还以为自己是名媛。

程玮又取了两块点心和一杯咖啡。水果塔的味道不错，淋着糖浆的草莓令人觉得幸福。远处有一道寒森森的目光射过来，恨不得要把她手中的碟子打翻。她抬起头，陈彬正看着自己。

她把剩下的水果塔塞进嘴里，扔掉纸杯和碟子，朝着夏晖走过去。她没有走到他跟前，而是在相隔不远的地方停下，等着他发现自己。他的目光掠过又折回，落定在她身上，脸上露出惊喜。

"你好像瘦了一点。"他看着她走过来，微笑着说。

杨太太回头看到是她，一脸纳罕：

"你们早就认识？"

"昨天才第一次见面。"

杨太太微张着嘴，神色诧异。程玮连忙岔开话题：

"演讲还顺利吗？"

"非常精彩。就是太短了，我们都想听你再多说点呢。"杨太太笑着对他说。

夏晖笑了笑，转头看着程玮："昨天你真应该跟我们一块儿去，那个酒吧太棒了。"

程玮没说话，低头看着自己的靴子。空气在他们中间凝结。过了一会儿，杨太太说：

"对不起，我还有事，先走了。"她走的时候，轻蔑地看了程玮一眼。

程玮问夏晖："我打搅你们说话了吧？"

"当然没有。你解救了我。你看不出来吗？"

"我以为你早就习惯了，无论什么情况都能应对自如。"

"我一直提醒自己不要变成那样。"

"为什么？"

"作家一定是因为对这个世界感到不适应才会写作，如果他对一切都很适应，那还有什么可写的呢？"

"作家都很任性，是不是？"

"这不算是任性。"

"那突然取消采访和拒绝参加晚宴算不算呢？"

"哦，在这儿等着呢。"他笑起来，"我都忘了你是在这里工作的了。"

"我只是觉得你既然都来了，为什么不参加一下呢？"

"说实话，这种规格的文学节，我现在都拒绝，这次不过是顺便来见见老朋友。"他捏扁手中的空纸杯，走过去扔掉，"明天晚上还要飞巴黎，我的法文版刚出来，好几个重要报纸要做采访。"他鼓起腮帮，吐了一口气，"我想给自己放半天假，不知程小姐能否批准？"

"我哪里有批准的权力啊？"她笑着说。

"但我不想让你为难。"他收住笑，诚恳地看着她。

"不会。我不过是负责一些会务的杂事。"她说。

工作人员走出来，宣布下半场的会议要开始了，请大家回到会场。夏晖看着人们陆续走进去，转过头来对她说：

"好吧，我要走了。"

"现在吗？现在就要走了吗？"

"对，趁着他们没有派另外一个说客来，偷偷地走掉。"

"我不是说客。"她小声嘟囔。

"好吧，你不是。"他穿上大衣，将滑下来的围巾搭上肩膀。他没有立刻走，还站在原地。她低着头，挪动着脚，把它们移进方形瓷砖的边框里。

"这份差事对你重要吗？"他把双手抄在口袋里。

"嗯？"她怔了一下，摇摇头，"我只是临时来帮忙的。"

"真的？"

"嗯。"

"那不如和我一起走吧？"

"去哪里？"她抬起眼睛。

"我来想想看，"他说，"去拿外套吧，我在大门口等你。"

璐璐死后，她请了长假，然后辞掉了社区图书馆的工作。她从前对于记忆数字颇为擅长，能背书脊上长长的编号。但是璐璐死后，她忽然什么都记不住了，看到长串的数字就变得很烦躁。

她仍住在那套公寓里。和房东说好会住到月底，走时会把房子打扫干净。小松怎么劝也没用，她说只想一个人待着，慢慢整理东西。房东已经把招租启事贴出去，不断有人来看房子，他们没有看报纸，也没有遇到隔壁的新加坡女孩，所以不知道这里发生过什么。他们只是看到房间的墙壁上，贴满了璐璐的宝丽来相片。

"她回国了。"她解释道。有那么一刹那，她觉得璐璐可能真的回去了。客死他乡，或许是离开他乡的一种方式。

陈彬来的时候，她还以为又是看房子的人，但他说他找璐璐，电话打不通，就过来看看。陈彬所在的那个华人协会，负责筹办一些和中国有关的会议和展览。最近在策划一个华语文学节，璐璐曾答应他去帮忙。

"璐璐好像很少参加这种活动啊。"程玮说。璐璐一向瞧不起任何和华人沾边的活动，觉得它们庸俗、腐朽。

"没错，不过这次文学节邀请了很多著名作家，"陈彬说，"还有夏晖。你大概不了解璐璐，她可是个文学青年，夏晖所有的书都读过，她说这次一定要让他给签个名。"

"我听她说起过。"程琤说。她不知道自己为什么要撒谎。

"真不敢相信，她这个人已经不在了……"陈彬的眼眶红了。程琤忽然有种直觉：璐璐一定和他睡过。他们沉默地坐着，凭吊了一会儿逝者，临走的时候，陈彬问她愿不愿意代替璐璐去帮忙。

"有报酬的，虽然不是很多。"

程琤答应了。

小松坚决反对，他认定和璐璐有关的一切都很危险。

"我只是想多见见人。"她无法告诉他，璐璐死后她有多么孤独。

没有人看到他们离开会场。她担心有人追出来，走得很快，他跟在后面。街上没有什么行人，也很少有车经过。扫起来的积雪堆在马路沿，像堆了一半的雪人。两棵被丢弃的圣诞树，横在垃圾箱的旁边。她很少来曼哈顿上东一带，这里的街道很陌生，有一种奇怪的清冷，如同舞台上的布景。她听着身后跟随的脚步声，觉得好像是在一部电影里。

他们过了路口，走到中央公园。大片的积雪很完整。靴子踏在上面，扬起厚厚的雪粉。惊动的松鼠蹿到树上，站在枝头看着他们。

"嗨，可以停下了吗？"他气喘吁吁地在后面喊。

她停下来，回过头去看，他已经在几十米之外。

"跑那么快，简直像两个逃犯！"他快步走上来。

"没错，我们就是在越狱啊。"

"你为什么那么兴奋呢，越狱的愿望好像比我还迫切。"

"哪有的事？"她拉起衣领，扣上外套最上面的扣子，"现在我们去哪儿呢？"

"找个地方坐一会儿，可以吗？"

"那就还得继续走，前面才有咖啡馆。"

接近中午的时间，咖啡馆里没有什么人，一个很老的男人坐在角落里读《纽约时报》。点单的时候，他让她替自己决定。梳着马尾的女侍应很快把喝的送了上来，她的咖啡，他的英国茶。

"我想起小时候逃学的事。"她撕开糖包，往咖啡里倒了一半。

"你还会逃学吗？我以为你一直是乖学生。"

"其实只有那么一两回。"

"为了什么事？"

"什么也不为。当时班上有两个经常逃学的学生。我很好奇我们在教室里上课的时候，他们都在外面做什么，有一天就跟着他们一起跑出来了。"

"结果呢，你们做了什么？"

"好像什么也没有做，我想不起来了，就只记得那么跑出来。"

他笑起来："所以今天也是一样？我就好比那个经常逃学的学生？"

"啊，我没这个意思，"她看看他，试探着问，"你是吗？"

"是啊，我小学二年级就开始逃课啦，"看到她一脸惊讶，他会心一笑，"那时候停课闹革命，想上课也没得上。"

"那是哪一年啊？"

"一九六六年。全中国都逃学了。"

"真的很难想象，听上去总觉得像是另外一个世界。"

"我就是从另外一个世界回来的人。"他说。

"唉，好吧。"她拿起杯子，发现咖啡已经喝完了。角落里的老男人不知道什么时候走了，整个咖啡馆只剩下他们两个人。她一时有些恍惚。

"现在我们去哪里呢？"她问。

"你不想待在这儿了吗？"他在浓密的阳光里眯起眼睛。

"也没有啊。"她说。她只是觉得应该去个什么地方，才不算浪费了这个下午的时光。

"你有什么想法吗？"他向后倚靠在椅背上。

"不是说你来想吗？"

"嗯，可这儿我一点都不熟，以前每次来都有朋友带着。"

"不然去拜访你的朋友？"

"哪个朋友？"

"随便哪个，你不是说有很多朋友在这里吗，汉学家、出版人、大学教授……你去见他们就是了，不用管我，我可以在旁边坐着，那样挺好的，我喜欢听有意思的人说话。"

"他们都很没意思。"

"怎么会呢？"

"真的，和文学节上的人一样没意思，我们不是刚逃离出来吗？"

"可他们是你的朋友，待在一起应该会自在很多吧。"

"还是现在这样比较自在，你觉得呢，晚一点我们再看好吗？"

"嗯。"她点了点头。

过了一会儿，他忽然坐直身子：

"我有个主意，不如带我去那些你经常去的地方看看吧？咖啡店啊，餐厅啊，百货公司啊，超级市场啊，都可以。"

"那有什么可看的？"

"那样我就可以知道，你平常的生活是什么样的。"

"你会觉得很无聊的。"

"我觉得很有意思，你只管去做你平常做的事，不用特别照顾我，就当我不存在。"他挥了挥手，示意结账，"走吧，我们去吧。"

她跟着他走出咖啡馆。平常做的事，在地铁站出口的食物店买捆在一起出售的隔天面包吗？坐在公寓楼下的 Z 形防火梯上发呆、喂野猫吗？她多么希望这个下午能过得有一点不同。

去联合广场是一个折中的选择。那里也是她经常去的地方，还有很多商店和旧书店，总好过到她的住处附近，一个平淡无奇、嘈杂拥挤的居民区。

他们决定坐地铁。虽然地铁站有一些远，不过他很乐意走过去——他强调，完全按照她平日的方式。

在地铁站，她站在自动售票机前面给他买票。他看着她手里的红色圆肚子的零钱包，一副很佩服的样子：

"那么多零钱。"

她把找回来的零钱放到里面，束紧勒口递给他。他托在手心里，掂了几下：

"很久没看到这么多零钱了。"

"因为你太有钱了。"

"不是，在中国，零钱越来越少见了，它们已经失效了。"

"是吗，太可惜了，我很喜欢用零钱，付账的时候想尽办法凑出正好的数额，会觉得很有成就感。"她自己笑起来。

他望着她，眼睛亮晶晶的，就像在夜空中发现了一颗未命名的小行星。

她去了一趟洗手间，他站在地铁进口外面等着。回来的时候，一个黑人正在和他说话。他只是摇头，连连摆手，露出很不耐烦的表情。他误解了那人的意图，以为是乞讨或是推销，然而事实上他是在问路。她走上去，告诉他怎么走。夏晖显得有一点窘迫。

她竟然没有注意到他不会说英语。在会议上有翻译，昨天他见的朋友会讲中文，没有哪个场合需要他讲英语。也许从来都没有，他总是被保护着，不会陷入如此尴尬的境地。他似乎被伤了自尊心，一路上都很沉默，只是紧紧跟在她身后，像一个害怕被丢掉的小孩。

他们从联合广场中央的地铁出口上来，周围是一圈大大小小的商店，橱窗上贴着令人兴奋的大红色"SALE"。她问他是否要给家人买什么礼物，他说不用。她指给他看一家很大的商店，告诉他三楼有一家卖家居用品的很不错，她在那里买过几个靠垫和一个灯罩。她问要不要上去看看，他迟疑了一下，说都可以。

她从来没有和男人一起逛过家居用品商店，还是一个陌生的男人，那种感觉实在奇怪，两个没有生活交集的人，看着各种摆放在家里的东西，温馨的、柔软的、放在床头的、贴着皮肤的东西。她帮小松的妈妈挑了一件珊瑚绒的睡衣作为生日礼物。

先前她担心这个下午过得太快，现在却觉得非常漫长。她又带他去了一家很有名的二手书店。但他无法读英文，对那些书不感兴趣，只是让她带自己去看中国作家的书。她在很深处的一个拐角找到了，仅仅占据书架最底下的两排，要蹲在地上，才能看到书名。其中有一本书是他的。但他说有三本都翻译成了英文，让她再找找看。她跪在地上，找得头发都散开了，还是只有那一本。

"这是家二手书店，找不到的书，说明没人舍得卖。"她安慰道。

他点点头:"就这本《替身》翻译得不好,很可惜。"

但她还是决定买下来请他签名。后来他们在书店里的咖啡厅坐下,他把书翻到扉页,握着钢笔,抬起头问她的名字,"程玤"是哪两个字。她心里有个念头一闪而过,这本书应该是璐璐的。虽然现在依然可以写上她的名字,但是程玤没有那么做。她不怎么相信灵魂的事,死亡就是一切都结束了。所以,璐璐不需要任何纪念物。

天色渐渐发暗。他们决定去吃晚饭。虽然他表示吃什么都可以,但她还是用心选择了一家餐厅,在中央公园里面。他们坐车返回那里。

餐厅在湖边,造成船屋的样子。恰好有一张临窗的桌子没有被预订,看出去是结冰的大湖,覆盖着厚厚的白雪。

"你选的地方很好。"他看着窗外,"这里你常来吗?"

"我就来过一次。"她不无遗憾地说,"要是早点来就好了,天一黑,就什么都看不见了。"

点菜的时候,他还是要她替自己决定。她给他点了牛肉,自己要的是鳕鱼。她合上菜单递给侍应的

　　　　　　　　　　　大乔小乔

时候，他说：

"喝点葡萄酒吧。"

他们要了一瓶智利的红酒，她试尝之后点点头，侍应帮他们倒上。

他举起杯子跟她碰了一下："这个下午过得很愉快。"

她说："真的吗？让你走了那么多的路。"

"真的。"他说，"我每次出国都安排得很满，见人，开会，演讲，从一个地方赶到另一个地方，从来还没像今天下午这样——"

"这样漫无目的的，是吧？完全不知道要去哪里。"

"就是不要目的。人总是有很强的目的性，所以才活得那么累。"

此时，窗外已经天光散尽，大湖消失了轮廓，只剩一片荧白，悬浮在夜色当中。

他喝了一点酒，渐渐恢复了精神。

"你一个人住，还是和男朋友一起？"他问。这是第一次涉及私人话题。

"一个人，之前还有一个室友。"

"不和男朋友一起住吗？"

"你怎么知道我有男朋友的？"

"一种感觉。"他说，"没有吗？"

"有。"她点点头。

"不过你应该是那种很独立的女孩，有自己的空间，"他说，"你跟国内的年轻女孩很不一样，你身上没有那种浮躁的、贪婪的东西。"他厌恶地皱起眉头，似乎曾深受其害。

"有时候我觉得离这个世界挺远的。"她笑了笑，"可能因为是水瓶座吧。"

"又是星座。现在的年轻人好像都很信，真的准吗，所有的人就分成那么十来种吗？"

"上帝要造那么多的人，总是要给他们编个号，分一分类吧。"她说，"就像图书馆里的书，每一本都和其他的不同，但是它们也会被分类和编号。这样想要哪本书的时候，才能很快找到，而且再添新书的时候，也比较容易避免重复。"

"你真厉害，"他说，"让上帝变成了一个图书管理员。"

"我只是打个比方……"她连忙解释，很怕被他认为是亵渎神明。在她的想象里，作家都有坚定的信仰。

侍应把主菜端上来了。牛肉和鳕鱼看起来让人很有食欲,他们切成几块,与对方交换。她觉得应该问他一些问题,可是她对文学了解得实在太少了。

"你写作的时候,是不是需要特别安静的环境,与世隔绝的那种?"她问。

"年轻的时候是这样,总想躲到没有人的地方去写作。"

"现在呢?"

"现在愿意待在热闹的地方,每天会会朋友,喝点酒。"

"人年纪大了,不是应该喜欢清净吗?"

"可能还不够老吧。不过没准越老越爱热闹,"他笑了笑,"我只是说我自己啊,别的作家可能不这样。"

"我只认识你一个作家。你什么样,我就觉得他们也什么样。"她说。

"那我可要表现得好一点。"他说。

她笑起来。但他没笑。

"有时候想一想,多写一本书,少写一本书,有什么区别呢,也就这样了。真是没有当初的野心了。"他有些悲凉地望着外面的湖。

过了一会儿他转过头来：

"我想起了一点往事，想听吗？"

"当然。"

"写第一部长篇的时候，我儿子刚出生，家里房子小，为了图清净，我到乡下住了几个月。那地方很荒凉，只有几幢空房子，据说是风水不好，人都搬走了。我就在那里写小说，傍晚到最近的村子里吃饭。有一天喝了酒，回来的时候一脚踩空，从山坡上滚下去了。当时醉得厉害，就在那里睡着了。醒来发现自己躺在大石头上，面前是一片茫茫的大湖。像极了聊斋故事，一觉醒来什么都不见了。我当时没想到老婆孩子，第一个反应是，我那个写到一半的小说呢？它是不是一场虚幻，其实根本不存在？"

他怔怔地坐在那里，好像等着自己从故事里慢慢回来。侍应走上过来，拿走了面前的盘子。

"那个时候，我也许是一个称职的作家。"他说。

两个中年男人从外面进来，皮鞋上的雪震落到地板上。壁炉在角落里吱吱地摇着火苗。邻桌的情侣沉默地看着菜单。

"我知道你说的那种感觉。"隔了一会儿，她说。

大乔小乔

很多时候，她也感觉自己是在一个梦里。璐璐没有死，因为她并不存在。小松一家也不存在，她根本从未到美国来。这一切都是梦，梦像一条长长的隧道，穿过去就可以了。

去洗手间的时候，她沿着一条木头地板之间的缝隙，想试试自己还能不能走直线。镜子里的自己，嘴唇被葡萄酒染成黑紫色，像是中了剧毒。手机在口袋里震动起来，小松的名字在屏幕上闪烁。她伸手按掉了它，感觉到一丝快意。

夏晖提出再到酒吧喝一杯，她想也没想就说好。需要点锋利的东西，把梦划开一道口子，然后就可以醒过来了。

推开餐馆的门，冷空气吹散了脸上的酒精。心像一个攥着的拳头，慢慢地松开了。

"我们走到湖上去吧。"她转过身去恋恋不舍地说。

"滑冰吗？"

"就想在上面站一下，你不觉得它就像一块没有人到过的陆地吗？"

"别傻了，冰一踩就碎了。"他说。

几个美丽的少女站在大街上，寒风镂刻出雕塑般的五官，幽蓝色的眼影在空中划出一簇磷火。一个女孩走上来问程珲要烟，她耸耸眉毛，为自己未满十八岁感到无奈。程珲递给她一支烟，按下打火机，用手挡住风。女孩把烟含在两片薄唇之间，偏着头凑近火焰。她闻到女孩身上的甜橙味的香水。

另外几个女孩也走过来，对着他们微笑。她把那包所剩不多的万宝路送给了她们。

"我看到这些女孩，就会很难过。"她看着她们的背影说。

"为什么？"

"我觉得自己老了，而且好像从来都没有年轻过。"

"小丫头，你这才走到哪里啊？路还长着呢。"他伸过手来，拍了拍她的头。她的眼圈一下红了。

从湖边的餐厅来到酒吧，如同从云端堕入尘世。暧昧的光线融化了头发上的雪花，冬天的肃穆淹没在轻佻的音乐里。人们叫嚷着，好像谁跟谁都很亲密。他们坐在那里，显得有些格格不入。大衣搭在椅子上，口袋里的手机在她的背后震动，像一颗就要跳出来的心脏。她有一点同情小松。

夏晖比画着问侍应又要了一瓶酒。

　　　　　　　　　　　大乔小乔

"你明天还要赶飞机呢。"

"没关系。"他看着她，像是在说他们有的是时间。

"你知道吗，"她把刚倒上的酒一饮而尽，"我有一个朋友很崇拜你，读过你所有的书。"

"是吗？"他笑了一下，似乎已经司空见惯。

她摇着杯子悲伤地说："本来来的应该是她。可我呢，我从来没有读过你的书，我对你一无所知。"

"这不是很好吗？"他说，"没有东西隔在我们中间。"

"不好。要是她的话，和你会有很多话可说。"

"傻姑娘，不用说话，过来，"他轻声对她说，"坐到这儿来。"

她站起来，碰倒了面前的酒杯。她跌跌撞撞地走过去，被他一把拉入怀里。他开始吻她，一只手温柔地抚摸着她的后背，好像她是一只猫。她听到血突突地撞击太阳穴。杯子在桌上咯噔咯噔地滚动着。酒顺着桌沿往下淌，滴滴答答地打在靴子上。他在她耳边说：

"我们去你住的地方，好吗？"

"我不想回去，再也不想了。"她拼命地摇头。

"为什么？"

她没有说话。

他捧着她的脸，再次含住她的嘴唇。他塌陷的眼眶周围有很多皱纹，在激烈的呼吸里颤抖。

"我们去吧。"他说。

她笑了一下，脑海中浮现出他住的那间酒店。旋转门，吊灯，合拢的电梯，铺着暗花地毯的走廊，尽头是一扇紧闭的门。他的房间，像一个神秘的抽屉，正在缓缓打开。爵士乐从楼下的酒吧传来——她差点忘了，一场只属于今夜的即兴演奏。

"伍迪·艾伦。"她轻声说。

"什么？"他问。

"没什么。"她摇摇头。黑色账单夹已经放在桌上，他从皮夹里取出霉绿色的钱，侍应合上账单夹，拿起来。她看着侍应走了，他的背影被一团光劈成了两个。她太热了，就要化了。

"我们走吧。"他说。

"去哪儿？"她喃喃地说。

她记得他们上了一辆出租车，在后座亲吻。她有一部分意识非常清醒，如同后视镜里司机的眼睛，炯炯地望着自己。她甚至能说出公寓的地址，并且指挥

大乔小乔

司机绕了几条小路，准确地停在楼下。她还记得开门的时候，又拿错了钥匙。她把之前的那把从钥匙环上取下来，甩手扔掉了。

此后的记忆，就变得很模糊。好像只剩下她一个人，痛苦地翻身，灼烫如铁的皮肤淬起火星。直到不真实的清晨到来，她看到自己跌跌撞撞地跑下楼去。天空呈现出仁慈的浅灰色。野猫坐在防火梯上，像遇到陌生人一样警惕地瞪着她。

璐璐从远处走过来与她会合，身上穿着她留下的另外一条黑色裙子，长长的裙摆一个皱褶也没有。

"我们快走吧，来不及了。"她拉起程珺的手。

"去哪儿？"

"别怕，"璐璐笑起来，"纽约还有很多你没有去过的地方呢。"

她们走了很久，来到了湖边，水中央有一个小岛，白得晃眼。

"我们得游过去，可以吗？"璐璐转过头问她。

她不会游泳，可是这不重要。她点了点头。

"扑通"一声，璐璐消失在水中。她也纵身跳了下去，紧跟在璐璐身后。这时一阵奇怪的声音从远处传来。像是有人在擂鼓，她还没来得及分辨清楚，那声音已经像绳子一样箍住了自己，把她朝某个方向拉过去。

程玎睁开眼睛，听到急促的敲门声。

"开门！开门！"小松在外面大吼。

她坐起来，看到夏晖抱着一团衣服，冲到衣柜跟前，拉开门敏捷地钻了进去。

"开门！我知道你在里面！"小松用拳头哐哐砸门。

程玎跳下床，拉开柜子的门。夏晖缩在角落里，脸埋在垂下来的藕粉色连衣裙里。

"那是璐璐的裙子。"她蹙起眉头说，伸手把他拽出来。

"你出去吧。"她说。

"现在吗？"夏晖惊恐地看着她，指了指门口，"可是……"

她好像什么也没听见，抓着他的胳膊来到门口。

"你至少等……"他脸色惨白，近乎哀求。

她曜地拉开了门，把他推了出去。正要关门，感觉有什么东西绊住了脚，夏晖的大衣，她把它踢出去，合上了门。

　　　　　　　　　　　　大乔小乔

她回到床上，闭上眼睛。小松大声咆哮，好像跟夏晖厮打起来。渐渐地，门外的声音越来越远，就像回头去看岸上的景物，它们一点点变小，缩成黑点。她眺望前方，已经看不到璐璐的身影。洁白的小岛就要消失了。她一头扎进水中，划开手臂，奋力地朝着它游过去。

动物形状的烟火

　　清晨时分，林沛从乱梦中醒来。他拉开窗帘，外面是杏灰色的天空，月亮挂得很低，像一小块烧乏了的炭。这一年的最后一天来到了。明天就是新年了。

　　他坐在床上，回想着先前的梦。梦里他好像要出远门，一个陌生人到月台来送他，临别时忽然跑上来，往他的手里塞了一把茴香。他站在窗口望着那人的背影发怔，火车摇摇晃晃地开动起来。在梦里，月台上没有站名，火车里空无一人。他独自坐在狭促的车厢里，要去哪里也不知道。所有这些都语焉不详，一个相当简陋的梦。如同置身于临时搭建起来的舞台，从一开始就宣布一切都是假的，没有半点要邀请你入戏的意思。

唯有他手里攥着的那把茴香，濡着潮漉漉的汗液，散发出一股强郁的香味，真实得咄咄逼人。

梦见茴香，意味着某件丢失的东西将会被找到，以前有个迷信的女朋友告诉过他。她在梦见茴香之后不久，就被从前的男朋友带走了。但她的迷信却好像传染给了他。他连她长什么样子都忘了，却还记得她那些怪异的迷信论断。

林沛闻了闻那只梦里攥着茴香的手，点起一支烟。会是什么东西失而复得呢？他回忆着失去的东西，多得可以列好几页纸的清单。对于一个习惯了失去的人来说，找到其中的一两样根本没什么稀奇。不过想来想去，他也没想到有什么特别值得找回来的。不知道为什么，那些曾经很珍贵的东西，失去了以后再回想起来，就觉得不过尔尔，好像变得平庸了很多。他没有办法留住它们，可他有办法让它们在记忆里生锈。

中午电话铃声响起来的时候，林沛正在画室里面的隔间通炉子。炉子又不热了。这个冬天已经不知道

　　　　　　　　　大乔小乔

坏了多少次。他买的那种麦秸粒掺了杂质，不能完全燃烧，弄得屋子里都是黑烟。他放下手里的铁钩，从口袋里掏出手机。宋禹的名字在屏幕上跳。他蹲在地上，看着它一下下闪烁，然后灭下去。

他从浓烟滚滚的小屋子里走出来，摘掉了口罩。画室冷得像一只巨大的冰柜。头顶上是两排白炽灯，熏黑的罩子被取掉了，精亮的灯棍裸露着，照得到处如同永昼一般，让人失去了时间感。这正是他喜欢待在画室的原因。隔绝、自生自灭。他渐渐从这种孤独里体会到了快意。

他走到墙角的洗手池边，一只手拉开裤子拉链，微微踮起脚尖。这个洗手池原本是用来洗画笔和颜料盘的，自从抽水马桶的水管冻裂之后，他也在这里小便。他看着尿液冲走了水池边残余的钴蓝色颜料，残余的尿液又被水冲走了。

前几天，隔壁的大陈也搬走了。整个艺术区好像都空了。上星期下的雪还完好地留在路边，流浪猫已经不再来房子前面查看它的空碗了。傍晚一到，到处黑漆漆一片，荒凉极了。他从这里离开的时候，偶尔看见几扇窗户里有灯光，但那里面的人早就不是他从前认识的了。他们看起来很年轻，可能刚从美院毕业，几个人合租一间工作室，做着傻兮兮的雕塑，喂着一只长着癞疮的土狗。有时他们管它叫杰夫，有时则唤它昆斯，到底叫什么也搞不清，过了很久他才明白，它是鼎鼎大名的杰夫·昆斯*！

当初和林沛一起搬进来的那些艺术家都离开了。要么搬去了更好的地方，要么改了行。他无法搬到更好的地方，也无法说服自己改行，所以他仍旧留在了这里。有好几次，他感觉到那些年轻男孩以怜悯的目光打量着自己，好像他是和那些留在墙上的"文革"标语一样滑稽的东西。

他把水壶放在电磁炉上，从架子上取下茶叶罐。等着水开的时间，他拿出手机，又看了看那个未接电话。是宋禹没有错。久违了的名字。算起来大概有五六年没有联系过了，或许还要更久。

宋禹是最早收藏他的画的人之一，在他刚来北京的那几年，他们一度走得很近。那时候宋禹还不像现

---

* 杰夫·昆斯（Jeff Koons，1955 年—），美国当代著名的波普艺术家，被称为继安迪·沃霍尔之后最重要的波普艺术家。

在这么有钱，而他还是备受瞩目的青年画家。第一个个人展览就获得了巨大的反响，各种杂志争相来采访，收藏家们都想认识他，拍卖行的人到处寻找他的画，前途看起来一片光明，距离功成名就似乎只有一步之遥。

他至今都搞不懂后来到底发生了什么。好像就在一夜之间，风向发生了转变，幸运女神掉头远去。不知不觉，一切就都开始走下坡路了。他想来想去，也找不到原因，只好将转折点归咎于一粒沙子。

那年四月的大风天，一粒沙子吹进了眼睛，他用力揉了几下，眼前就变得一团模糊。去医院检查，说是视网膜部分脱落。医生开了药，让他回家静养。他躺在床上听了一个月的广播，其间一笔也没有画。或许就是在那个时候，他的天赋被悄悄地收走了。再次站在画布前面的时候，他的内心产生了一丝厌恶的情绪。一点灵感也没有，什么都不想画。

他开始用谈恋爱和参加各种派对打发时间。还加入了朋友组织的品酒会，每个星期都要喝醉一两回。这样醉生梦死地过了一阵子，后来因为画债欠得实在太多，才不得不回到画室工作。再后来，几张画在拍卖上流拍了。几个女朋友离开了他。几个画廊和他闹翻了。经历了这些变故之后，他的生活重新恢复了安静，就像他刚来北京的时候一样。不同的是，他染上了酗酒的毛病。

他忘记宋禹是怎么与他不再来往的。那几年离他而去的朋友太多了，宋禹只是其中的一个，和所有人一样，悄无声息地从他的世界里消失了。最后一次好像是他给宋禹打了个电话，宋禹没有接——现在他看着手机上宋禹的未接来电，心想总算扯平了。

"我们未来的大师。"他记得宋禹喜欢笑眯眯地看着他说。那时候他买了他那么多的画，对他的成功比谁都有信心。所以后来应该是对他很失望吧。但那失望来得也太快了。他想不明白，为什么就不能再等一等（当然事实证明，再等一等也是没有用的）——在随后的一年里，宋禹就把从前买的他的画全都卖掉了。商人当然永远只看重利益，这些他理解，他不怪宋禹，可是让他无法接受的是，宋禹竟然连那张给他儿子画的肖像也卖了。至今他仍记得那张画的每一处细节。小男孩趴在桌子上，盯着一只旋转的黄色陀螺。从窗口斜射进来的阳光照在男孩的右脸颊上。那团毛茸茸的光极为动人，笔触细腻得难以置信，展现了稚幼生命所特有的圣洁与脆弱。那张画他画了近两个月。"我再也不可能画出一张更好的肖像来了。"交画的时候他对宋禹说。"太棒了,这完全是怀斯的光影!我要把它挂在客厅壁炉的上方!"宋禹说。一年后,"怀斯的光影"被送去了一个快倒闭的小拍卖公司,以两万块成交,被一个卖大闸蟹的商人买走了。

手机又响了。他紧绷的神经使铃声听着比实际更响。还是宋禹——暗合了他最隐秘的期待。看到这个名字,他的情绪的确难以平复。他承认自己对于宋禹的感情有点脆弱,或许因为他从前说过的那些赞美他的话吧。天知道那些迷人的话是怎么从宋禹的嘴里说出来的。可是他真的觉得他和别人不一样,他是懂他的。

这么多年了,宋禹欠他一句抱歉,或者至少一个解释。他想到那个关于茴香的梦,怀着想知道能找回一点什么的好奇接起了电话。

林沛带了一瓶香槟,虽然他知道他们是不会喝的。可毕竟是庆祝新年,他想显得高兴一点,还特意穿了一件有波点的衬衫。他早出门了一会儿,去附近的理发店剪了个头发。只是出于礼貌,他想。

宋禹早就不住在从前的地方了。新家有些偏远，他花了一些时间才找到那片西班牙风格的别墅区。天已经黑了，有人在院子里放烟火。郊外的天空有一种无情的辽阔。烟火在空中绽开，像瘦小的雏菊。屋子里面传来一阵笑声。他在门口站了一会儿，才按响了门铃。

"最近还好吗？今晚有空吗，到我家来玩吧，有个跨年派对。"宋禹在电话那边说，语气轻松得如同他们昨天才见过。可是这种简洁、意图不明的开场好像反倒让人更有所期待。所以虽然他知道当即回绝掉会很酷，却依然说"好的"。

他站在门口，等着用人去拿拖鞋。

"没有拖鞋了……"梳着短短马尾的年轻姑娘冒冒失失地冲出来，"穿这个可以吗？"她手上拿着一双深蓝色的绒毛拖鞋，鞋面上顶着一只大嘴猴的脑袋。如果赤脚走进去，未免有些失礼，他迟疑了一下，接过了拖鞋。

"这拖鞋还是夜光的呢。"马尾姑娘说，"到了黑的地方，猴子的眼珠子就会亮。"

拖鞋对他来说有些小，必须用力向前顶，脚后跟

　　　　　　　　　　　　大乔小乔

才不会落到地上。他跟随保姆穿过摆放着一对青花将军罐的玄关，走进客厅。他本以为那姑娘会直接带他去见宋禹，可她好像完全没有那个意思，一个人径直进了旁边的厨房。他站在屋子当中环顾四周，像个溺水的人似的迅速展开了自救。一个认识的人都没有。他竟然松了一口气，走到长桌前拿起一杯香槟。

酒精是他要格外小心的东西。为了戒酒，他去云南住过一阵子。在那里他踢球、骑车、爬山，每天都把自己累得筋疲力尽，天刚黑就上床去睡。偶尔他也会抽点叶子，那玩意儿对他不怎么奏效。这样待了两个多月，回来的时候有一种从头做人的感觉。

这杯香槟他没打算喝，至少现在没有。他只是想手里拿点东西比较好，这样让他看起来不会太无聊。客人们以商人居多。他听到有几个人在说一个地产项目。旁边那几个讨论去北海道滑雪的女人大概是家眷，根据她们松弛的脸来看，应该都是原配。墙上挂着一张油画，达利晚期最糟糕的作品。他盯着看了一会儿，决定到里面的房间转转。

那是一个更大的客厅，铺着暗红色团花的地毯。靠近门口的长桌上摆放着意大利面条、小块三明治和各种甜点。一旁的酒精炉上烧着李子色的热果酒。托着餐碟的客人热烈地交谈着，几乎占据了屋子的每个角落。靠在墙边的两个女人他认识，一个是艺术杂志的编辑，从前采访过他。另一个在画廊工作，他忘记名字了，她的，还有画廊的。她们似乎没有认出他来。他有点饿，但觉得一个人埋头吃东西的样子看起来太寂寞。他决定等遇到一个可以讲讲话的人再说。

一阵笑声从他背后的门里传出来。那是宋禹的声音，他辨认得出，有点尖细刺耳，特别是在笑得不太真诚的时候。他转过身去，朝那扇门里望了望。是一间用来抽雪茄的小会客厅，落地窗边有沙发。看不到坐在上面的人，只能看到其中一个男人跷着的腿和铮亮的黑皮鞋。这样走进去会引起里面所有人的关注。他不想。宋禹应该会出来，他肯定要招呼一下其他客人的，不是吗？他决心等一等。遗憾的是这个房间连一张像样的、可以看看的画都没有。墙上挂着的那两张油画出自同一位画家之手，画的都是穿着旗袍的女人，一个拿着檀香扇，一个撑着油纸伞。他知道它们价格不菲，却不知道它们究竟好在哪里。

从洗手间回来，他发现自己放在长桌上的香槟被收走了。手里空空的，顿时觉得很不自在。他只好走过去给自己倒一杯果酒。加了苹果和肉桂的热葡萄酒，散发出妖冶的香气。可他还不想喝，至少在见到宋禹之前还不想。一个小女孩，约莫五六岁的样子，不知道从哪里冒出来，悄悄走到长桌边，很小心地看了看四周，忽然踮起脚尖，抓起一个水果塔塞进外套的口袋里。她手细腿长，瘦得有些过头。站在那里静止了几秒之后，她又飞快地拿了一个水果塔，塞进另外一侧的口袋。等了一会儿，她又展开新一轮的行动，直到两只口袋被塞得鼓鼓囊囊才终于停下来。

她叉开手指，仔仔细细地舔着指缝，眼神中流露出一种不可思议的饥饿。随即，她掉头朝里面的屋子跑去。应该是某位客人带来的孩子，很难想象她父母是什么人。她的举止显然与这幢房子、这个派对格格不入。然而这反倒令林沛有些欣慰，似乎终于找到了比自己更不适合这里的人。

"嘿，那是我的鞋！"有个尖厉的声音嚷道。

他转过身来，一个男孩正恶狠狠地盯着他的脚。

"你的鞋？"他咕哝道。

男孩约莫十来岁，裹着一件深蓝色的运动衣，胖得简直令人绝望。那么多脂肪簇拥着他，浩浩荡荡的，像一支军队，令他看起来有一种王者风范。那种时运不济，被抓了去当俘虏的"王者"。

"是谁让你穿的？"男孩的声音细得刺耳。脂肪显然已经把荷尔蒙分泌腺堵住了。

林沛没有理会，端起酒杯就走。走了两步，他停住了，转过身来。他忽然意识到眼前这个胖男孩是宋禹的儿子。他那张肖像画的正是他。

他盯着那孩子看，想从他的胖脸上找到一点从前的神采——他画过他，了解他脸上最微细的线条。可是四面八方涌来的肥肉几乎把五官挤没了。沉厚的眼皮眼看要把眼眶压塌了，从前澄澈的瞳仁只剩下一小条细细的光。在那张他画过的最好的肖像上，他还记得，阳光亲吻着幼嫩的脸颊，如同是被祝福的神迹。男孩蒙在透明的光里，圣洁得像个天使。他是怎么变成眼前这样的？脸上的每个毛孔都在冒油，目光凶戾，像极了屠夫的儿子。成长对这孩子来说，简直就是一场巨大的灾难。

"还记得吗，你小时候我给你画过一张画像。"林沛说，"那张画像上的你，可比现在可爱多了。"

　　　　　　　　　　　　　　大乔小乔

"你是谁啊？"男孩被惹恼了。

"还吃这么多？"林沛指了指男孩手里的碟子，上面堆满了食物。"你不能自暴自弃……"

男孩气得浑身的肉在发抖。

一个保姆样子的中年女人快步跑过来，看样子像是在到处找他。

"嘟嘟，快过去吧。"女人帮他拿过手里的盘子。

"他为什么穿我的鞋？"

"好了，快走，你妈妈他们还等着呢！"

女人拽起男孩的手，用力将他拖走。

"你等着！"男孩回过头来冲着他喊。

林沛望着他圆厚的背影，心里一阵感伤，画里面的美好事物已经不复存在了。可是很快，感伤被一种恶毒的快意压倒了。他们不配再拥有那张画了，他想。甚至也许正是因为卖掉了那张画，那男孩才会长成与画上的人背道而驰的样子。这是他们的报应。

宋禹一定也变了。他忽然一阵忐忑，担心宋禹也变成了很可怕的样子。他觉得自己或许应该现在就走。可到底还是有些不甘，思来想去，他最终决定进去见宋禹一面。

他端着水果酒踱到雪茄房门口，假装被屋子里墙上的画所吸引，不经意地走进门去。

"啊，你在这儿呢。"他故作惊讶地对宋禹说。宋禹的确也胖了一些，但还不至于到没了形的地步。他换了一副金丝边的小圆眼镜，架在短短的肥鼻子上，看起来有点狡猾。

宋禹怔了一下，立刻认出他来，笑着打了招呼，然后颇有意味地上下打量着。

林沛顿时感觉到脚上那两只大嘴猴的存在，简直像一个巨大的笑话。他晃了晃肩膀，想要抖掉宋禹落在自己身上的目光，然后有点窘迫地笑了一下。

宋禹转过头去问沙发上的人："这是林沛，你们都认识吧？"

坐在宋禹旁边位置上的人懒洋洋地抬了抬手。林沛认出他是一个大拍卖行的老板。

"见过。"单人沙发上那个花白头发的男人点点头。岂止见过。那时候在宋禹家，林沛和他喝过很多次酒。这个人不懂艺术，又总爱追着林沛问各种问题，一副很崇拜他的样子。

另外两个人则仍旧低着头说话，好像完全没看到林沛一样。他们都是现在红得发紫的画家，林沛在一些展览开幕式上见过，他们当然也见过他。他也被别人介绍给他们过，有好几次，不过再见面的时候，他们依然表现出一副不认识他的样子。

林沛被安排在另外一只单人沙发上。这只沙发离得有点远，他向前探了探身。

"怎么样，最近还好吗？"宋禹握着喷枪，重新点着手里的雪茄。

"老样子。"他回答。

宋禹点了点头，没有说话。当他发觉宋禹正以一种充满同情的目光看着自己时，才意识到原来一个"老样子"也能解读出完全不同的意思。对他来说，一切如常就是最大的欣慰。可在宋禹那里，这大概和死水一潭、毫无希望没什么区别。隔了一会儿，宋禹忽然吐出一口烟，大声说：

"哦对，你结婚了！谁跟我说的来着？"他表现得很兴奋，好像终于帮林沛从他那一成不变的生活里找出了一点变化。

林沛顿时感到头皮紧缩。这显然是他最不想听到的话题。在很长一段时间里，他都以人们会不会提起这个话题来判断他们是否对自己怀有恶意。

"你可别小看结婚，有时候，婚姻对艺术家是一种新的刺激，生活状态改变了，作品没准也能跟着有些改变呢。"宋禹一副为他指点迷津的样子，"怎么样，你感觉到这种变化了吗？"

"我已经离婚了。"林沛说。

"喔……"宋禹略显尴尬，随即对那个拍卖行老板说，"你看看，艺术家就是比我们洒脱吧？想结就结，想离就离。"

拍卖行老板望着林沛，微微一笑：

"还是你轻松啊，换了我们，可就要伤筋动骨喽。"

"岂止？半条命都没啦。"花白头发的男人说。

他们都笑了起来。笑完以后，出现了短暂的冷场。三个人低下头，默默地抽着雪茄。隔了一会儿，宋禹说：

"林沛啊，好久不见，真挺想跟你好好聊聊的。不过我们这里还有点事情要谈，你看——"

他看着宋禹，有点没反应过来，随即连忙站了起来。就在上一秒，他心里还抱着那一丝希望，相信宋禹是想要修复他们之间的友谊的。所以就算话不投机，甚至话题令人难堪，他都忍耐着。他无论如何也没有想到，宋禹竟然能那么直率地让他走开。他猝不及防，连一句轻松一点、让自己显得无所谓的话都说不出来。

"多玩一会儿啊，零点的时候他们要放烟花，特别大的那种。"宋禹在他的背后说。

酒杯落在茶几上了。他其实没忘，可他连把它拿起来的时间都不想耽搁，就以最快的速度离开了那个房间。

他驱着那双短小的拖鞋回到客厅。那儿的客人好像比刚才更多了。用人端着热腾腾的烤鸡肉串从厨房出来，他不得不避让到墙根边让她过去。她走了，他还站在墙边发呆。他回想着先前宋禹的表情，越来越肯定他早就知道自己离婚了，却故意要让他自己讲出来。可他还是想不通，难道宋禹打了两通电话邀请他来，就是为了看一眼他现在到底有多落魄吗？把他当成个小丑似的戏耍两下子，然后就叫他从眼前滚蛋？有钱人现在已经无聊到这种程度了吗，要拿这个来当娱乐？而他竟然还以为宋禹良心发现，要向他道歉，这是多么荒唐的想法啊，他为自己的天真感到无地自容。那间雪茄房里不断迸发出笑声。他觉得他们都是在笑他呢。他的手脚一阵阵发冷。他得走了，喝一点热的东西就走。他回到长桌前，重新倒了一杯果酒，蹙着眉头喝了一大口。

有人在身后拍了拍他。

他回过头去，是颂夏。她正冲着他笑：

"嗨。"

她穿着芋紫色的紧身连衣裙，长卷发在脑后挽成蓬松的发髻。饱满发光的额头，一丝不苟的眼线。五年没见，她身上的每一处都在竭力向他证明她非但没有老，而且更美了。

"我饿死了，你饿吗？"她对他皱皱鼻子，"拿点东西一起进去吃怎么样？"

他恍惚地望着她。她是如此亲切，他竟然有点感动。他再次想起茴香的梦，那则关于失而复得的启示。

颂夏带着他穿过廊道，拐进一扇虚掩的门。那个房间是喝茶和休息的地方，比较私密，连通着卧室。很安静，只有两个中年女人坐在桌边喝茶聊天。他们在角落里的沙发上坐下来。沙发软得超乎想象，身体完全陷了下去，两个人都吓了一跳，他手里的酒差点溅到她的身上。她咯咯笑了起来。

他记得从前好像有过类似的情景：他们并排坐在

沙发上吃东西。她在他的旁边笑，当然那时候她还没有这一口白得令人晕眩的牙齿。应该是在他家。但那段时间他搬过好几次家，具体是哪个家，他怎么也想不起来了。他们短暂地交往过，或者说他们上过一阵子的床——他不知道哪种说法更合适。自始至终，好像谁都没有想要和对方一起生活下去的意思。至少他没有想过。可是为什么呢？他忘记了。在他的记忆里，她是个有点咋咋呼呼的姑娘，刚从学校毕业不久，在一间画廊工作。因为工作的关系认识，没见几次就上了床。此后他们不定期地碰面，通常是在她下班之后，一起吃晚饭，然后去他家做爱。和她做爱的感觉是怎样的？此刻他坐在她旁边努力地回想着（这应该算是对她现在魅力的一种肯定吧）。那时候她比现在胖，脸上有一些青春痘，眼线画得没有现在那么流畅。

那样的关系持续了几个月。后来再约她，她总是说忙，这样两三回，他就没有再打过电话。那以后他偶尔能听到她的消息：跳槽去了另外一家画廊，与那里老板传出绯闻，没过多久又离开了。再后来的事就不知道了，对此他也丝毫没有好奇心。在交往过的女性里，她属于没有留下任何印迹的那一种。年轻的时候他觉得太平淡，现在才意识到很好。至少她不会带来任何伤害。

最终，他还是没想起任何和她做爱的细节。他放弃了。这反倒令她显得更神秘。时而神秘，时而亲切，情感的单摆小球在二者之间荡来荡去，拨弄着他的心。他不时抬起眼睛，悄悄地望着她。她的侧脸很好看，一粒小珍珠在耳垂上发散出靡靡的光。他觉得这个夜晚正在变得好起来。

"我不知道你会来，"他说，犹豫着是否要解释自己为什么会在这里，"宋禹今天早上给我打电话……"

"是我让他叫你来的。"颂夏说。

"嗯？"

"我说好久没见你了，也喊上你吧。"

"噢，是吗？"

"今年春天他做过一个慈善晚宴，我也想叫你来呢，他们公司的人给你打电话，好像没有打通。"

"我在云南的山上住了一阵子。"他不懂要是她那么想见他，干吗不自己给他打个电话。

"山上，"她点点头，"是每天打坐吗？"

他摇头。颂夏哈哈笑起来：

"不抄经吧？最近好像很流行。"她挥挥食指，"我跟你讲，现在我只要一听有人说他信佛，立刻就觉得头疼。"

他笑了笑。

"这里你还是第一次来吧？"她问。

"嗯。你呢？好像很熟。"

"也好久没来了。宋禹一直忙着修建他的新行宫，今年几乎都没有组织过这样的派对。"

虽然并没有兴趣知道，可是出于礼貌，他还是问："新家吗？"

"他在市中心买了一个四合院。郊外住久了，就又想搬回市区了，唉，他们都这样。"她叹了一口气，一副很替"他们"操心的模样，"不过那个四合院重新修建以后真的很棒，下次聚会就可以到那里去了。其实他们已经搬过去了，今天不是要放烟火吗，所以才到郊外这边来的。等下派对结束了，他们也要再回去。哎，这房子有段时间没人住了，已经开始有点荒凉的气息了，你感觉到没有？"

林沛已经走神了。他忽然想到一个问题：颂夏是怎么认识宋禹的？难道不是通过他吗？那时候他带她去过宋禹家，好像只有那么一回。之后没过多久，她就开始找托词不和他见面了。

他们两个好上了吗？这个念头盘旋在脑际，令他变得很烦躁。他干吗要为此而困扰呢？他根本一点都不在乎她，不是吗？可是他们这样甩开他继续交往，就没有丝毫的愧疚吗？现在她竟然能这样自然地在他面前谈论宋禹，甚至炫耀他们的交情，未免太肆无忌惮了。

他们两个仍旧好着吗？也许吧。这些年一直保持着隐秘的情人关系。或者情人都不算，只是有时会上床。表面上看起来就像朋友一样，颂夏可以很坦然地出入宋禹家。她身上的珠宝是宋禹送的吗？香水味也是宋禹喜欢的吗？毫无疑问，她的美在林沛眼里已经起了变化。但这种庸俗的、金钱堆积起来的美依然能够激发情欲。一股充满愤怒的情欲在他的身体里荡漾。这个糟糕夜晚的唯一一种收场方式，可能就是把她从这儿带走。没错，他必须得从这里带走一点儿什么。

他再拿起杯子的时候，发现酒已经喝光了。可他那不太平静的情绪要求他再喝一点。所以他又去取了一杯红葡萄酒。

　　　　　　　　　　　大乔小乔

颂夏把盘子里的牛肉切割成了指甲大小的小块。她用叉子把它们送进嘴里时，尽可能地不碰到那一圈鲜艳的口红。

"你好像很少到这种场合来了，"她飞快地看了他一眼，"特别是在离婚之后……"

他没有说话。

"蜜瓜火腿卷的味道不错，忘了让你也拿一点了。要我分给你一个吗？"

"不用了，谢谢。"

"我有好几个朋友都认识荔欣。当时大家都很吃惊，你竟然会娶她……"

"哦，是吗？"他简直能想象她皱着鼻子和别人谈论他的那副样子。现在他记起自己为什么从来没有想过和她一起生活了。他讨厌她谈论别人时那副幸灾乐祸的刻薄模样。那让他觉得她不够善良。（天哪，善良竟然是他选择女人的标准，如果颂夏知道的话，大概要笑得直不起腰了。）

"其实挺多人都知道荔欣的底细：谎话连篇，到处骗钱，早就在这个圈子里混不下去了。这次又欠了别人那么多钱，谁都以为她肯定完蛋了，没想到还有

人……你也太好骗了。"她那张油津津的嘴飞快地动着,一副眉飞色舞的模样。见他不说话,她叹了一口气:

"你肯定也帮她还了不少钱吧。"

"权当做慈善,我相信有福报。"他自嘲地笑了一下。

"前阵子我在一个西餐厅吃饭的时候见到过她,穿了件很旧的连帽衫,也没化妆,头发乱蓬蓬的,感觉一下子老了很多。不过她从前也不怎么好看啊,从来就没好看过。我就不知道你究竟看上她什么……"

他的耐心终于用尽了,打断她问:

"说真的,你要宋禹叫我来,有什么特别的事吗?"

"没有啊。"她若无其事地摇了摇头,"就是觉得好久没见了,特别是听说你离婚以后还挺牵挂你的……"

"想看看我过得究竟有多惨吗?"

"老天,你可真误解了!我就是觉得好久没有见了……"她沉吟了一会儿,终于又开口说,"还有就是——去年我自己开了一间画廊。虽然规模不大,不过已经代理了好几个很棒的年轻艺术家,没准儿以后我们还能有机会合作呢。我一直都很想和你分享这个好消息。"

见他一脸疑惑地看着自己,她微微一笑:

"还记得吗，当时我说过些年想自己开一间画廊，你还教育我不要好高骛远。在你心里，我大概就是一辈子在画廊里做前台小姐的命吧。"

"首先，恭喜你开了自己的画廊。其次，我真的不记得自己说过那样的话了，好吧，也许说过，但我真的没有什么恶意，要是让你觉得不愉快，我向你道歉。"他顿了顿，"可是你那么想见我，难道就是为了这个吗？"他有点哭笑不得。

"不然呢，"她眨眨眼睛，"天哪！你该不会以为我现在对你还有意思吧？"她的声音很大，那两个坐在桌边聊天的女人都朝这边看过来。

"当然没有。怎么可能呢？"他立即说。

可她仍旧一脸怀疑地看着他。他窘迫至极，不知该如何化解这难堪的处境。

所幸这时正前方那扇门"砰"的一声敞开了。那个胖男孩从里面走出来。

"为什么还不能放烟火！"他用带哭腔的声音说。

"不是说了嘛，要等十二点。现在还早呢。"他的那个保姆跟在后面，手里拿着他的羽绒服。

一个小姑娘也从那扇门里走出来，像个幽灵似的悄悄站在胖男孩的身后。是刚才那个把水果塔塞在口袋里的女孩——现在口袋已经瘪了。

"可是别人家怎么都放了啊!"胖男孩跺着脚大喊,小眼睛一瞥,忽然发现了坐在沙发上的林沛。他抿起嘴,狠狠地瞪着他。保姆也通过他脚上的大嘴猴认出了他,连忙对男孩说:

"走吧,你不是要出去看看吗?"她拉起男孩的一只胳膊,塞进羽绒服的袖子里。

"别跟着我!"男孩忽然转过头去,对着身后的小女孩大吼。

女孩不说话,低头看着自己的脚。

"跟你说多少遍了,聋子吗!"男孩用力推了女孩一把。女孩一个趔趄,险些摔倒。她刚站稳,又立即挪着步子朝男孩靠拢过来。

"快给我回去!"男孩拽起她的一根麻花辫,拖着她朝那扇门里走。女孩就那么任他拖着,一声也不吭。她被用力推了进去,门重重地合上了。

男孩带着保姆气呼呼地走了。他们刚离开,女孩又从门里溜了出来。她的麻花辫松开了,一半头发披散着,外套也没有穿,就朝着他们走的方向跑去。

大乔小乔

"这女孩是谁？"林沛问。

"宋禹从孤儿院抱回来的小孩，刚出生没多久就被她妈妈扔了。"颂夏放下盘子，"有烟吗？"

他拿出烟帮颂夏点上。她吸了一口：

"已经六年了。当时菊芬还以为自己不能生了呢，他们想要个女孩，就去孤儿院领了一个。他们周围好多朋友都领养了，有钱人流行这个，谁没领养反倒显得自己不够高尚，就跟慈善拍卖上总得举个牌子、买件东西一样。"

"他们不喜欢她？"

"说是偷东西。总是把客厅罐子里的饼干和糖塞进自己兜里，藏到床底下。唉，又不是不给她吃，这个就是天性，没办法，像饿鬼附身似的。打她也不管用，记不住，也不知羞，整天疯疯癫癫没心没肺的，他们都怀疑她脑子有点问题。明年就该上学了，到现在字都不认得几个。而且两年前菊芬竟然又怀孕了，生下来真的是个女孩。现在这个女孩就更多余了。可是都长那么大了，送也送不走了，真是作孽啊。"

"那个胖孩子整天都那么欺负她吗？就没有人管管吗？"

"没准她挺喜欢呢，"颂夏耸耸肩膀，吐出一口烟，"不是跟你说了吗，她脑子不正常，可能有受虐倾向。"

林沛惊骇地看着她。现在他可以确定自己对她已经没有丝毫的欲望了。他唯一的愿望是她能快点从眼前消失。

此后他就不再说话了。她换了几个话题，但无论说什么，他都只是默默听着，不发表任何看法。她也感到没趣了，快快地站起来，说要去找另外一个朋友谈点事情。

颂夏离开后不久，那两个坐在桌边聊天的女人也走了。房间里只剩下他一个人。杯子里酒已经又喝完了。其实他也不明白自己为什么还不走，直到那个小女孩再次出现。他忽然意识到自己好像是在等她。她咻咻地喘着气从外面跑进来。看到他，她停了下来。他几乎有一种错觉，她好像也在找他。

她歪着头打量他，眼神坦澈，毫无羞怯。

他觉得她很像一个人。

微微上挑的眼睛。翻翘的嘴唇。像极了。

茵茵，他从脑海中翻找出这个名字。

那时候她才多大？二十二岁还不到吧。来北京没两年，一个籍籍无名的小模特，很寂寞地美着。他喜欢折起她纤细的身体，握住她冰凉的脚踝。

问题出在她真的很爱他。他一直怀疑她是故意让自己怀孕的。她觉得这样他就会要自己。可是怎么可能呢？那的确是很美妙的艳遇，他承认，却从来没有想过要娶她。当时他的事业正值鼎盛时期，有很多出色的女人围在身边，随便选哪一个都比她更合适。

短暂而激烈的交往过后，是时候抽身了。他借口要在画室赶画，又拿出差当托词，近两个月没有和她见面。感情似乎顺利地冷却下来，本以为就这样结束了，有一天她忽然来找他，说自己怀孕了。她恳求他别让她打掉这个孩子，甚至向他坦白自己几个月前刚堕过胎，不能在那么短的时间里再做一次手术了。可是他的第一反应是，为什么要让他连前面那个男人犯的过错一起承担？他当然没有那么说，但态度表现得很坚决。"现在是我事业最关键的时期""我还没有做好准备""这样做对孩子也是不负责任的"，类似这样冠冕堂皇的话他说了很多，并劝她尽快去做手术——现在想来或许已经太迟了。她一直在拖延时间，天真地以为他总会改变主意。

动物形状的烟火

他们因为这件事纠缠，又见了几次面，直到最后一次，他冷下脸来说了许多狠话——"我是绝对不可能娶你的""我们之间的差距太大了，根本无法交流""我已经不爱你了"。然后他给了她一笔钱。她走了，此后再也没找过他。他也没给她打过电话，因为害怕旧情复燃，又要纠缠。直到很久以后，有一次他喝醉，误拨了她的电话，那个号码已经停机。他相信这一举动表明她已经开始新的生活，不想再被他打扰。

　　这么多年他从未想过，她有可能把那个孩子生了下来。因为草率、任性，或者无能为力，她把她带到了这个世界上。但她无法带着她走更远了，因为她自己也还是个孩子。她丢弃了她。这些他竟然从来都没有想过。

　　直到此刻。

　　他盯着那女孩。天鹅颈，细长的手和脚。一副天生的模特骨架。

　　"过来，到这儿来。"他用沙哑的声音对女孩说。

　　女孩走过去，站在他的腿边。

　　"外面冷吗？"他迟疑了一下，伸手摸了摸她冻得

　　　　　　　　　　　　　　大乔小乔

发红的鼻子。

她没有抗拒，反而笑了起来。

他也笑了一下，眼泪差点掉下来。他低下头，握住她冰凉的手。

"告诉我，你叫什么名字？"

"琪琪。"

"琪琪。"他重复了一遍。

"嗯？"

"琪琪，外面的烟火好看吗？"

"好看。"她机械地回答。

"你喜欢看烟火是吗？"

"嗯。"她点点头，漫不经心地把他的手翻过来，用指尖戳着他的手心玩。她对他似乎有一种莫名的好奇。莫名，是的，血缘是无法解释的东西。

她的身体轻轻地靠在他的腿上。他屏住呼吸，专注地感受着那小小的接触面，温暖得令人心碎。他一动也不敢动，生怕她会立即和自己分开。他的腿开始发麻，正在失去知觉。

她顾自玩了一会儿，似乎觉得无聊了，就把他的手放下了。

动物形状的烟火

"你要不要看叔叔变魔术？"他担心她想走，立即说。

她点了点头，并没有表现得很兴奋。

他给她变了那个假装拔下自己的大拇指又接上去的魔术。他的动作不够快，看上去有点手忙脚乱。她很安静地看着他表演完，脸上没有任何表情。不知道是没有看懂，还是觉得没意思。

他正思忖着还能做点什么来讨好她，忽然发现她的注意力已经被桌子上盘子里的食物吸引去了——一个颂夏留下的水果塔。上面的草莓被吃掉了，只剩下光秃秃的塔皮，覆着厚厚的卡仕达酱。她目不转睛地盯着它，眼神越来越凶戾，转眼之间变身为一头野兽。就像先前那样，她飞快地伸过手去，一把把水果塔抓了过来，动作敏捷得像青蛙捕食昆虫。她看也没看它一眼，就放进了右边的口袋。随即，她脸上的表情恢复了柔和。

他看得心如刀割，一遍遍在心里忏悔所犯的错，那些被他无视的伤害。他想起最后一次见茵茵的情景。对她说出那些冷酷的话时，他们还在床上，刚刚做完爱。每一次见面他们都得做爱，从一开始就是如此，好像某种仪式，就连到最后见面商谈堕胎的事也不例外。

那时候做爱对她的身体或许会有危害，但是作为男人，他完全可以装作不知道。并且因为明白他们的关系就要走到尽头，他极其贪婪地索要着她的身体，拼命地想着再也不能进入它了，再也不能了，满脑子都是摧毁它的念头，在猛烈到极限的交合中，抵达了前所未有的高潮。然后他平息下来，起身去洗澡。回来的时候他拿出准备好的钱，并对她讲了那些可怕的话。他讲的时候，她一直坐在床边，没穿衣服，背对着他。她的脖子看上去异常地细，让人产生一种要把它折断的冲动。她整个人都那么纤细、那么脆弱，好像就是为了被人伤害而存在的。有那么一瞬间，他的确意识到过自己带给她的伤害，然而他随即又觉得，这些伤害好像本来就是属于她的东西。加诸她的身上有一种残忍的美感。

现在他相信一切都是报应。就在她离开后不久，他的生活发生了一系列的变化。那粒转折性的沙子刮进了他的眼睛里。灵感的消失。命运急转直下。朋友的远离。所有的一切都是报应。甚至包括颂夏的背叛，以及和荔欣荒唐至极的婚姻。

他甩开茵茵去奔更好的前途。结果茵茵没有了，更好的前途也没有了。到头来一场空，他变得一无所有。

不，他还有她。他看着面前的女孩。他还有她。他要把她带走。他心里有个声音坚定地说，带她离开这儿。

既然此前所有的不幸都是因为失去了她，现在他把她找回来了，就意味着和从前的生活和解了。一切都将重新开始。

他凑近女孩，压低声音问她：

"你看到过那种动物形状的烟火吗？"

她摇头。

"你想看吗？叔叔可以带你去。"

"好。"女孩用软软的声音回答，仍旧不带任何情绪。

他站起来的时候，感到一阵晕眩。那是一种被幸福包围的感觉。他还是有些不敢相信，他找到了远比他想象的更为珍贵的东西。

他们离开了那个房间。穿过廊道，前面就是供应食物的大客厅了。

远远地就听到人声，很吵。明晃晃的亮光从门里溢出来。

他停住了脚步。

"听我说，"他俯下身看着女孩，"那个能看到动物形状烟火的地方是个秘密，不能告诉别人。叔叔只能带你一个人去。要是我们遇到其他人，知道了我们要去那里，都想跟我们一起去可就糟糕了。所以不能让他们看到我们。"

他观察着她脸上的反应，很担心自己说得太复杂了，她根本没有听懂。他又解释：

"我们必须悄悄地溜出去……"

"车库。"她说。

他怔了一下，试着跟她确认：

"你是说可以从车库出去吗？"

她点点头。

"太好了，你来带路好吗？"

正要朝走廊的另一头走的时候，给他拿拖鞋的马尾姑娘从那边迎面走过来。

他连忙低下头，摸着身上的各个口袋，假装在找打火机。

"你站在这儿干吗？"马尾姑娘对女孩说，"给我小心点，别再让我抓到你偷吃东西！"她没有停下脚步，径直进了大客厅。

他松了口气，把打火机放回口袋。等他回过神来，才意识到女孩正仰脸看着他。她的目光亮烈，让人无处躲藏。她一定看到了自己一脸恐慌的样子，想到这个他顿时感到很羞愧。她那种不带任何感情的平静令他很忐忑，他完全不知道自己在她心里的形象是什么样的。他很担心她对他的好奇和信任会忽然消失。孩子都是这样的吧，容易喜新厌旧？他不太确定，他几乎没有什么和孩子相处的经验。

"我们走吧。"女孩说，很自然地拉起了他的手。他们来到廊道的另一头，从那里的楼梯走下去。墙上的壁灯拢着一小团橘色的光，木质台阶在脚下咯吱作响。她的手被他的汗水弄湿了，变得有点滑，他紧紧地抓着它，生怕它像条小鱼似的溜走。

"你肯定没见过那样的烟火。"他提高声音说，"它们到了天空上也不会消失，就浮在那里，有的是绿色的兔子，竖着两只长耳朵，有的是粉红色的大象，鼻子在喷水……"她看着他用一只手在空中比画着。虽然脸上仍旧没有什么表情，可是她的脚步加快了，似乎想要快一点看到。

　　　　　　　　　　　　大乔小乔

"还有斑马和长颈鹿，在天空中走来走去，一会儿在这儿，一会儿到那儿……这样就能让更多的小朋友都看到它们了。"他说。

有那么一小会儿，他眼前好像出现幻觉了，看到她握着一束浅紫色的野花在山坡上奔跑。他已经不可遏抑地开始想象他们以后的生活。他想带她去一个远一点的小城，有干净的天空和甜的水。他早就应该离开北京了。一直没有那么做，与其说是不甘，不如说是不敢，不敢放弃那段经营得极为惨淡的生活。现在她给了他足够的勇气，让他去选择另外一种人生。不，他的事业并不会就此荒废。他有一种预感，他会重新找到绘画的乐趣和灵感。

女孩踮起脚尖，按了一下墙上的开关，把地下一层的灯打开了。这里比上面冷很多。他才发觉身上只穿了一件衬衫。外套落在沙发上了，这时当然不可能再回去取了。不过想到要这样穿着单衣走在冰天雪地里，他反倒很兴奋。那与他此刻的心情正相称，一种疯狂的感觉。没错，他在做一件很疯狂的事：把她从这里偷走。

地下一层的天花板高阔，附庸风雅的主人把它建成了一个小规模的图书馆。四面都是嵌进墙里的大书架，摆满了画册和文学名著。从空气里浓郁的尘霉味来看，已经很久没有人来过了。这幢房子的确是有荒弃的气息了。

书房的左手边有一条狭窄的走廊。走廊的尽头有一扇门。

"在那里。"她说。

他拉开门上的锁，里面果然是车库。但是没有灯，什么也看不见。只是感觉异常地冷，如同冰窖一般。他拿出打火机，拢起火光朝里面张望。那里比想象的大，似乎能容下两辆车。可是现在堆满了纸箱和塑料编织袋，连个落脚的地方都没有。从垒得很高的纸箱中间望过去，车库的另一端有一扇铁质卷帘门，从那里就能出去了。可是那种电动门都是由遥控钥匙控制的，要是没有钥匙，就根本打不开。

"我们肯定能出去的，别着急。"他转过头来对女孩说。女孩会知道钥匙在哪里吗？不，他不可能让她一个人去冒险。难道要撬开这扇门吗？他极力掩饰自己的慌乱，对女孩挤出一个微笑：

"别担心，那些动物形状的烟火都还在呢，不会消

154　　　　　　　　　　　　　大乔小乔

失的……你最喜欢什么动物？"

"熊。"她慢吞吞地回答。

"有啊，当然有了。那种胖胖的、肚子圆鼓鼓的，对吧？身上的毛是灰色的，也有白的，等会儿你就能看到它浮在天空中的样子了……"他想到卷帘门跟前看一看。不过首先要搬开那些箱子。他几乎决定这么做了，可是这样空着手过去又有什么用呢？他至少需要有几件工具……这样大的一幢房子，去哪里找工具呢？

"见鬼，现在几点了？"他喃喃地说。零点的烟火一放完，人们就要开始陆续走了。宋禹一家不是也要回到城里的四合院吗，他们很快会发现她不见了。他像一只困兽似的走来走去，咻咻地喘着气。

女孩静静地站在那里，绞着自己的手指玩。他连继续给她讲故事的心情都没有了，疲倦地靠在门边，掏出了烟。他叼着烟，一下一下地摁着打火机的开关。在蹿起的火光里，他忽然看到在对面的墙上，靠近踢脚线的地方，有一个嵌进去的光滑的铁匣子。因为也是白色的，所以很难发现它的存在。他打开它，看到一排寻常的橘红色电闸门。与它们相隔一段距离，在最边上的位置，有一颗深蓝色的圆形按钮。就是它，

动物形状的烟火

他有一种强烈的预感，它能开启那扇电动门。可是万一不是呢？假如它控制着楼上某处的电源，一按下去那些灯都灭了，很快会有人赶到这里来，他们不就要被发现了吗？他盯着那颗按钮，可是没有别的选择，只能赌了。他伸出手指，按下了它。

卷帘门升了起来。一股寒冷的空气扑面而来。

"老天，我们能出去了！"他高兴地对着女孩大喊。

女孩看着他，始终面无表情的脸上似乎显露出一丝微弱的喜悦。要不是因为时间来不及了，必须快点出去，他真想把她拥进怀里，好好地抱抱她。

"过来吧，亲爱的，我们走了。"他温柔地说。她向前走了几步，跟在他的身后。他拢起打火机的火光，朝车库深处走去。

他正在把面前的一只大箱子挪开，忽然听到"砰"的一声。背后的门合上了。随即是咯吱咯吱的轮轴响声，还没有等他明白是怎么一回事，卷帘门已经完全落到了地面。他感觉到风停止了。

"琪琪？"没有人回答。他一个人待在静固的黑暗里。

他花了一点时间才弄清楚自己的处境：他被关在了车库里。他自己。女孩不在里面。

这是怎么一回事……他头疼欲裂，无法让自己想下去。他摸索着回到门边，用力扭动把手。可是门锁上了。他徒劳地扭了一会儿，终于停下来，把脸贴在门上，听着外边的动静。他依稀听到了女孩的笑声。爽朗，欢快。他还以为她不会那样笑呢。想象着她笑起来的样子，他感到很痛苦。随即，他听到了那个胖男孩的笑声。让人寒毛耸立的尖细笑声。

他们一起笑着。大笑。哈哈，哈哈，哈哈哈哈。

他几乎无法呼吸，一动不动地趴在门上。他感觉到他们的笑声正从他的背上碾过去。

过了一会儿，伴随着上楼梯的脚步声，笑声渐渐远了。

他埋着头，直到那一阵晕眩的感觉过去。

等他睁开眼睛的时候，就发觉有两簇灼灼的目光从低处射过来，寒森森的。

他一低头，便看到了脚上那两只大嘴猴。它们正瞪着荧绿色眼珠子，咧着发亮的大嘴冲他笑。

哈哈，哈哈，哈哈哈哈。

他的耳朵里灌满了笑声，分不清到底是谁的，女孩的，男孩的，还是猴子的。

动物形状的烟火

哈哈，哈哈，哈哈哈哈。

而后，他听到外面传来一阵激烈的炮仗声。十二点到了。他站在黑暗里，想象着烟火蹿上天空，在头顶劈开，显露出诡谲多变的形状。他仿佛看见它们浮在半空中，一动不动，像是被谁按了暂停键。像什么动物呢？他努力辨识着每一朵烟火。看到动物形状的烟火，应该也有什么特别的讲法吧，他很想问问从前那个迷信的女朋友。

在隆隆的鞭炮声中，他倚着门坐在了地上，哆哆嗦嗦地点着了身上的最后一支烟。

法力

　　天快黑了，屋里没开灯，我站在荧光显示框前，等着音乐从柱状音响里冒出来。如果是以前，把碟片放进去我就走了，泡茶或者煮咖啡，现在我会站在那里，一直等着音乐响起来。是担心唱片坏了，还是机器出故障，我自己也说不清，就是有点心悸，担心音乐再也不会响起来了。

　　音乐响起来了。我打开了灯。沙发上丢着可可的画笔，还有一只长颈鹿头倒插在靠垫之间。我捡起画笔，把长颈鹿拽出来夹在胳膊底下。邢蕾走过来，绕过我走到矮脚柜前，拉开了最上面的抽屉。我问她找什么，她说弄鱼把手划破了。我叫她放在那里让陈姐干。

"你能下楼买包白糖吗？鱼还在扑腾呢。"她问。

"他们来了先喝点酒，七点吃饭也不迟。"

"达奇有事，要早点走。"

"不是他嚷嚷着没地方过中秋吗？"

"还有料酒，白糖和料酒。"

她又绕过我走了。最近我们很少说话，她看起来总是有点心不在焉，也可能心里对我有意见。那不是我做点什么就能改变的，而且我也不打算做点什么，我们早就过了讨好对方的时间。到了一定的年限，婚姻就像一艘无人驾驶的船，双方都懒得去碰方向盘，任凭它在海上漂着，漂到哪儿算哪儿。

从小卖店出来，我点了支烟，在小区的长椅上坐下。几个七八岁的男孩蹲在不远处的一棵树底下玩，其中穿蓝色帽衫的那个好像跟可可打过架。一只脏兮兮的白猫从他们身后经过，钻进了灌木丛。送外卖的人走过来问九号楼在哪里，他手上的塑料餐盒里装的好像是烤串，配冰啤酒应该挺不错。过了一会儿，男孩们的妈妈来了，把他们叫走了。树底下留下一堆树枝，横七竖八撺在一起，看起来像是要点篝火。

篝火。木头上还附着着一丝热气，证明才熄灭不久。露娜绕着它走了一圈，在旁边坐下来。昨天刚下过雨，能找到这么一堆干木头不容易。她解开背囊，从里面摸出几颗煮栗子吃起来，然后打开地图，用铅笔标出昨天走过的路。地图是凭靠盲眼铁匠的记忆画的，很可能靠不住。但是如果到了那里，她知道她能认得出来。就算房子没了，稻田没了，芒果林没了，她也能认出来。

她沿用了小时候吃栗子的方式，咬开小口，把栗肉用小拇指剥出来，果壳几乎是完整的。妈妈用的是竹签，能把小洞开得更小，掏干净果肉，然后在晒干的栗子壳上涂上鲜艳的颜色，串成项链送给邻居。粉红色最难找。要在春天的时候收集夹竹桃的花瓣，放在石碗里捣碎。整个春天妈妈带着她满山寻找夹竹桃。反正她们有的是时间。露娜从没想过有一天会离开那个小村庄，她做过最离谱的梦就是嫁给村头裁缝的儿子。

手机响了，邢蕾问我去哪了，说邓菲菲已经到了。我掐掉烟——第五根，从长椅上站起来。手机上有一条未读短信，我点开了它：

　　　　放过露娜吧，好吗？算我求你了。

　　我打开门，邓菲菲正坐在餐桌前翻一本家居杂志。她好像胖了，也可能是剪了短发的缘故，圆鼓鼓的脸上贴着七八个指甲大小的透明胶布贴。

　　"我昨天去点痣了。"她说。

　　"有这么多？"我问。

　　"我还留了两个呢，大师说那俩是吉利的。"她指了指桌上的方盒子："可可呢，我给她带了巧克力。"

　　我告诉她可可在姥姥家，邢蕾的表姐从美国回来了。邓菲菲立刻问我是不是那个生了一对混血双胞胎的表姐，说她看过照片，很幸福的一家子。我没做评价，反正邢蕾没让我去和他们过中秋节，我心里挺感激的。我开了一瓶香槟，给邓菲菲倒了一杯。上次见面还是她话剧上演的时候，她穿着维多利亚时代的长裙，头发乱蓬蓬的，眼睛周围画着浓黑的眼影。别的我都忘了，关于那个晚上，我唯一记得的是下了很大的雨。

"巧克力记得冷藏，别让可可一次吃太多。"邓菲菲看着我，"你生病了？"

"在赶一个剧本。"

"新的？"

"还是那个。"

"什么题材来着？"

"奇幻，动画片。但不是给小孩看的那种。"我也不知道自己为什么要解释。

"厉害。是那种人都活好几千年，会各种法术的吗？"

"可能活不了那么久。"很久没跟人聊天，我感觉有点吃力，就建议她尝一尝杯子里的酒。

"幸亏有你们，"她放下杯子说，"过节的时候收留我跟达奇。"

"不算收留吧？"

"我上个月离婚了啊，邢蕾没跟你说？"

她的眼神充满了倾诉欲，正等着我发问，而我却怎么也想不起她前夫的名字。

其实见过很多次，就在一年前他们夫妇还坐在这张桌子前面，跟邢蕾热烈地讨论到底要不要生孩子。当时我饶有兴趣地听了一会儿，主要是觉得邢蕾挺有意思，她一直后悔生下可可，可是但凡有女人询问她的意见，她总会告诉她们一定要生个孩子，那样人生才完整。她看起来一脸真诚，让我不得不相信她所体会的失望是人世间罕有的不幸。

我有种预感，整晚可能都会陷入情感话题的讨论。最好别让邓菲菲开这个头，我站起来走进了洗手间。我在马桶上坐下，盯着水池边花瓶里的一小簇绿色植物。

　　天黑的时候，露娜点着了篝火。灌木丛沙沙响了几声，又恢复了安静。她朝那边仔细看了一会儿，发现有双眼睛躲在树丛里注视着自己。那家伙刚想跑，她一跃而起，跑过去揪住了他的衣服。他惊恐地扭过头，一张画满颜料的小丑的脸，透过眼皮上的菱形油彩，可以看到一双稚气未脱的眼睛。小丑解释说，篝火是他点的，他出去找吃的了，回来就看到露娜坐在旁边。

　　小丑把一只肥美的野兔架在火上，邀请露娜和他一起吃。他神秘兮兮地告诉露娜，再过几天火山就要爆发了，这里将会夷为平地，只有坐克莱因飞船离开才能得救。所以他从马戏团逃出来，打算去找飞船。他发现露娜已经知道这个秘密，就感到很费解，那为什么还要往火山口的方向去呢？露娜说，小时候自己住在那附近的一个村庄，后来经历了战争、瘟疫，人们都离开了。她想在火山爆发前再去那里看一看。小丑问，看什么，不是都没有人了吗？露娜说，我也不知道，但是做梦总梦到，就去跟那里道个别吧。

第二天分别前，露娜把自己登上克莱因飞船的船票送给了小丑。她安慰他说，我是圣火使者，没有船票也可以登船。小丑抱着她哭起来，把自己表演魔术的黄手帕系在她的手腕上。他问露娜飞船长什么样。露娜说，有扇圆形的金属门，像月亮一样。

我希望晚饭能在九点前结束，就可以回到书桌前把这段故事写下去。来到客厅，桌上摆着凉拌莴笋丝、皮蛋豆腐和白切鸡。邢蕾端着一盘茨菇烧肉走出来："谁能给达奇打个电话？"

"我打吧。"我说。邢蕾看了我一眼，既没有鼓励，也没有反对。我找出他的号码拨过去。达奇接了，说有个纽约画廊的人忽然到他的工作室参观，把他们送走就过来。

"看来达奇要转运了，没准人家想邀请他到美国做展览！"邓菲菲说。

"喝一杯。"我举起酒杯看着邢蕾。

达奇是个摄影师，但他可能更乐于称自己为影像艺术家，以此来和那些商业摄影师区分。不过在我看来他们最大的不同是，商业摄影师把东西往美里拍，达奇是怎么丑怎么来。他最有名的一张照片，是三个苗族老太太，举着裹过的小脚，咧开没有门牙的嘴哈哈大笑。要我说，他获得的那点赞誉，全得感谢中国偏远地区的脏乱差，有一回喝多了我表达了这个观点，结果邢蕾跟我吵了一架。

这下邢蕾好像不急着开饭了，当我再一次提议我们边吃边等的时候，她才慢吞吞站起来去拿碗筷。

"我不能吃虾，脸上的伤口会发。"邓菲菲说。

"酒也别喝了。"邢蕾要收走她的杯子，她连忙用手挡住。

"啊呀，喝一杯没事，反正最近也不用排戏！"

邢蕾端详着她的脸："那么多痣都是不好的吗？"

邓菲菲指着那些小胶布挨个向我们介绍："这个是容易犯小人，这个是容易漏财，这个是容易有交通意外，这个是没有主心骨……"

"点了这个痣主心骨就能长出来？"我问。

"会长出一截。"

"我倒觉得你眉毛边上那颗痣挺好看的。"邢蕾说。

"那个就是离婚痣啊！它有点大，过阵子可能还会长出来，长出就得再点一次，反正大师说了，我的正缘后年才来。"

"不吃虾就多吃点肉吧。"邢蕾往她碗里夹了两块红烧肉。

"菜都是陈姐烧的？"邓菲菲嚼着肉问。

陈姐正好走出来，冲邓菲菲笑了笑。她把清蒸鳜鱼放在桌子中间，碧绿的葱丝上缭绕着热气，鱼瞪着苍白的眼珠，张大的嘴巴里塞着一团姜丝。

"陈姐，你快走吧，明天来了再收拾。"邢蕾把陈姐送到门口，"挂号的事，我明天上班再问一下。听我的话，别想太多好吗？"邢蕾的语气里有种训练有素的职业性，但睫毛上笼罩着的温柔光晕足以遮蔽冰冷的理性。她那双美丽而睿智的眼睛里，总是蓄满了对人间的理解和同情。仅凭这双眼睛，也足以胜任她现在的工作——她是一名出色的心理医生。

"谁病了？"陈姐走后邓菲菲问。

一开始陈姐说她丈夫生病，自己要回一趟老家的时候，我还以为她只是不想在我们家干了。这不能怪我，之前两个阿姨都以非常离奇的理由离开了我们，一个说是侄子开拖拉机撞了人，另一个说是婆婆离家出走。但有人在家政中心见到了她们，正在面试新雇主。所以陈姐走后，我提议找个新的阿姨。邢蕾却认为陈姐说的是真的。我问她有什么依据，她说是直觉。我不可能一点怨言也没有，毕竟每天早晨七点爬起来把可可送到校车站的那个人是我。过了一个多月，陈姐真的回来了，说丈夫是肺癌，想来北京再找医生看看。邢蕾帮忙联系了一个专家，结论和地方医院差不多，她丈夫在北京待了几天就回去了。陈姐则继续留在我们家，我总觉得她对我冷淡了许多，可能邢蕾跟她说了我之前的猜测。我也没再问她丈夫后来怎么样了。这会儿听邢蕾跟邓菲菲说，病情突然恶化了，陈姐让她帮忙再找个专家。

"她知道再看也没用，但这份心意还是得尽，别让婆家的人说三道四。"邢蕾说。

"有孩子吗？"邓菲菲问。

"两个呢。"邢蕾拨开葱丝，夹了一块鱼。"还是有点老了，我让她八分钟就关火的。"

邓菲菲尝了一下，觉得味道很好。

"你家那个阿姨是哪里人，你也可以教她啊。"邢蕾说。

邓菲菲说她把阿姨辞了，因为父母要来住，不喜欢有个人总在眼前晃。他们将全面接管她的生活，有人洗衣做饭，有人修车交罚单，当然太晚回家也会有人唠叨。

"感觉自己越活越小了，就像回到了高中时代。"她甩了甩头发，"怎么样，我剪的这个学生头？"

"你那时候不是应该染着一头红发，站在台球厅门口抽烟吗？"

"哈哈，没错，看过《罗拉快跑》吗，我那时候就跟里面的女主角一模一样！而且也是个长跑健将！"邓菲菲点了支烟，开始讲自己在学校里如何风光，全市运动会上都拿过第一名，举着奖杯的照片一直贴在校门口的宣传栏里……我想到那个下雨的晚上，站在剧院门口等车的时候，看到对面橱窗里贴着当天话剧的海报，她演的麦克白夫人在最左边，雨水滚过玻璃，像是有只手伸进大蓬裙握住她的身体摇晃。

"要是我能坚持的话，也许能成为一个不错的运动员。可惜人生没法像电影里演的那样，不行就倒回去再来一遍。"邓菲菲又给自己倒了一杯酒。

"慢点喝，高中生。"邢蕾说。

邓菲菲指着我："他高中的时候什么样？也这么深沉吗？"

"他啊，很擅长单手扶把骑自行车。"

"耍酷？"

"跟人打架胳膊骨折了，吊着石膏骑了三个月自行车，后来骑车另外一只手不拿点东西都难受。"

"对方伤得比我严重，鼻梁断了，做了两回手术。"我说。

"没看出来啊，你看上他就因为他会打架？"邓菲菲问邢蕾。

"我的音乐也不错。"我补充道。

邢蕾笑了一声："你是说吹草笛吗？"

桌上的手机响起来。

　　　　　　　　　　　　　大乔小乔

邓菲菲说："肯定是达奇，要是美国画廊把他签了，就让他去买瓶好酒来！"

"不是他。"我拿着手机离开了座位。

制片人在那边叫了好几遍我的名字，问我有没有看到他发的短信。

"你到底是怎么回事，露娜的戏早就结束了，让她坐上克莱因飞船离开就行了。现在你应该集中精力把最后的大决战写出来，索尔王子才是这个戏的主角！"因为严重超过了交稿期限，他们要求我使用同步在线的文档，这样随时可以看到进度。那边传来按打火机的声音，制片人趁着点烟的时间调整了一下自己的情绪：

"大宇，编剧对自己笔下的人物有偏爱，我完全理解，可这不是写小说，想到哪写到哪……我问你，有谁关心这个露娜的童年？一个角色完成了她的任务，就可以谢幕了，你干吗还非得把她困在这个故事里不可？"

他说再给我最后两天时间，让我向他保证今晚结束露娜的故事，然后挂断了电话。

我换了一张唱片，站在荧光框前等着音乐响起来。我们是否可以把这段等待的时间看作音乐的一部分？任何艺术都有留白，它没法也不需要交给人们事物的全貌。一个故事——我当然不能称这个剧本为艺术，无法容纳一个人的一生。即便我们声称给故事里的某个人物注入了灵魂，那也只能是灵魂的一部分。灵魂，这种据说21克重的东西，如同宇宙一样浩瀚。

中午过后下起了雨。露娜收到来自克莱因飞船的讯息，说火山警报已经拉响，让她在原地不要动，他们会来接她。雨停了，她爬到山坡上，看到远处的峡谷里，有一截正在消失的彩虹。小时候，在那些干燥的日子，她和邻居的孩子用喷水管在阳光底下自己制造彩虹。人类想要的总是比大自然给予的更多。她决定继续往前走。傍晚的时候，她走出了森林，来到一条大河边。她有种直觉，河对岸就是从前的村庄。她不会游泳，就从树上摘了一片叶子吹起草笛，希望远处的船能听到。那是小时候舅舅教的旋律，她以为自己早就忘了。嘴唇划过潮湿的叶片，雀跃的乐符穿过晖光落在平静的河面上……脚下的土地震颤起来，泥巴溅起，她扭过头看去，是大象，不是一只，而是一群，正迈着大步朝她走来……

大乔小乔

我回到餐桌边，给自己盛了一碗鱼圆汤。两位女士同时陷入了沉默，好像之前的谈话被我打断了。

　　"需要我回避吗？"我问。

　　"不用，"邓菲菲说，"我已经走出来了，现在可以很平静地谈论那些事了。"邢蕾把手放在她的手上，她像是获得了鼓励，鼓起腮吐了一口气：

　　"演完《麦克白》以后，我每天把自己关在家里，光脚在地板上走来走去，打开水龙头一遍遍洗手，天一黑就点上蜡烛。徐宏当时在上海拍戏，中间回来了几天，半夜起来上厕所，看到我在客厅里转悠，嘴里嘟嘟囔囔的，听不懂在说什么。他好不容易才把我弄醒，我一睁眼就尖叫起来，跑进卧室锁上了门。后面几天他都是在客厅沙发上睡的，每天半夜我都出来转悠，有一天还跑到阳台上，打开了窗户。徐宏回剧组之前，说服了我跟他去一趟医院，半路上我忽然说不去了，让他马上掉头回家，他不答应，我拉开车门就往下跳，当时车还在高架桥上……你还有烟吗？"

　　现在我想起来了，他的前夫叫徐宏。她接过烟叼在嘴里，用拇指反复搓动火机上的滑轮，突然蹿起来的火苗差点烧到她的刘海。

"我知道这样下去不行，可是我又什么都做不了……就这么过了半个月，有天下午邢蕾来电话，说路过我家，问我要不要一起吃饭。我说我不想出门，把电话挂了。没多久门铃响了——邢蕾就站在门口。她待到傍晚才走，然后没过两天又来看我了。那段时间真是没少折腾她，我还以为她跟你说了呢。"

我说："她大概把你当她的病人了，保密是她的职业道德。"

邢蕾眯起眼睛看着我。

"我确实是她的病人，没有她我现在还困在麦克白夫人的角色里……"

"你是说你被麦克白夫人附体了？"

"不是附体，"邢蕾好像觉得被冒犯了，"在医学上，这是一种正常的移情表现。"

"为了演好那个角色，我让自己像她一样思考，像她一样邪恶，我的手上也沾上了鲜血……没错，那是在演戏，没有人真的死，可是当我教唆麦克白杀人的时候，我说出来的话确实是当时我内心的想法，就算那把剑不是道具，我也会看着它刺进演邓肯的演员的身体……我并不是在背台词，你明白吗，而是在驾驭

　　　　　　　　　　　　大乔小乔

那些话语，我是它们的主人。邢蕾帮我找到了我真正害怕的东西，她没有说服我相信自己是无罪的，而是教我如何去面对这种罪恶感。她很厉害，就像有法力似的，你看着她的嘴巴一张一合，慢慢地被催眠了，等到你恢复意识，就发现自己对很多东西的看法都变了……"

"大宇不信这些，"邢蕾说，"他觉得心理学都是骗人的把戏。"

"没有没有，我很尊敬心理医生的工作，救死扶伤，功德无量。我只是说我自己在创作上很烦弗洛伊德那套玩意儿。"

邓菲菲笑起来："我挺同情你的，也许你早就被邢蕾催眠了，自己却还不知道。"

我冲她笑了笑。她的眼睛一点点黯淡下去：

"我最近在考虑转行，我恐怕没法继续当演员了。儿童剧也许还能行，演棵树，演只咋咋呼呼的母鸡。"

"现在别想这些，休息一段再说。"邢蕾说，"谁要来一点米饭吗？"

"还有酒吗？"邓菲菲问。

我从烟盒里拿出最后一支烟，打算抽完就回书房工作。

为首的大象在露娜面前停住，屈起前腿跪下来，让她爬到它的背上。然后它迈着大步走入河水。古老的大河从梦中醒来，惊起的水花亲吻着露娜的脚背。

她眯起眼睛，对岸在视野里渐渐清晰，浓密的树冠上泛着一层金色的光泽，渐渐显出一个个椭圆形的轮廓，结成沉甸甸的芒果。如同一颗颗颤动的心脏袒露在热风里，好像这个世界上再也没有什么秘密可言。

到了岸边，大象把她放下，甩甩尾巴，掉头走入河中。露娜目送它们远去，忽然想起什么，又拿起叶子吹起来。她用旋律告诉它们即将到来的危险。象队忽扇着耳朵奔跑起来。激荡的水花像白色的火焰，在夜色中蹿跳，一点点消失。大河又睡了过去。

露娜转过身，朝岸上走去。泥巴的气味，果实的芳香，离开很久的孩子的笑声还缠绕在树枝上。她知道自己到了。她要记下眼前看到的每个画面。在未来的日子里，她有的是时间，有的是时间跟它们道别，道别并不发生在转身的那一刻，它是此后不断繁衍的梦，是一根根添入回忆篝火的木头。

"大宇？"

我抬起头，邢蕾拿着新开的红酒站在旁边。

"你还喝吗，一会儿是不是要去写东西？"

"没事。"我把杯子递给她，"需要我再给达奇打个电话吗？"

"别打了。"她说。

我拨出了电话。等待音响了三声，达奇接了。

"快了，一会儿就到。"他大声说。

邢蕾从柜子里拿出一只空酒杯放在桌上。透明的玻璃晶莹剔透，杯沿上闪着光芒。也许我是在用邢蕾的目光打量那只酒杯，她脸上洋溢着一种少女的气息。虽然我们十六岁就认识了，但那种气息依然令我感到陌生。好像是另一个邢蕾，一个没有认识我的邢蕾。每当这种时候，我都为自己参与了她的人生而感到羞愧。其实我很早就发现了她对达奇的爱意，令我感到不解的是，她为什么止步于这种暧昧的好感，不再继续向前走了呢？没有完成的感情难道不会令自己痛苦吗？在过去很长的时间里，我一直等着她有所行动。等着她把从我这里拿走的心，交托给另外一个人，任何一个人。我会因此而痛苦吗，还是感觉到一种解脱？我只知道那会让我觉得我的太太真实一些。

邢蕾把月饼和水果端上来。石榴卧在盘子里，像戴着皇冠的小人咧嘴在笑。这个比喻应该出自露娜之口。她还在那个故事里走来走去，寻找小时候的村庄。我知道我必须释放她了，松开手，看着她像只氢气球一样掉进天空里。我正打算离开座位，邓菲菲按住了我：

"你觉得我是个好演员吗？"

我说当然。但她并不满意，一脸疑惑地看着我。她垂下眼睛，叹了口气：

"《麦克白》大概是我在舞台上演的最后一部戏了。我为那个角色投入了太多的感情……真希望你们能看到。"

"我们看到了，"邢蕾说，"菲菲，你很棒，我们都为你感到骄傲。"

邓菲菲咬了咬嘴唇，眼圈红了：

"对不起，也许我不该说，可是那天你们根本没有看完话剧，开场不到二十分钟就都走了……"

我的脑袋嗡嗡响起来。在很长一段时间里——也许还不够长，只有三个月，我一直努力让自己把那个晚上忘了。那个晚上的雨，那个晚上的街道，那个晚上蜡烛所发出的光晕，还有空气里的草药的气味。我喝了口酒，让自己镇静下来。所以那天邢蕾也没有看完话剧？她去了哪里？

邓菲菲说："那天我快要上台的时候，才想起来忘了跟你们说结束后一起喝酒庆祝一下，位子已经订好了，我担心散场以后太乱，就让剧团的同事去跟你们说一声。同事在后台耽误了一会儿，再下去的时候，发现大宇的座位空了，你正在往外走。她追到门口，你的车已经发动了，她在后面挥手，你好像根本没看见，也可能看见了，但还是踩了一脚油门把车开走了。我说出来并没有怪你们的意思，我只是不想有事一直梗在心里……我真希望那天你们能在，我演得特别好，是十几年来最好的一次，谢幕的时候我的情绪还缓不过来，眼泪一直往下淌……"

邢蕾拿起盘子，把鱼骨倒进脚边的垃圾箱："菲菲，你喝多了，要不要去沙发上躺一会儿？"

她哭了起来："我知道我不应该说这些，你们都对我很好⋯⋯"

我实在坐不住了，离开了座位。我走到阳台上，发觉身体在摇晃，就扶住了旁边的望远镜。

话剧开场十分钟，我收到了晓婧的微信。她说，我今天戒了镇定剂，现在难受得不行，躺在床上浑身发抖。我犹豫了一下，回复道：我去看你，等我。我揣起手机小声跟邢蕾说制片人临时召集开会，恐怕得去一下。邢蕾问，你要开车吗？我说，不用，我叫辆车。这里没信号，我出去叫。邢蕾说，好，开完会告诉我。我悄悄离席，走出了剧院。当时下着雨，我站在屋檐下等了一会儿车子才来。

我在晓婧家待了一个多小时，十点钟离开，然后给邢蕾发了个消息，告诉她开完会了。我们经常一天不联系对方，但是既然她让我结束了告诉她，我就照做了。她没回复，我到家的时候，她不在，直到十二点半，她才回来。她说在剧院里遇到了几个以前的朋友，和她们去酒吧坐了一会儿。我问她话剧怎么样。太用力了，她回答，把车钥匙扔进托盘里。

我站在阳台上，眺望着远处。那里是个公园，从

19 楼望下去，只能看到一团模糊的树影。我摩挲着望远镜布满灰尘的镜片。望远镜刚装上的那天，可可很兴奋，嚷着要望一望公园里的游乐场，看看海盗船上的小朋友是不是吓得哇哇大叫。她把脸凑到取景框前看了一会儿，忽然站了起来，转身跑了。从那以后，她再也没有接近过这架望远镜。到底她看到了什么，谁也不知道。我也没有问过。我有个比较悲观的想法，每个人都暴露在自己的命运里，谁也保护不了谁。我没法保护我的小女儿不受到伤害，没法保护任何人。

那天晚上，我按了一会儿门铃，晓婧才打开门。她穿着白色的睡裙，头发上有股草药的气味。为了安神，她在枕头底下塞了一个装满药材的香囊。我让她躺下，自己拉了一把椅子坐在床边。房间里很黑，床头柜上点了蜡烛。而原来放在那里的台灯躺在地板上，她说是摸开关的时候把它碰到地上的。茶杯状的蓝色蜡烛已经燃烧了大半，火苗深陷在一钵蜡油里，散发出浅蓝色的光。我说，蓝色蜡烛，很特别。晓婧说，红蜡烛喜庆，白蜡烛悲丧，只有蓝蜡烛不悲不喜，能让心变得很静，好像时间停止了一样。她养的那只波斯猫冷不丁跃到床上，隔在我和晓婧中间，不慌不忙地扭过头去舔起了尾巴。有它陪着你真好，我说。其实我一点也不喜欢这只猫，有几回我想抱它，它都拼死挣脱，还把我的手抓破了。别人也不行，它只让晓婧一个人抱。我能感觉到它看我的眼神充满敌意，似乎盼着我快点离开。我去厨房倒了一杯水，放了柠檬和蜂蜜，拿出来递给晓婧。晓婧笑着问，和一个病人谈恋爱的滋味怎么样？我说，你很快就会好的。

刚认识的时候，就觉得她很特别，有种奇怪的沉静。也许和她的成长环境有关，她是傣族人，在西双版纳的山寨里长大，中学时才随舅舅去了昆明。她身上有种质朴蒙昧的东西，像绝迹的飞鸟。很多个夜晚，我从乌烟瘴气的剧本策划会上脱身，驱车十几公里来到她家，只为了能和她待上一会儿。那是对我最大的奖赏。只有在面对她的时候，我才能把心里的挫败和愤懑讲出来。我嫉妒成功的同行，憎恶势利的资方，嘲笑愚蠢的观众……曾经勃勃的野心现在变成了多余的脂肪，我像个跌跌撞撞的胖子，弓着身体爬进一条专为捉弄我而设计的狭窄地道。我把那个最弱小阴暗的自己交给她，像个打架打输了的小男孩躲在她的怀里喘息。她总是轻轻地拍拍我的头：没关系，不要紧的啊。好像我还有的是时间，有的是力气。你会离开我吗，我问她。她说，不会，永远不会。

她从没学过电影。大专毕业去了旅行社工作，一个导演在云南拍片的时候，发现她很有灵气，把她介绍到电影公司上班。就这样，她来了北京。我们是在一个剧本策划会上认识的。她有小麦色的皮肤，细长的脖子，笑起来像一只海鸥掠过天际线。话虽不多，见解却很独特，给人留下深刻的印象。随后一段时间，我们经常一起工作，我向她表示了好感，从那之后她开始躲着我。在茶水间遇到，她吓得打翻开水转身就跑。当时我几乎觉得没希望了，可是三个月后香港电影节的时候，我们却在从中环开往尖沙咀的天星小轮上遇见了。那天是要去给可可买玩具，至于为什么临时起意坐轮渡，我自己也觉得是个谜。当时在下雨，船上没什么游客。我们坐在木条长椅上看着维多利亚港上亮起的灯火，我握住她的手说，别再逃了，是命运要把我们连在一起。她低下头哭了起来。

我们在一起以后，她辞掉了电影公司的工作，因为我和那家公司有合作，她怕同事会说闲话。我取笑她太把我们当回事，这种事大家早已司空见惯。但她表现得很担忧，不愿意再去任何和电影有关的地方上班。我就提议她跟我一起写剧本，这样可以留在家里工作。那么提议倒不是完全为了我们的关系，在这个行当十几年，我一眼就能看出一个人有没有才华。晓婧是个天分很高的孩子，只是缺乏专业训练，磨炼上几年，肯定能成为很好的编剧。就这样，我把剧本拆分开，有部分交给她来写。接下这个奇幻动画片的时候，我拿着人物小传问她，你想写里面哪个角色。她选择了一个叫露娜的女孩。介绍上只有两句话：露娜，十五岁，四个圣火使者之一，护送宝剑并将其交给王子，后随其他使者乘坐克莱因飞船离开了珈蓝国。我问为什么选她。她说，我也不知道，感觉她是个好女孩。我吻了一下她的脸颊，你也是个好女孩。她对我从来没有任何要求。没有让我多花时间陪她，更没有希望我离婚。

那时候她已经生病了，但我以为不严重。大概在我们交往半年的时候，有一天她说精神压力很大，想找医生开点药。我有点吃惊，因为她看起来很正常。从医院回来，她轻描淡写地说自己有一点抑郁倾向，从那开始每天服药。我还劝她换个医院看看，别轻信

大乔小乔

某个医生的话。我确实不太相信心理学，总觉得那是编造出来的一套理论，而医生只是想尽办法让病人变得很依赖他们。邢蕾有好几个病人，找她看了十几年抑郁症了，有的把公司做到了上市，有的孩子生了两个，但是一到星期五的下午，就如同听到教堂钟声的召唤，准时坐到她的诊室里。他们的心理疾病就像一种原罪，要是把它忘掉就应该去忏悔。邢蕾的工作无非是跟他们聊聊天，我觉得我也能干，说服一个人活下去会比说服电影公司的老板投资拍个文艺片更难吗？药吃了一段时间，晓婧并没有好转，精神状况反倒越来越差，话越来越少，有次做爱的时候她忽然哭了起来。她说她觉得骨头很疼，好像要裂开了。她又说，我知道不是真疼，只是我的幻觉。她花了很多时间描述那种幻觉，我开始感觉事情有些严重。这时她才告诉我，很多年前她得过抑郁症，三四年才缓过来。我问那个时候发生了什么，她露出恐惧的表情，让我相信一定是什么可怕的事。我感到很不安，但是我得承认，同时又有一点释然——她的病是复发，不是因为我才得的。晓婧开始定期去医院，站在一群精神病患者的队列里，等着医生发给她下个星期的药。因为难以入睡，她长期服用镇定剂，有时会昏睡一整天。她只肯在情绪平稳的时候和我见面，化了妆，看起来仍旧气血饱满，可是那双被镇定剂控制的眼睛，像两片干枯的树叶贴在美丽的脸庞上。她每次都告诉我露娜的故事的进展，今天又写了多少字。如果我说你好好休息，把剩下的部分交给我，她就会皱起眉头，嗨，我和露娜一定会把交给我们的任务完成的！

那个下雨的夜晚，我去她家的时候她没有化妆，脸色苍白，被围在黑眼圈里的眼睛布满红血丝，像是就要碎裂开一样。她说，已经一个星期没写一个字了，我必须戒掉镇定剂，不能再这样昏睡下去。我让她别心急，慢慢来。她哭了起来，问我是不是不让她写了。我连这点事都做不好，她摇着头说，我知道你会离开我的。我告诉她，我会一直陪着她。一直？也许我用的词是"永远"。但她还是哭个不停，一遍遍求我不要抛弃她。我感到很沉重，也许还有一些失望。最初认识的时候，她带给了我所有我想要的东西，我们相爱，并且一起工作，我感觉生活流动起来，自己再也不是一个人。可是现在在她的身边，我觉得异常孤独。她被她的病封锁起来，像颗遥远而岌岌可危的星辰，收

186

不到，也发不出信号。此刻再回想刚在一起的时光，恍如隔世，而那时她的美好也令人感到疑惑，好像是我产生的幻觉。眼前所看到的她才是真实的。我被自己得出的结论弄得很沮丧，却努力表现出很有信心的样子，还说等她好一点带她出去旅行。这个提议似乎很有效，她问去哪里。我说去香港，我们再坐一次天星小轮。她说她不喜欢香港，所有的东西都是人造的。然后她说去清迈吧，想骑大象。我问为什么想去那里。她说，我喜欢热带，但不要靠海，就是那种纯粹的炎热。至于大象，小时候好像做过类似的梦，骑在大象的背上去够树上的芒果。芒果是一种奇怪的水果，你不觉得吗？我问怎么奇怪，她说，芒果很真实，外面的皮和里面的瓤的颜色是一样的。我说柿子也是啊。她说，可是芒果就算晒干了也还是那么鲜艳的颜色，柿子就不是了。好吧，我说，我们可以带剧本去写，在那里多住上一段。她说，真想把露娜也带去啊。我说，下个剧本里也可以有个姑娘叫露娜，以后我们写的每个剧本里都有个姑娘叫露娜，你负责把她的故事一直写下去。真的吗，她很高兴。我们又聊了一会儿旅行计划，越说越兴奋，好像明天就要出发一样。她的手心热了起来，可是因为疲惫，眼睛已经睁不开了。我让她早点睡觉，说明天再来看她。临走的时候我说，如果睡不着，就再吃一片镇定剂吧。她说，不用，我多想一想大象。我摸了摸她的头，就像她从前经常摸我的那样。

那晚之后，我被拉到郊区开了三天剧本会，第三天下午才溜出来。到她家的时候，屋子里很乱，她告诉我她在打扫房间，扔掉一些从前的东西，然后她坐回一堆纸箱中间，拿着一个硬壳笔记本看起来。类似的笔记本她身边摞着七八个，我问她那是什么，她说是以前的日记。我说，你从小就写日记吗？她说，住到城市以后才开始写的。我一个人站在那里无趣，看到散了架的台灯还躺在地上，决定把它修好。拿着螺丝刀拧了半天，还是没让耷拉的灯头直起来。她仍旧在看那些日记本，没有一点想跟我说话的意思。我很生气，想告诉她我开了一个半小时的车才到这里，还要再开一个半小时的车赶回去。但我什么也没说，又坐了一会儿就走了。

那天晚上，她吃安眠药自杀了。

自杀之前，她给我发了个邮件，没有任何内容，

　　　　　　　　　大乔小乔

只是在附件上粘贴了没有写完的露娜的故事。最初的一个月，我甚至不敢打开那个文档，事实上，我当时的精神状况也无法支撑我继续写完剧本了，所以我跟制片人说我不干了。他提醒我拿出合同看看上面关于违约赔偿金的条款，此外演员档期都定好了，这事会给电影公司带来巨大的损失，他们会让业界封杀我。兄弟，我是在为你的名声着想，他说，而且这个片子是你能遇到的最好的机会，你已经快四十岁了，急需一部代表作。我说，让代表作见鬼去吧，挂掉了电话。那天晚上——跟过去的一个月一样，我喝了很多酒，却没能顺利地睡着，凌晨三点的时候，我起身到书房抽烟。电脑没有关，屏保上五颜六色的热带鱼正游来游去。我对着屏幕抽完了烟盒里剩下的烟，然后打开了那个文档。露娜的故事足有两万字，远远超出所需要的篇幅，却好像才写到一半。从职业编剧的角度来说，里面有太多心理描写，对白也很冗长。但是如果抛开技术上的瑕疵，故事非常动人心魄，更重要的是，她把自己的灵魂注入给了露娜这个角色，使她像个真正的人那样在故事里生活和思考、痛哭和大笑。伙伴弄丢了宝剑，她拍拍他的头说，不要紧的啊，没关系的。

我坐在书桌前，眼泪流下来。天亮的时候，我给制片人发了条消息，告诉他我会把剧本写完。

邢蕾走到阳台上，站在望远镜的另一边：

"菲菲在沙发上睡着了。"

"达奇来了吗？"

"可能不来了吧。"

阳台吊灯的光照下来，把她笼罩在一圈杏黄色的光晕里。她的头发柔顺地搭在肩膀上，脸上的职业女性妆容一丝不苟。我忽然发现记不起她不化妆是什么样。在过去的很多年里，我起床时她已经去上班，她睡觉时我还在书房工作，我所看到的她和她的同事、病人看到的一模一样。一个标准化的、没有情绪的她。我不知道她的烦恼是什么，也不知道最近为什么事开怀大笑过。我认为她同样也不知道我的。但是现在我发现她知道。她知道三个月以来让我食不下咽、难以入睡的痛苦来自于什么。

"邢蕾，"我听见自己沙哑的声音，"那天晚上你跟踪了我对吗？"

"我没有。"她立即说，把手搭在望远镜上，擦拭

　　　　　　　　　　　　大乔小乔

了几下上面的灰尘。

"那天晚上你去见了晓婧。"我指了指她受伤的那只手："第二天早上你的手上也缠了个创可贴，可能不是给杯子划破了手。你去抱了她养的那只猫，对吗，因为这样能拉近和她的距离。"

她安静地看着我，隔了一会儿才轻声说：

"不是那样，我喜欢猫，因为怀孕才把猫送走的，你知道。"

"她死了你知道吗？"我哽咽着说。

那个晚上，我走出晓婧家的巷子，站在路灯下底下抽烟。雨还在下，无数雨丝穿破夜幕射下来。远处的车没有开灯，借着微弱的光，我似乎看到雨刷在黑暗中摇摆。咔嗒，咔嗒。

邢蕾推了一下把手，关上了窗户："我没有跟踪你，我早就知道她住在哪里。春节的时候我们去欧洲旅行，在布拉格你写了几张明信片交给可可，让她负责投进邮筒。可是她看到卖木偶的商店，把明信片往我的手里一丢就跑进去了。那些明信片每张都有抬头，子俊：新年快乐，大宇。丽敏：新年快乐，大宇。只有一张，抬头空着，直接写了：新年快乐，大宇。我想应该是很亲密的人吧，如果写上她的名字，再问候新年，会显得太生分。你可以否认，也许只是我的直觉吧，就像那天晚上我跟着你走出剧院，也是一种直觉。"

"是啊，你什么都知道。我不该瞒你，现在说这些可能太晚了……你能不能告诉我，那天晚上你跟她说了什么？"

我几乎是在哀求她，但又无比害怕听到她说出答案：

"邢蕾，我知道你是个出色的心理医生，可以控制病人心里的想法，让他们听你的话……你到底跟她说了什么，告诉我好吗，那天晚上她好好的，情绪很稳定……"

我站在那里，等着她张开紧闭的嘴唇。雨刷在黑暗里的摇摆声撞击着我的耳膜，咔嗒，咔嗒。

过了好一会儿，她终于开口说："我说什么都太晚了，她本来可以活下去的，如果你们早一点分开的话。"

我的呼吸变得困难："邢蕾，你不能……"

"你希望把她一直关在屋子里当你的情人，当你的枪手吗？她不见人，几乎没有朋友，你想象过她一个人是怎么生活的吗？十六岁的时候她已经有过创伤了，根本没有完全好。可是你不顾这些，大宇，你太自私了。"

"十六岁的时候发生了什么？"我忽然意识到晓婧选择去写露娜这个角色，可能因为她只有十五岁。十五岁在十六岁之前，在一切发生之前。

邢蕾把放在望远镜上的手收了回去，揣进开身毛衣的口袋里。医生总是喜欢把手踹进白大褂的口袋，表示自己可以置身事外：

"她愿意向我敞开心扉，表示她很信任我。我想我应该替她保守秘密。我们就尊重她的选择吧，好吗？"

这些话她也许早就准备好了。一种优越感，只属于女人之间的秘密。她知道这会在以后的很多年里折磨着我。

"她不是你的病人，"我说，"你有私心，没有像对待其他病人那样去救她。"

"大宇，你的私心是什么？你有没有希望过她消失，然后得到彻底的解脱呢，哪怕一刻，你有没有过这样的念头？"

我看着她，看着那双在雨刷摇摆的车窗玻璃背后看着我的眼睛。我不记得我们曾这么长久地注视过对方，上一次也许是婚礼上交换戒指的时候。

"你以为你能洞悉一切，其实你什么也不了解，包括你自己。"我疲倦地移开目光，朝远处看去。站在这个地方，这个时刻，无论如何都没法把那些模糊的树影看清楚，就算是用望远镜。夜晚的望远镜是一双盲人的眼睛。

我能感觉到隔在我们中间的空气正在下降，凝固成一种结晶体，散发出蓝色的光晕。当我转过头去的时候，看到晓婧就站在我们的正后方。她穿着夏天的衣服，手腕上系着一块黄手帕，好像走了很远的路，脸上淌着汗水，少女般微微隆起的胸脯上下起伏。她也正看着我，目光里带着淡淡的哀愁，就像在打量一张小时候使用过的桌子。当我再看向邢蕾的时候，发现她正侧着身扶住望远镜，嘴巴张大，眼神里充满了惊恐。

我们谁都没有动，好像在三个支点上共同支撑起什么。时间凝固了，空气散发着苍蓝的光，四周一片旷阔，只有那架在我们中间的望远镜，执着地望向夜空。

苍蓝的光渐渐变得残破，一点点消退，最后几近透明。这时，晓婧轻盈地腾起双脚，朝高处一跃，钻入了深邃的黑洞。一扇圆形的金属门在她的身后慢慢合拢。

　　　　　　　　　　大乔小乔

……那个窗帘紧闭的房间里，地上躺着散了架的台灯，她坐在一堆粉色、蓝色的日记本中间，用手拂去封面上的尘土。腾起的尘埃漂浮在半空中，一层层向她聚拢，把她包围起来。她被什么东西深深吸引，我离开的时候也没有抬头。再见，我说，拉开门走了出去。

再见，现在我听到自己又说了一遍，好像在教会自己使用一种未来很多年和她沟通的语言。

金属门缓缓向高处升去，一点点缩小，像一轮明晃晃的月亮，消失在云层中。

邢蕾并没有在看，她低着头，像是刚从一个噩梦中醒来，头发蓬乱，睫毛膏把眼睑染黑了。她向后退了两步，离开了吊灯照射的光圈。起风了，树影在窗外摇晃。我走过去，关掉了阳台上的灯。

"大宇。"她在身后唤了一声，走上前拉住我的胳膊。

我们站在那里，听着外面的风声，听着玻璃在撞击之下发出的嘶嘶轰鸣。当我习惯了那种单调的节奏，忽然很怕它消失。比安静更安静的会是什么？

在黑暗里，邢蕾轻声说："陈姐刚才来电话，她丈夫可能过不了今晚了。我想给她两千块钱。"

"好。"我说。

浒苔

午夜时分，我们坐在三十六层楼的小包间里。我抽烟，女孩喝啤酒。风从打开的窗户涌进来。就快下雨了，比预报的要早。隔壁高声讲话的那几个中年男人走了，这会儿屋子里变得很静。

桌上的烤鸡肉串已经冷了，天妇罗正在一点点瘦下去。女孩坐在我对面，专心研究着啤酒罐上的英文字。芥末色的灯光打在她的侧脸上，晕开的睫毛膏把眼睛底下弄得很脏，脑后的马尾也松了。她身上有一种乱糟糟的美，有那么一点性感。可是性感这会儿一点也不重要。地方是女孩选的，时间也是。上个星期她发来邮件，问我是否愿意接这一单生意。我说："好，但不要是周末，因为我要搬家。"到了星期三她又发来邮件，说很抱歉，还是希望能定在周日。因为一到工作日就各种琐事缠身，根本没有力气来处理这件事。"拜托你了，"她在信的末尾说，"我就快要三十岁了。"我答应了她，把搬家的时间推迟了一天。

我和她约在蓝鸟大厦的楼下见面。地铁在这里穿行而过，能感觉到脚底下的地板颤动。楼间过道里的风很大，吞没了和对方打招呼的声音。她说"我叫墨墨"，或者"我叫梦梦"，我听不清，也没有再问。这一点都不重要。女孩墨墨或者梦梦穿着深蓝色连帽衫，把帽子拉了起来，只露出半张苍白的脸。她的眼睛很大，紧绷的嘴角向下垂。我跟着她，绕到楼的另外一面。

"在三十六层。"她指给我看那家日式餐馆的窗户。我仰起头向上看，那些蜂巢状的密密麻麻的窗户令人感到非常压抑。当身体从某扇窗户里飞出去的时候——我想象着那条凌厉的抛物线，大概会有一种重获自由的强烈快感。她看着我，似乎在等我对她选的地方表示认可。我耸耸肩，告诉她一切都随她。那间日式餐馆隐藏在这座写字楼里，外面没有任何招牌，非常适合幽会的男女。小包间里灯光昏暗，插在竹编的花器里的雏菊已经开始枯萎，散发出孱弱的香气。脚边的榻榻米上有一块淡淡的深色污迹，可能是酱油，却让我想到女人的血。服务生摆放碗筷的时候，女孩轻声对她说："还有一位。"见我诧异地望着她，她才解释道："是我的男朋友。"她垂下眼睑，"对不起，没有提前告诉你。我们想一起……可以吗？""应该能行吧，"我说，"我也不是很确定。"女孩问，"付两倍的钱就没问题，我可没想占你便宜。""不用，"我说，"我按照时间收费，几个人都无所谓。"她笑了笑，"那么时间的上限是多久？""一个晚上吧。"我回答。"他应该已经在路上了。"女孩墨墨或者梦梦说，"我们一边吃一边等吧。"

半年前，我在一个出售各种奇怪服务的论坛发布了一条讯息，说我愿意提供一项报酬为三千块的有偿服务：陪同想要自杀的人度过自杀前的最后一段时间。

"自杀是一件需要极大勇气的事。最后关头的软弱和退缩极为常见。我可以帮你克服这些困难，使你能够安心、坚决地采取行动。"讯息里这样写道。"死伴"，我还给这个角色取了一个名字。最初写来邮件询问的人很多。问题大多集中在我如何证明自己具有所说的那种能力。此前我的确做过几个人的"死伴"，但死人是无法作证的。这是一项永远得不到回馈意见的工作，我在回信里解释了这一点。不过很多人还是不相信，又或者并不是那么急于求死，总之没有再写信来。另外有几个人写信来讨价还价。我对于快死的人还为了少掏几百块费尽心思，实在感到不理解。

最终提出见面的只有一个男孩。按照信里的说法，他十八岁，得了白血病，只剩下几个月的命。我们约在中山公园的湖边见面，他说自己五岁的时候跟父母在湖上划船，把一只鞋掉了进去，这些年老是梦见到湖底去找鞋。我在长椅上坐了两个小时，那个男孩没有出现。也可能来了又走了。总不会是在我旁边坐了很久的那个胖子吧？他吃了两个汉堡、两盒薯条、四个蛋挞、一袋鸡翅，还喝下一杯半斤装的可乐。关键是他吃得相当专注，一下都没往我这边瞥。反倒是我不断转过头去看他。太阳快下山的时候，我离开长椅，到湖边租了一条船，划到了湖中央。不知道为什么，我觉得男孩说的丢鞋子的事是真的。

随着时间的推移，写邮件来询问的人渐渐少了。

大乔小乔

而我也忘记了这回事。直到女孩写信来。我觉得不像是恶作剧，就算是也无所谓。我不介意白走一趟。上回去湖边那次，划完船忽然也很想吃汉堡，已经十年没吃过了，就去了附近的 Burger King，汉堡里的牛肉饼相当美味，我吃完心满意足地回家了。

女孩坐在我的对面。我们中间隔着一个熊熊燃烧的酒精炉。纸火锅在上面沸腾。点菜之前，她认真地询问了我的喜好，不过真正选择的时候，却好像并没有依照那个来。那些菜她自己似乎也并不喜欢（只吃了半只天妇罗炸虾，有点嫌弃地把剩下的一半挪到盘子的边沿）。爱吃天妇罗和动物内脏的人，恐怕是那位还在路上的男朋友吧。她是按照他的喜好来做选择的——一种不可抗拒的下意识。所以这是否意味着更想死的那个人是她的男朋友呢？

这让我感到有些困扰。每项工作都有它的职业道德，就像我在博物馆工作，保护文物不受到任何意外损害，就是我的职业道德。"死伴"的职业道德是基于客户本人的强烈诉求，嗯，我是这么认为的。

"我可以抽烟吗？"我问。包厢里的空气窒闷，一阵厉害的烟瘾上来，让人难以忍耐。

"不是室内都不许抽烟吗？"

"戒烟令颁布的时候，我还以为自己能少抽点呢，没想到反倒更多了。"

"嗯，"女孩点点头，"就好像越是想好好活下去，就越是想死一样。"她转过身，打开了背后的窗户。风涌进来，吹得她的长头发乱飞。她像是被什么东西吸引住了，趴在窗台上朝下看。

"小时候每次挥挥手，屋子里的灯就亮了。我还以为自己会魔法呢，其实是我妈妈偷偷按了开关。后来去元宵节的灯会，有个猴子眼珠子亮得吓人，我不停挥手，可它还是那么亮。我哭起来，第一次意识到原来自己很平凡。"她背对着我，看不到脸上的表情。

我说："我觉得所有的魔法都是邪恶的。"

"平凡才是最邪恶的呢。"她说。

屋子里很安静，酒精炉上的火苗在激烈地跳蹿。有那么一刻，我几乎觉得她会倏地站起来，纵身跳下去。她随时会从我的眼前消失，这深蓝色的衣服，这苍白的小脸，这迷离的眼神。等我不知不觉点起另一支烟，她把身体转了过来。

"其实我挺想试试飞起来的感觉。可是我男朋友不喜欢，他恐高。"她说。我这才又想起那位男朋友的存在。刚才那会儿，真的忘了还有那么个人。

"没关系的，"她像是在安慰自己似的点点头，"我带了很多药片。"

"一直有殉情的情结？"我问。

"怎么说呢，死的念头是很小的时候就有了。可是一直觉得不能一个人去做那件事。"

"为什么？"

"不知道。我一个人能做很多事，一个人吃饭、一个人住、一个人旅行……可就是不能一个人去死。总觉得那应该是两个人一起做的事。一个人来到这个世界上，是为了找到另外一个人，和他一起离开。好像只有那样才圆满。"

"现在你找到了？"我说。

没有回答。她拿起手边的啤酒，大口喝了起来。

"说说你吧。"过了一会儿她说。

"嗯？"

"怎么会想到做这件事的呢？"

"大学毕业那会儿就想做，可是每天都很忙，直到今年换了个清闲的工作。"我说。

她对我现在做什么工作并不感兴趣，只是问："为什么想做呢？"

"因为在这方面——我好像有点天赋，也许能帮助那些受困的人，让他们获得解脱。"

"天赋？"她皱起眉头。

"嗯，初二的时候发现的。"我点了支烟，接着讲下去。

那年暑假的某个下午，我一个人在操场打篮球。有个男孩一直在旁边看，瘦高，看起来比我大点，高一高二的样子。他不声不响看了很久，我就问他要不要加入。他球打得不错，争抢挺凶，我们都出了一身汗。天黑了，我准备回家，他忽然问我要不要去他家玩。他说我们可以打游戏，他爸妈不在家。我不想去，那个男孩就一遍一遍地哀求我："只待一小会儿，就一小会儿，好吗？"最终我答应了。我到电话亭给家里打了个电话，然后就跟着他走了。他家在一幢居民楼的顶层，很小很破的两间屋子，而且根本没有什么游戏机。"你得原谅我，"他说，"我是怕你不跟我来。喝点啤酒吧？"他从嗡嗡作响的冰箱里拿出来两瓶青岛啤酒，还有一碟炸花生米。我们并排坐在窄小的布沙发上，他的肩膀几乎碰到我的肩膀。我能感觉到屁股底下的弹簧，可以闻到他身上酸涩的汗味。他不时地侧过头来盯着我看。他可能是个同性恋。我不是没想到这一点，虽然我对这个领域的了解极其有限。我一直在想要是他忽然靠过来，我该怎么办。可是他什么都没有做。我们只是那么坐着，默默喝着啤酒。过了一会儿，他走过去，把电视机关掉了，然后进了洗手间。我一个人坐在那里，继续把酒喝完。我的脸变得很烫，而且开始犯困。可是他还没有出来。我敲了敲洗手间的门，说了声我先走了。我走出门，又折回来，再去敲洗手间的门。里面似乎有急促的呼吸声。我退后几步，用力去撞那扇门。门开了。他躺在地上，头斜靠着背后的瓷砖墙，割开的动脉汩汩地冒血。我用他家的座机打了急救电话，然后用沙发巾缠住他的手腕。他已经喘不上来气了，但还是笑了一下。"为什么？"我问。他说："我一直想死，只是没有勇气，直到看到你。看到你第一眼，就觉得你和别人很不同。你身上有一种特别的东西，能让人鼓起勇气，下定决心去死。临死之前有你陪在身边，我一点也不害怕。"他在两分钟后停止了呼吸。

浒苔

上了高中，我住校，因为和父母的感情一向很淡，所以有时连周末也不回家。有一个周末，我到附近的游戏机厅打游戏（那个男生死了之后，我开始沉迷于电子游戏）。有个女孩在旁边的机器上抓玩偶。我早就注意到她了，因为她穿着我们学校的校服。一般没人穿着校服去游戏机厅，被学校发现了要给处分。她那天运气不错，抓到了一个维尼熊和两个兔子。过了一会儿我再一回头，发现她就站在我身后，眼睛被厚厚的齐刘海遮挡着，不知道看向哪里。我问她是不是想用我这台机器，她摇摇头。我就又投了两个币，握住方向盘，继续开赛车。我那天高水平发挥，好几次险些撞上前面的车，却都神奇地躲过了。她一直站在那里，看着我用完了最后一个游戏币，然后说，你玩得真不错，想去吃点东西吗？我答应了，因为确实觉得很饿。走的时候，她把维尼熊和兔子落在旁边的座位上，我提醒她，她摆了摆手说，那都不是我想要的。我只想要长颈鹿，可是怎么也夹不上来。

我们去麦当劳吃了汉堡。吃完以后，她又去柜台要了很多袋番茄酱，撕开一个小口慢慢吸。后来她讲起小时候的事。确切地说，是一岁时候的事。那时候她妈妈经常抱她去一个公园，让她在草地上爬，然后拨通电话，跟一个男人调情，有时候被逗得哈哈大笑，有时候又忽然哭起来。我说："没人能记得一岁时候的事。"她说可是她记得，还描述了有次妈妈在电话里跟那个男人说我爱你，身上穿的是什么样的裙子，戴的是什么颜色的发卡。她记得当时自己很难过，已经做好妈妈抛弃她、离开家的准备了。但妈妈并没有离开，直到去年得了胃癌，临终的时候她和爸爸在她的旁边。女孩沉默了，一点点抿着番茄酱。我问她在想什么。她抬头看看我，又把头低下了。过了一会儿她说："嗯，我们走吧。"回去的路上，她说："你不用送我了。"我说："我跟你一个学校。"她有点惊讶："我怎么从来没见过你，你哪个班的？"我报了年级和班级，说："全校上千人，见过也记不住啊。"她摇摇头："我肯定没见过你。"到了学校我跟她告别，她一把把我拉到旁边的一棵松树底下，塞给我一个沉甸甸的布口袋。我松开束口的绳子，看到里面全是绿色的游戏机币。我让她自己留着，明天再去夹长颈鹿。她说："我现在已经不想要长颈鹿了。"把口袋往我怀里一推，转身跑了。当晚，她用一根白色围巾把自己吊死在了寝室的门上。因为是周末，其他人都回家了，直到星期天下午，她的室友回来，推不开门，就找来了保安。隔了两天，那个女孩班里的同学给她办了个追思会，在操场上点了好多蜡烛。我穿过那些哭着的女孩，走到中央看了看女孩的遗像。

"可以再要两瓶啤酒吗？"我掐灭烟蒂问。

女孩墨墨或者梦梦点点头，拉开包厢的门去喊服务员。

"她给你的游戏币后来你用了吗？"女孩扭过头来问。

"嗯。"

"去夹长颈鹿了吗？"

我摇了摇头。

"没夹上来？按说脖子长不是应该很好夹吗？"

"没有长颈鹿。那个放玩偶的池子里从来没有过长颈鹿。"

女孩点点头，示意服务生把手里的啤酒打开。

"从此确认了自己的天赋？"她问。

"当时挺烦恼的。见了搭讪的陌生人扭头就走。"

"后来为什么改变了想法？"

"你男朋友到哪里了？"

"别管他了，继续讲吧。"

大乔小乔

读大学的时候，我去了一个南方的城市。又一年的秋天，班上一个女同学邀请我去郊游。同行的还有其他四个人，她男友、一对情侣，以及一个低年级的女生。我跟那个女同学一点也不熟，不知道为什么她会来问我。但我还是去了。我们坐了两个小时大巴，来到郊外的水库。在那里搭起烧烤的架子。大家喝着啤酒，用一台小录音机放音乐，然后跳起了舞。那个落单的女生忽然不跳了，问我愿不愿意跟她到附近散散步。我说："别去了，天快黑了。"她就让我陪她坐一会儿。我们在篝火边坐下。傍晚的天气变得很凉，火苗上下蹿跳，把脸烤得很烫，但是背后还是飕飕的冷风。她把手伸过来，让我握住。她的手不冷，但是也不热，摸起来好像一件衣服。她问我，二十年后这里会变成什么样？我说，还是一片水库吧。她说，水会干的，你不知道吗，地球快完蛋了。我说，那就见证一下它完蛋，不是挺好的吗？她笑着说，小傻瓜，那很痛苦的。她凝视着我的眼睛，然后凑过来，吻了吻我的嘴唇。其他人不跳舞了，笑着起哄。那个邀请我来的女同学说，人家对你可是一往情深，一直求我把你约出来。我们开始烤食物，那个女生什么也不吃，

浒苔

始终用手臂环着我，把自己挂在我身上。其他人都在拿我们打趣，我握着易拉罐默默喝啤酒。过了一会儿，她站起身说要去厕所。另外一个女孩说，我也去，走。我对另外那个女孩说，陪好她。她一阵取笑，挽着同伴的胳膊走了。我又喝了几口酒，心里一阵难受，朝着厕所追过去。另一个女孩正到处找她呢，说从厕所出来，就发现她不见了。

女孩墨墨或者梦梦坐在那里，双手环抱着膝盖。她一直很安静，以致我一度忘记了她的存在。我没有对谁讲过这些事，倒不是什么秘密，只是从来没有人问起过。因为疏于讲述，那些故事变得硬邦邦的，像隔夜的面包。

"跳河了？"女孩墨墨或者梦梦轻声问。

"没有，她坐上大巴回家了，在卧室里吞了一瓶安眠药。"

"每个人都有自己心仪的死法。"

"你的是什么？"我问。

没有回答。

"当时喜欢上那个女生了吧？"她问。

"谈不上。"

"嗯，至少动心了，结果发现她只是想借助你的力量去自杀，那滋味一定不好受吧？"

"我只是不明白她为什么要表现出很喜欢我的样子。"

"是希望你喜欢上她吧。"

"这重要吗，对一个马上去死的人。"

"就算要离开，也想带走一点爱啊。"

"我可能还是没法理解吧。"

"人们总是以为，想自杀的人都是心如死灰，觉得什么都不重要了。其实不是这样。有些想死的人，最后感到很满足，好像有个声音在耳边说，放心吧，没关系的，这没什么，我们都能体谅。"

"你好像对此很有研究。"

"我喜欢把一件事弄清楚了再行动。"

"现在都弄清楚了？"

"嗯，就差一件事。"

"什么事？"

"人死了以后会去哪里。"

"你希望去哪里？"

"地狱也无所谓，就是希望能有个聊得来的人。"

"聊什么呢？"

"不知道，聊聊活着的时候喜欢听的音乐？"

"你喜欢听什么音乐？"

"Damien Rice."

"女主唱 Lisa 走了以后，他就变得很平庸了。"

"嗯，再也写不出 *9 Crime* 那样的歌了。"

"后来 Lisa 自己出的专辑也不怎么样。"

"当时他们两个一定爱得很深吧。"

"是吧？我不知道。"

"可是爱得那么深的两个人，为什么会分开呢？要是我找到那个人，就算遇到洪水地震，也绝不会松开他的手。"

包厢的门被拉开了，服务生探进头来：

"对不起，我们要打烊了……"

"你要不要给你男朋友打个电话？"我问。

"他不会来了。"她说，"已经是第四个了，约好一起殉情的人，最后还是没来。这也很正常，对吧？"她笑了一下，"坦白说，请你来，也是因为我实在没有勇气一个人等了。"

我们离开了餐馆。地铁已经停运，但路灯下黑沉沉的树影在摇晃，让人仍觉得脚下的地在震颤。女孩

　　　　　　　　　　大乔小乔

墨墨或者梦梦拉起连帽衫的帽子，把手缩进袖子里。她凝视着我，好像在我的身上寻找着什么。当她终于收回目光的时候，我不确定她是否找到了。我等着她跟我说再见，然后我就转身离开。但她没有说，所以当她往前走的时候，我也跟着走了起来。风很大，我叼着烟不断按打火机，火苗蹿起来就灭。她凑过来拢起手，帮我护住火苗。我猛吸了两口，才把烟点燃。她又在悄悄盯着我看。

我跟着她走到了海边。这座北方的城市，秋天一到，海就死了。夏天里支满太阳伞的海滨浴场，只剩下一片荒凉的沙子。栽满松树的马路黑漆漆的，唯一一点灯光来自一座坐拥海景的高楼顶端的售楼广告，上面有一行硕大的由 6 和 8 组成的电话号码。

我们站在沙滩上。女孩墨墨或者梦梦注视着海。

"夏天的时候来看过浒苔吗？"她问。

"没有。夏天没怎么出门。"

"好大一片，特别绿，海上真像有个草原。几个孩子在那里玩球。我买了个帐篷，想搬到那上面去住。可是没几天铲车就开来了。干吗不让它待在那里呢？"

"据说浒苔做的饼干很美味。"我说。

"我想跟着它漂走啊。"

"这就是你心仪的死法？"

没有回答。

海水涨起来，把浪花推到了我们的脚边。她低头看了看，没有动。

"能问个问题吗？"她说。

"嗯。"

"你就从来没想过死的事吗？"

"没有。"我说，"很奇怪吗？"

一个巨大的浪推过来。水花在肩膀上撞碎了。我向后退了两步，看着她。她仍旧站在那里，没有退。

我也站在那里，在她的左后方，似乎是在等待着下一个浪打过来，然后把她卷走。

浪过来了，她转过头来看着我。

水呛在喉咙里的滋味并不好受，如果她问我，我会坦白告诉她。在那个水库边的傍晚，我追到厕所发现女同学不见了，立刻冲回水边，呼喊她的名字。远处传来回声，更尖更细，像个假的声音。我脱掉外套，一头扎进水里。河水冰冷，而且很重。我感觉自己在下沉。我放任自己下沉，好像她就在下面。触到河底

的时候,我感觉自己摸到了她光滑的脚背。我抱住了它,
河水裹住了我们。我不动了,闭上眼睛。可是眼前还
是亮的,呼吸怎么也掐不灭。水压迫着我,撞击着我
的手臂。再等几分钟就行了,我想。几分钟后,我发
现自己松开了手臂,浮出水面,正朝岸的方向游去。
爬上岸的时候,那只脚背的温暖还留在我的手心里。
听说女孩在家里吞了安眠药的时候,我心里一点都没
有难过。我觉得我们已经告别过了。

　　女孩墨墨或者梦梦还站在那里。好像有点厌倦了
一来一去的海水,她甩了甩被浪花打湿的头发,动了
动脚,向后退了两步。

　　"什么时候浒苔再来啊?"她轻声问。

　　"有个小男孩,夏天的时候在海边玩,后来找不到
了。浒苔再来的时候,没准他就坐在上面。"

　　"真冷啊。"女孩抱住肩膀。

　　"嗯。寒流来了。"

　　"竟然有点饿了。"

　　"那就去吃点东西。"

　　"这么晚了,吃什么能不胖啊?"

　　"胖了就明天再饿一下。"

"明天你能再陪我来这里一次吗，钱我另给。"

"我明天搬家。"

"后天再搬吧。"

"后天再来吧。"

她跟着我往回走，潮水追到脚边，又走了。她把手抄在口袋里，轻轻吐了一口气：

"真不想就这么回家啊。老老实实地调好闹钟，钻进被窝，然后从梦中惊醒，迎来周而复始的星期一。"

"我每次醒来都挺高兴的。好在那些都只是梦。"

"后天直接在这里见吧。"走到路边的时候她说。

"穿厚一点，要下雪了。"我说。

"我还喜欢 Damien Rice 的一首歌，*Rootless Tree*。"

"嗯，那首不错。"我从烟盒里掏出一支烟。她探过身来，拢起了手。

火光亮起来的时候，她小声唱着那首歌。远处的海浪声像击打的鼓点。在一个漫长的休止符里，天好像忽然变白了。

　　　　　　　　　　　　　大乔小乔

家

裘洛

临行的前一天，裘洛醒得特别早。为了不破坏应有的节奏，她在床上躺了很久。直到时间差不多了，才套上睡裙，到客厅里打开音乐，走去窗边，按下按钮，电动窗帘一点点收拢，她眯起眼睛，看着外面红得有些肉麻的太阳。然后洗澡，用风筒吹干头发，煮咖啡，烤面包，到楼下取了当日的报纸，放在桌上。

做完这些事，她抬头看看墙上的钟，正是该叫醒井宇的时候。可到了卧室，竟发现井宇已经醒了，坐在床上发呆。

这个早晨，他的动作格外缓慢。已经过了平时出门的时间，却还坐在桌边看报纸，手中的咖啡只喝了一半。昨天，公司正式宣布了他升职的消息，或许因为经过那么久的努力终于如愿以偿，整个人忽然松弛下来。

她等这一天也等了好久。催了几次，井宇终于起身。出门前，说今晚同事要为他庆贺，叫她一起去，裘洛拒绝了，可是马上又有些后悔。看不看到他满面春风、志得意满的样子，都是一种难过。

送走井宇，她反锁上门，拖出空皮箱，开始收拾行李。只是拣了些最常穿的衣服，就已经太多。裘洛把衣服一件件拿出来，放回衣柜，心里不断提醒自己，她要过一种崭新的生活，所以这些旧衣服不应该带上。电吹风、卷发器、化妆品、唱片、书籍，她苛刻地筛选着陪她上路的每一件东西，放进去，又拿出来，忽然有一刻，觉得它们都没有什么价值。箱子顿时变得很空。猫一直在旁边看着，这时候忽然跳进箱子，坐在中央不肯出来。她不知道它这样做的意思，是不想让她走，还是想和她一起走。

她费了很大的气力，才捉住猫关进书房，再回来的时候，已经失去耐心，就将手边的衣服和化妆品胡乱地塞进去，还有一些较为频繁用到的药物和电器，随即合上箱子，再也不想多看一眼。她对装旅行箱尤其不擅，或许是很少出远门的缘故。她以前一直不喜欢旅行。旅行充满了约束，是一种受到限制的生活。不过，现在她的想法有所改变，更愿意称之为"有节制的生活"。她把沉甸甸的皮箱拖回阳台，又把那只落满尘土的鞋盒重新放在上面。除了那只正在书房里哀叫的猫，谁也不知道，皮箱里藏着她即将开始的"有节制的生活"。

距离超级市场开门还有半小时。她坐在沙发上，把那本读了一半的小说粗略地看完。寡淡的结尾，作者写到最后，大概也意识到这是一个多么虚伪的故事，顿时信心全无，只好匆匆收场。裘洛已经很久没看过令她觉得满意的结尾了，很多小说前面的部分，都有打动人的篇章，但好景不长，就变得迷惘和失去方向。她也知道，自己对那些作者太苛刻了，但她也是这样要求自己的，所以她没有当成小说家。少女时代曾有过的写作梦想，被她的苛刻扼杀了。

十点钟，她来到超级市场。黑色垃圾袋（50×60厘米）、男士控油清爽沐浴露、去屑洗发水、艾草香皂、衣领清洗剂、替换袋装洗手液、三盒装抽取式纸巾、男士复合维生素、六十瓦节能灯泡、A4打印纸、榛子曲奇饼干。结算之前，又拿起四板五号电池丢进购物车。

十二点，干洗店，取回他的一件西装、三件衬衫。

十二点半，独自吃完一碗猪软骨拉面，赶去宠物商店，五公斤装挑嘴猫粮、妙鲜包十袋。问店主要了一张名片，上面写有地址和送货电话。在旁边的银行取钱，为电卡和煤气卡充值。

下午一点来到咖啡馆。喝完一杯浓缩咖啡，还是觉得困，伏在桌上睡着了。

快到两点钟的时候，袁媛才来，当然，随身带着她的小孩。她们搬到户外晒太阳，聊了不长的天，其间几次被小孩的哭闹打断。在袁媛抱起女儿，将她的小脸抵在自己的额头上，轻轻哄弄的时候，裘洛忽然产生一个古怪的念头：这个小女孩知道她妈妈的双眼皮是割的吗？当然不知道，她现在连眼皮长在什么部位都还不知道。裘洛想，这个世界从一开始就在说谎了，连母亲那双冲着你拼命微笑的眼睛，都可能会是假的。

三点半，她们离开了咖啡馆。路上裘洛洗车，加油。她只是想，给井宇留下的生活，不能太空乏。到家的时候，钟点工小菊已经来了，正在擦地板。

"我们今天得大扫除。"裘洛一进门就说。

"要来客人？"小菊问。

"不来客人就不能大扫除吗？"裘洛反问道，小菊就不再吭声了。

还是第一次，她和小菊一起干活。拆洗窗帘，换床单。扔掉冰箱里将近一半过期和跑光味道的食物，淘汰四件衣服、三双再也不会穿的靴子，给猫修剪结球的长毛，整理堆放在阳台上的杂物。越干活越多，她这才知道家里有多么脏乱。小菊每天下午来打扫两个小时左右，现在看来，不过都是些表面功夫。裘洛忽然有些难过，觉得母亲从前的告诫很对，平时待小菊太好，把她惯坏了，变得越来越懒惰。

打扫完卫生，近七点。小菊因为无故延长了工时，有些闷闷不乐。裘洛觉得都是最后一天了，也不应当再计较。就把那些旧衣服和靴子送给小菊。她知道她其实很爱打扮，也一直喜欢这些衣服。小菊果然又高兴起来，见她在煮意大利面，主动过来帮忙。与她擦身的时候，裘洛又闻到了她身上的那股味道。小菊初来的时候，她简直有些受不了。是一种草的味道，是干硬的粮食的味道，是因为吃得不好、缺乏油水而散发出的穷困的味道。后来她在城里住得久了，这种味道也就渐渐褪去。现在她闻到的，仿佛是最后的几缕，转眼消散在意大利面的奶油香气里。

小菊常看她煮，已经学会在锅里倒一点油，这样就不会让面粘成一团。小菊还在她这里学会做比萨、芝士蛋糕和曲奇饼干，也懂得如何烧咖啡、开红酒。裘洛不知道，这些花哨的技能，是否有一天，小菊真的能够派上用场。

原本要留小菊一起吃，可她还要赶去另外一家干活，说是已经来不及。裘洛一个人吃面。把剩下半罐肉酱都用上的缘故，面条咸稠，只吃下一小半。

她坐在那里发呆，想起下午忘记告诉袁媛，前两天她看了那部叫"谁害怕弗吉尼亚·伍尔夫？"的电影。很久之前听袁媛说起过，袁媛说，拿不准片中那句屡次出现的台词"谁害怕弗吉尼亚·伍尔夫？"是否有什么深意。裘洛看完后就在网上翻翻找找，终于弄清

大乔小乔

楚这句话是从著名歌谣《谁害怕大灰狼？》英文谐音过来的。随即她又找出伍尔夫的文集来读，还对着扉页的作者像端详了很久。那张实在不能算漂亮的长脸上，有一双审判的眼睛，看得人心崩塌，对现在所身在的虚假生活供认不讳。她很想与袁媛讨论，甚至有立刻拨电话给她的念头。可是此刻袁媛大概正在陪女儿搭积木，或者是在训斥新来的第四任保姆，又或者是继续与婆婆争论上私立幼儿园还是公立幼儿园。所以就算下午见面的时候记得这件事，伍尔夫也不会成为她们的话题。永远都不会了。现在的袁媛，只害怕大灰狼，不害怕伍尔夫。

猫跳上桌子，闻了一下面条，退后几步，坐下来看着她，眼神充满疑惑。好像在说，你走了，我怎么办？确实，猫是裘洛坚持养的，井宇一点都不喜欢。为此，他每天早上必须花五分钟的时间，用滚刷粘去西装上的猫毛。现在裘洛要走，猫不免会为自己的命运担忧。但如果想得乐观一点：在四处寻找一户人家把猫送走的时候，井宇投入一场新的恋爱，继任的女主人碰巧很喜欢猫，也不在乎它身上遗留着前尘往事的味道，那么它还是可以顺利加入他们的新生活。

她陷入对井宇新生活的想象。他会花多少时间来寻找她，他会花多少时间来为失去她而悲伤，他会花多少时间疗愈这种悲伤，他会花多少时间来找到下一个有好感的姑娘，他会花多少时间来和她约会直至上床，他会花多少时间和她上床直至住到一起。当然，许多步骤可以同时进行，也可以省略。这符合他注重效率的做事风格，况且他的性格里，也的确有非常决绝的一面。她很难过，仿佛已被他深深伤害了，出走反倒成了一种自卫。

裘洛心神烦乱，看钟已经指向十点，忍不住给井宇打过去电话。那边一团嬉闹，吃完饭他们又去老霍家喝酒。井宇声音很亢奋，看来也喝了酒。

"我去接你。"裘洛生怕他拒绝，立刻挂掉了电话。

老霍是井宇的上司，家住在郊外，裘洛来过许多次。每次走进这片巨大的别墅区，都会迷失，好在门卫已经骑着自行车赶上来，在她的前面引路。第一次来这里的时候，她是很喜欢的。没有人会不喜欢，欧式洋房，有那么大的私人花园，夜晚安静得仿佛已不在人间。一屋子古董家具，各有各的身世。比祖母还老的暗花地毯让双脚不敢用力。果盘里的水果美得必

大乔小乔

须被画进维米尔的油画，所有的器皿都闪闪发光，她攥着酒杯的时候心想，还从来没有喝过那么晶莹的葡萄酒。女主人用坐飞机运来的龙虾和有灵性的牛制成的牛排盛情款待，饭后又拿出收藏的玉器给大家欣赏。这位女主人，和那些旧式家具一样端庄，仿佛是为这幢房子度身打造的。落地灯的光线像条狗那样懂得讨好主人，使她生出圣母的慈光。后来在咖啡馆撞见过她，裘洛才觉得心安，原来她的粉底涂得并不是那么均匀，也无法彻底盖住在时间里熬出的褐斑。

裘洛极力掩饰了自己的水土不服，表现得很得体。她知道井宇和她一样，或许更甚，他是在乡下长大的，日后不管已见过了多大的场面，内心也不免有一番哀愁。他们第一次从老霍家出来，她问了井宇，是不是将来做到老霍的职位，也能住上这样的房子。她不知道自己为什么会迫不及待地问出这个问题，也许只是为了和这幢房子拉近一点距离，但问题一出口，连她自己都感觉到内心的渴望。井宇说，是吧。他迟疑的，不是自己的前途，而是这幢房子的不真实。但作为一个奋斗目标，它又是那样真实。

后来，裘洛就变得很害怕来老霍家。当他们花一整个晚上的时间讨论桌上那只明代古董花瓶时，她会忽然产生站起来，把它摔在地上的邪恶念头，以此来证明自己有那个剥下皇帝新衣的小孩似的勇气。可是她没有。她有的只是挥之不去的邪恶念头，搅得她坐立不安，必须用很大的力气将自己摁在座位上。每当这样的时候，她都会哀怨地看一眼井宇。可是没有一次，他接住她的目光。

她在憎恶一种她渴望接近和抵达的生活。最糟糕的是，并不是因为嫉妒。她很快就放弃了把这些告诉井宇的打算，为了维系辛苦的工作，他必须全神贯注并且充满欲望地看着这个目标，动摇这个目标，相当于把放在狗面前的骨头拿走，结果是可想而知的。所以她保持缄默，但从很早的时候开始就知道，他们的理想已经分道扬镳。与分手、分居、分割财产相比，理想的分离不费吹灰之力。

她来到老霍家门口，听到屋子里一团笑声，心生怯意，不想在众目睽睽下走进去。她想或许可以在这里安静地站一小会儿。她看着停在旁边的三辆黑色轿车。忽然认不出哪辆是井宇的，绕到车后看了车牌号码才确定。它们是如此相似。

　　　　　　　　　　　　　大乔小乔

一个女孩从远处走过来。是老霍的女儿，才只有十四岁，身体已经胀得很满。她犹豫着是否要和她打招呼，最后还是仓促地把头低下，拿出手机，装作准备打电话。女孩走到跟前，看着她，问：

"你为什么不进去呢？"

她的语气有些硬，仿佛有种挑衅的意味，裘洛很生气，差点脱口反问，我为什么要去呢。但她忍住了，还是没有说话，只是继续低头按手机。

女孩走进去，把门关上。裘洛知道自己必须得进去了。她刚想按门铃，门开了。客人们走出来。老霍的太太轻轻拍拍她的肩：

"你来啦。进来坐会儿吗？"

裘洛笑着摇头。大家看到她，也纷纷和她打招呼。井宇在门口换完鞋子，也走出来，把车钥匙递给她。

送他们上车的时候，老霍的太太捻了捻她身上的薄衬衫，"冷不冷呀，就穿这么一件。"

"看到你，就觉得冷了。"裘洛指着老霍太太身上披的貂毛披肩，笑吟吟地说。

井宇在车子上睡着了。裘洛拧开车上的音乐，是个很悲伤的男人在唱歌。她从来没有听过，这张唱片不是她买的。车子停下来的时候，井宇自己醒了，打开车门，拎着西装径直走到车库的电梯门前。她从背后看着他，觉得他已经身在她离开之后的生活里了。

他们都没有让这个夜晚变得更长的打算，所以他们没有做爱。她到第二天拖着箱子走出家门的时候，才感觉到一丝遗憾，像是少带走了一件行李。

裘洛一直认为最后一夜肯定会失眠。但这件事并没有发生。她睡着前，转过脸看了一眼井宇。最后一次，却没有觉察到任何悲伤。在此之前的那些夜晚，她总是这样看着他，独自进行着离别的演习。演习了太多遍，悲伤递减，最后甚至开始不耐烦。谁会知道她必须离开的原因，只是因为花了太多的时间想象这件事，所以这件事必须成真，否则生活就是假的。

小菊

第二天，小菊上午没什么活，下午要去一趟邮局，就来得比较早。走进公寓楼的时候，迎面碰上了拖着箱子往外走的裘洛。裘洛看到她，神情错愕了一下。

"要出差啊？"小菊问。

"嗯。"裘洛停了一下脚步，又继续向外走。

小菊以为会有什么话要交代，就一直回身看着她。她越走越快，拦住了一辆刚卸下客人的出租车。有一种奇怪的直觉让小菊相信：裘洛可能不会回来了。

小菊打开房门，脱掉鞋子，开始干活。她在厨房洗咖啡杯，脑中还不断想着裘洛离开的问题。她丢下洗了一半的咖啡杯，擦干净手，到卧室和书房转了一圈。没有发现什么留下的书信或者字条。她想，也是的，明知道保姆干活的时候可能会看到，谁还会把信或者字条留在表面的地方呢。再说，或许男主人知道她要走的事。不过，不知道为什么，小菊还是更倾向于男主人不知道。她又去看了衣柜、梳妆台。衣服满满当当，乍看好像没有少，化妆品也几乎没带走，首饰盒里的项链、耳环、戒指也都在。她想得有点累了，最后觉得，可能真的就是出差几天那么简单。

从裘洛家出来，小菊搭公车去邮局。途中德明打来的三个电话，都被她挂掉了。她实在不想在车上对着他大吵大喊。到了邮局门口，电话又响起来。她接

家

起来：

"别再催了，我已经在邮局门口了。"她气急败坏地挂掉电话。手机终于没有动静了。

邮局里有许多人在排队，最长的一列就是汇款的。站在她前面的女孩，梳着一个短得不能再短的发髻，手里捏着一个长得完全不像钱包样子的小布袋。一看就知道也是个保姆。她再往前看，觉得至少还有两个都是。她奇怪为什么都是女人来寄钱，是不是她们家里的男人也都和德明一样。

德明从去年秋天起，就没有在外面干活了。一开始是因为家里要盖房子，可等房子盖好了，他也没有要出来干活的意思。小菊倒不是要让他来北京。孩子今年秋天就上小学了，有个人离家近一点还可以管管她。德明自己也不喜欢来北京，去年来待了不到半年，那个工程队一解散，他就走了。小菊只是希望他去绵阳，只有一个小时的路程，每天都能回家。刚过完春节那会儿，他去了半个多月。后来接连下了几天雨，工程暂停，他从那之后就没有再去，整天和几个人凑局打牌，而且他们打牌，输赢肯定是要算钱的，否则就觉得没意思。小菊每次打回去电话，他总会说：

大乔小乔

"我早晨起来一看，天阴得厉害，怕是要下雨……"

"所有的云彩都压到你四川去了啊？"小菊气呼呼地吼他。

他也总还有他的道理，说今年气候反常，看样子闹点什么灾事，没准会是有个特大暴雨或者泥石流。小菊说，你还会看天象了不成？他们就这样吵到不可开交，两个人都嚷着要离婚。隔上一个星期，小菊的气消了，打回去电话，那边仍旧是天气不好。他们又开始争吵。这样周而复始，小菊也还是每个月往家里汇钱，但从两个月前，她开始把多赚到的一点给自己留下来。这次是还不到一个月，德明就来催她汇钱。她盘问了很久，他才说是把钱借给表哥盖房子了。他们又吵起来。小菊在电话里骂得很凶，但也还是又到邮局来了。

小菊想想就觉得委屈。她自己在外面干活，倒不觉得苦，不像有些人，来了很久都想家，念起孩子就掉眼泪。她很快就适应了，觉得在北京也有在北京的好，还买了一台旧电视，晚上回到住处可以看看韩国电视剧，偶尔也到市场买点鱼虾自己烧着吃。她也不怎么想孩子，偶尔打打电话，也没什么不放心的。可能就是因为她在哪里都可以过，就越发觉得要这样一个窝囊的男人有什么用，也不能让自己的生活更好一点。

这一天的下午，小菊捏着钱包，和其他几个保姆站在汇钱的队伍里，慢慢地向前挪，心里忽然有强烈的悲伤。她很想挣脱这只戴着镣铐的队伍，获得一点自由。自由，想到这个词，她的眼前立刻浮现出裘洛拉着皮箱离去的背影。她相信那个背影是向着自由而去的。

次日小菊来到裘洛家，家里没有人。但蹊跷的是，房间非常整洁，和她走的时候一模一样。屋子里的所有东西都好好地摆放在原来的位置，没有任何被使用的痕迹。男主人好像也没有回来过。猫的饭盆里空空如也，小菊放了食物，它狼吞虎咽，看样子昨晚也没人喂。屋子虽然干净，但她也不能让自己闲着，就又擦了一遍地板和书柜。她一边干活一边想这是怎么一回事。有两种合理的可能性：一种是他们都去外地出差或者度假了；一种是裘洛真的离家出走了，男主人发现之后，去找她了。她很快排除了第一种可能性，因为如果两个人都离开，裘洛在看到她的时候，应该会交代一声，或者在家里给她留一张纸条。可是第二种，也有点说不通。男主人从回到家，到发现裘洛不在了，总还是需要一些时间。他在等待的时间里，总要吃点东西、喝点东西的，可是连水杯都没有人动过。小菊离开的时候，把来的时候从门上取下的广告传单又塞回门上。

第二天，她来的时候发现，那份广告纸还在门上。屋子里照旧那么干净，猫一见她就飞奔过来，围着她嗷嗷地叫。没有人回来过。她蜻蜓点水地打扫了一遍，就坐在沙发上翻看桌上的时尚杂志。下午的房间里都是阳光，她看着看着睁不开眼睛，就躺在沙发上睡了一会儿。醒来的时候，猫团在她的脚边，热烘烘的。她穿上外套和鞋子，拿起钥匙走出房门，忽然觉得对这房子有了些依恋。

到第五天的时候，她终于忍不住给裘洛打了个电话。关机。从下午到晚上，她又打了几次电话，都是关机。她最担心的一种情况是，男主人出了什么意外，可是离家出走的裘洛却还不知道。临睡前，她躺在床上，回忆起一开始给中介公司打电话找她来干活的，是男主人。或许中介公司那里还留着他的电话，她打算明天就去问问。

　　但这件事也有困难。她和中介公司早就闹翻了，为了一个再寻常不过的理由：在积累了一些固定的雇主之后，她撇开中介公司，直接和雇主联系，和他们结算工钱。这样雇主可以少付一点，而她每个月至少能多赚两倍。不少钟点工都像她这样干，但失败的例子也不少，有几个过了几个月又乖乖回来，低声下气地请求公司再收留她们。小菊当时看着她们就想好了，要有骨气一点，走了就不会再回来。

　　她只能拜托霞姐。当初离开公司的时候，是叫霞姐一块走的，可是霞姐怕自己干不牢靠，也怕和中介公司结了仇。人各有志，小菊也不愿意勉强。她们也还是常在晚上见见面，聊聊天。

　　小菊没有和霞姐说实话。只说男主人和女主人吵架，男主人好几天没回家。女主人在家里气病了，不吃也不喝。所以她想偷偷给男主人打个电话。霞姐笑她，你管的事情可真多，给人家当管家啊。但又说，恐怕帮不了她，直接问肯定不行，而那个电话本子，被他们锁在抽屉里了，偷看也偷看不到。小菊拼命求她，不依不饶，最后她只好答应看情况，找机会。

可是第二天收到的快递，小菊就彻底断了给男主人打电话的念头。那时她正在空房子里给猫梳毛，送快递的人砸门。他是因为走到附近，才上来碰碰运气：

"打了好几天的电话，都关机。"送快递的人抱怨道。小菊接过邮件，在收件人处写着裴洛的名字。

她想也没想就撕开了信封。这种快递公司的大信封随处可见，想把它封成原样一点都不难。里面是薄薄一张纸，是封信。她看了看落款，是井宇。

她一边看信，一边慢慢走到沙发跟前，坐下来。然后，她又读了一遍。

洛洛：

　　升职的消息公布的那天下午，我整个人好像被掏空了，坐在办公室里什么也不想做，也不想回家。我觉得自己像个一直被鞭子抽着的陀螺，转得飞快，现在忽然停下来。就站也站不住了。

　　我知道我不应该对现在的生活有什么不满。这的确是安定、殷实的生活，并且肯定会越来越好。但我不能仔细去想这个"好"到底是怎样的好。一旦去想，我会立刻觉得，这个"好"毫无意义。

我们刚认识的时候，有些不切实际。那时你还写一些东西，我记得你当时和我谈起过你打算写的长篇小说。现在想想，真是很久远的事了。你也知道，我一直都说你工不工作，都没有关系，想做什么就做什么，只要你觉得开心。但如果说我还有点奢望的话，那就是，希望你可以给我一点热情、一点理想化的东西。我非常害怕变得像那些同事一样无趣、一样庸俗。我说这些，并不是在指责你。

我有时候早晨醒来，想想剩下的大半人生，觉得一点悬念都没有了，就觉得很可怕。我知道现在这样离开，会失去很多。可是我怎么也说服不了自己，留在这里继续过毫无悬念的人生。至于要去哪里、要做什么，我并没有打算，真的。

我记得今年过年的时候，你的父母还和我们商量过，希望我们今年结婚。算起来，在一起有六年了，现在不能实现了，我心里很歉疚。但我离开，并不是为了逃婚。我逃避的，可能是比婚姻更大的东西。

写这封信的时候，我在办公室，或许是气氛

　　　　　　　　大乔小乔

的原因，让我写得很严肃，也无法和你探讨与感情有关话题。那些，留待日后再去谈，也或许更清晰一些。

　　房子、车子都留给你吧。日后我回来时再帮你办过户手续。

井宇

　　小菊放下信，惊诧不已。这两个人竟然在同一天不约而同地离家出走了。还有，他们居然一直还没有结婚，看起来倒像是多年的夫妻了。算起来她比裘洛还要小一岁，可孩子都六岁了。城市里的女人，做姑娘的时间竟可以那么长。

　　那天晚上，住处停电。小菊一个人黑坐着，想了许多事。她在想，城市里的人活得真是仔细又挑剔，一旦觉得有问题，立刻就要改变。像她这样的乡下人，倒也不是缺乏改变生活的勇气，只是日子过得迷迷糊糊，生活有问题，自己也看不见。可是好像又不是这样，生活的问题出在哪里，她也是知道的。那就是德明。几乎所有的烦恼都是从他那里来的。原来她一直知道问题出在哪里，也不害怕承担改变生活带来的后果，而她只是从未好好想过解决问题这件事。

小菊认真地设想了一下离婚这件事，如果这样做，就肯定不会回四川了，孩子也不要。她想想一个人这么待在北京，也没什么害怕的。至于男人，她想也总还是会有的。若是没有，也就认了。裘洛从前告诉过她，她是处女座，小菊也觉得那些描述处女座的话，放在自己身上都合适。她有自己不肯放下的标准，属于宁缺毋滥的那一类人。

小菊想得有些憋闷，决定出去走走。她来到大街上，马路两边都是小饭店，招牌红彤彤的，人们一圈一圈地围着圆桌坐，吃辣的食物，喝冒泡的啤酒，说说笑笑很热闹。她一路看着，也觉得变得热气腾腾的，很有活力。她掏出手机，给德明发了一条短信。她说："我和你说离婚，不是句气话。我是真觉得这么过下去没什么意思。"她写完又读了一遍，把"意思"改成了"意义"。

信息发出去后，她觉得爽朗了许多。一抬头，竟发现自己不知不觉走到了裘洛家那幢楼前。她犹豫了一下，决定上去待一会儿，还能洗个热水澡。

小菊用钥匙开门的时候，听到里面发出扑腾扑腾

大乔小乔

的闷响，心里有些紧张，担心是他们回来了。但又有些好奇，就也没退回去。她一进去，里面一片漆黑，不像是有人，开了灯，就看到猫正在鞋柜旁边踢腾，它一直喜欢玩球鞋的鞋带，细绳缠缠绕绕，甩来甩去的，像个可以陪它戏闹的活物。但这一次不知怎么弄的，竟把自己四个爪子都绑了进去，鞋子又被卡在鞋柜下面了，移动不得，任它花尽力气想要挣脱，都还是被捆束在鞋柜下面的那只鞋上。

小菊把那些绳子解下来。猫已经筋疲力尽，缓慢地走到水盆前呼啦啦地大口喝水。小菊一贯对猫没什么感情，但这时却觉得有点心酸。如果今晚不是走到这里，明天下午她才会来，猫大概会一直这样挣扎下去，肯定早就绝望了。

猫的事情，让小菊为自己找到一个很好的借口，从那之后，她每天晚上都到这套房子里来。洗个澡，看看电视。有时也看影碟，裘洛家的影碟有好几箱。单就洗澡这件事，已经让她觉得生活快乐了不少。水流那么粗壮，热水用之不尽，还能坐在浴缸里，泡一泡酸疼的腿和脚。裘洛家的书也多，其实小菊一直很爱看书，原来裘洛在的时候，也常给她一些过期的杂志。不过裘洛家的书，都太深奥了，有好多她都看不懂。裘洛临走前翻过的一些书，还搁在书桌上，没有放到书架上去。其中好几本都是一个叫伍尔夫的外国女人写的。小菊一一拿起来翻看，可是怎么也读不进去，一大段话说得云里雾里，让人不知道发生了什么。不过其中有一本，名字叫作"一间自己的屋子"。里面说，女人必须有一间自己的屋子，小菊读着觉得很有触动。现在的她，因为有这么一套暂时可以容纳自己的房子，的确觉得生活与过去完全不同。

但她很少在这里住，除了有两次，看了恐怖影碟，不敢走夜路才留下来。她自己对床是有些洁癖的，不愿意别人睡自己的床，她觉得裘洛也应该会这么想。至于德明，他隔了一天才发回一条短信："你自己看着办吧。"小菊想，她也的确是要按照自己的意思办。她打算找个时间回家一趟，和德明好好谈谈离婚的事。

半个月过去后，一个很现实的问题摆在她的面前。裘洛和男主人都不在了，没有人支付给她工钱。这份每个月六百块的薪水，在她的全部收入中，占非常大的比重。除却裘洛家，其他固定要去的几户人家，有的一星期只需要去一次。还有就是零散的活儿，打电

　　　　　　　　　　　　大乔小乔

话叫她就去，没有电话就闲着。现在没了这六百块，她的工时空出来一大半。只好厚着脸皮让一些客户帮忙打听，看看有谁的朋友那里需要。找活儿干是需要耐心的，她必须做好准备，最近几个月收入都会很少。所以，她心里很矛盾，有时很盼望裘洛他们赶快回来，付给她工钱。可是如果他们回来，她也就不可能再使用这套房子。这套房子对她来说，意味着自由。她先前一直以为，有钱一定比没钱自由，可是她现在的境况则是，有了钱反而会失去了自由。

不过，钱和自由的选择权，并不在她自己的手里。小菊能做的也只是听天由命。

然而，天和命自有更大的安排。德明那张乌鸦嘴竟然说中了。全国的云彩虽然没有压到四川的上空去，可是整个地壳里的能量，却在四川爆发了。地震的那天下午，小菊正在一户人家干活，是霞姐打电话通知她的。她给德明和娘家打电话，都打不通。到了晚上看电视，才知道有那么严重。她把亲戚的电话挨个打了一遍，都没有通。她只好安慰自己说，新闻中播报的受灾地区，到他们那里还有些距离。

她坐在裘洛家的沙发上，对着那台电视机，手里捏着电话，不断地按重拨。霞姐又打来电话问情况，安慰她一番，末了感慨道：

"发生了那么大的事，你倒还挺沉得住气啊。"

"不然又能怎么办呢？"小菊说。

天灾人祸的厉害，她已经领教了。她妈妈是在九八年发洪水的时候，被冲倒的电线杆砸死的。她还记得那时在医院的走廊里，她和弟弟抱在一起，哭得天昏地暗。所谓的坚强，是那个夏天的眼泪哭出来的。小菊一直守在电视机旁边，等待从四川传来的最新消息。她很饿，从裘洛家的冰箱里，找到一只皱皱巴巴的苹果吃。不知道哪里来的勇气，她竟然又打开一瓶红酒，咕咚咕咚喝了下去。喝完没多久，电话竟打通了。德明从那边喂喂喂地唤她，她却还以为是酒精的作用，通了灵，吓得半天不敢应。德明和孩子都没事，家里的人都还在，只是新盖好的房子全震塌了。他们暂时搬到户外搭起的防震棚。

接下来的一个星期，新闻里都是搜寻抢救的消息。小菊除了干活的时间，都守在电视机前。离他们那里很近的村子，也死了许多人，德明常常打来电话报平

　　　　　　　　　　大乔小乔

安，也总是会说起，他们认识的某某某，死了亲戚。

有时候小菊挂掉电话，关掉电视，看着眼前的光景，觉得有些恍惚。猫浑不知事地睡在躺椅上，风轻轻撩拨纱帘，窗台上的栀子花都开了，墙上那只没有秒针和刻度的表，总让人以为它停住了。她说不上来这一切是太安静了，还是太冰冷了。

霞姐问她为什么还待在这里不回四川。她说，房子都塌了，盖新的需要钱，她回去了怎么赚钱呢？霞姐觉得她说得也有理。可小菊自己反倒迷惘了。最近这些日子在北京，也没有赚到什么钱。若不是霞姐这么问起，她几乎忘记自己来北京是为了赚钱。现在也真是到了用钱的时候。德明还借了钱给表哥盖房子，现在那房子也塌了，欠他们的钱恐怕永远也还不上了。小菊想想就觉得生气。

又过了几天，德明在绵阳的姐姐把他们的爸妈接了过去。这样一来，只剩下德明一个人带着孩子，有些措手不及。他就打来电话问小菊的意思。

"你们也去绵阳找你姐啊。"小菊冷冷地说。

"那么多口人，都到人家那里去，怎么好意思。绵阳现在也是乱哄哄的，根本找不到活干。"德明说。

"那你是什么意思？"

"我想把兰兰先放在他们家，反正现在学校也不上课，我爸妈还能照顾到她。"

"那你呢？"

"我看，我还是去北京找你吧，"德明回答得没什么底气，后面那句则更为微弱，"这里已经什么都没有了。"

小菊沉默了好久，说："让我想想吧。"她挂了电话，忽然觉得，也只能是这样，并没有什么可想的。但似乎有种缥缈的喜悦，莫名地相信德明变得好了一些。

德明坐火车来北京的那一天，男主人寄回来一封信。"裘洛收"。小菊看到熟悉的名字，心里竟也觉得有些惦记。

洛洛：

写这封信的时候，我在绵阳。离开家之后，到处游游荡荡，好像终究也找不到什么可以停留的地方。我本来是打算去西北当乡村教师，听到地震的消息，就觉得或许可以到四川去。前几天

　　　　　　　　　大乔小乔

去了一个受灾最严重的镇上帮忙。每天听到最多的字眼，是"生命迹象"。这个词总是能够让我兴奋，仿佛抓住了生活的意义。说起来真好笑，其实也帮不上什么忙，可是在这里，每天到处奔忙，随时处于一种要帮忙的状态里，就觉得浑身都很有力气。

我说到做乡村教师，来这里当志愿者，你大概会取笑我。我们都不是那种一腔热血的人，也没有泛滥的同情心。起先我自己也很不理解，后来想到过去读过的一本书，是描述某些狂热分子的心态的，他们无私地投身于慈善和公益事业，是因为他们在自己的生活中是彻彻底底的失败者。他们为了逃避不断经受的挫败感才这样做。帮助别人让他们有满足感，而且这是唯一不会带来指责和否定的工作。善良成了他们最后一把庇护伞。这里的志愿者像蝗虫那么多，我不知道他们是否也和我一样，是抱着自救的目的而来的。

等下还要去另外一个县城。所以不能再写下去了。对了，忽然想起，在咱们家干活的小菊，就是四川人。不知道她的家人都平安吗。代我问候她。

井宇

家

看到最后一句，小菊的眼泪掉了下来，虽然她还是没看明白，井宇为什么要到四川去。她打开电视，看救灾现场的新闻报道，希望可以在泱泱人群中找到井宇。

　　她看了很久，没有看到井宇，却忽然在志愿者组成的医疗救护队中，看到了一个和裘洛长得很像的人。小菊想，这肯定是她幻想出来的画面。因为忘记了井宇长什么样，所以她在找的，就变成了裘洛。可是当那个女人从画面中离开的时候，她分明看到了那个拖着箱子远去的背影。后来，小菊常常想起这个下午电视机里出现的奇妙一幕，她越来越相信，那个人就是裘洛。她对自己说，既然他们能在同一天离家出走，为什么不可能都去四川当志愿者呢？

　　同一时刻，德明依照她的叮嘱，把家里值点钱的东西收到塑料编织袋里，匆匆忙忙地赶往火车站。电视里从未出现过他们那个村子的画面，可是小菊好像也看得见，他正从一片破墙烂瓦中走出来，走着走着，他回过头去，留恋地看了一眼。

　　德明来北京之前的几天里，小菊一直在犹豫，是

　　　　　　　　　　　　　　大乔小乔

否要告诉他空房子的事。可是在等他来的时间里，她却不知不觉换了那房子卧室里的床单。新洗好的床单上，有洗衣粉留下的柠檬味清香，小菊将它展开，铺平，像面对一种崭新生活那样虔诚。她发觉此刻自己是多么盼望德明快点来。可是那种盼望里，充满了羞怯与忐忑，似乎是在做一件非常冒险的事。她快活地迷失了，觉得自己好像不是在一个陌生的房间里等自己的男人，而是在自己的家里期待着一个陌生的男人按响门铃。

嫁衣

一

　　四月间，乔其纱从悉尼回来参加绢的婚礼。绢去机场接她，远远看着她走过来，顶着两坨新垫高的颧骨。人声嘈杂，空气里充斥着汗液的馊酸，于是，计划中的那个拥抱被省略掉。走到户外，乔其纱掏出两根 Kent 的烟，一支递给了绢，站在铁皮垃圾箱旁边抽起来。绢抽烟很快，总有一种要把它快些消灭的恶狠狠。抽完后她站在那里，百无聊赖，就伸出手摸了摸乔其纱的颧骨，觉得又凉又硬，却说，很自然。

她开车带乔其纱回家，快到家的时候，忍不住问：这么高的颧骨，难道不会克夫吗？乔其纱冷笑着说，就怕克不死他。绢想了想黑檀那张黄瘦的脸，忽然觉得，他可能是要早死的。

后视镜里的乔其纱，紧绷着一张脸，又涂了一遍唇膏，这种苍粉色是今年的流行色。绢内心很悲凉，乔其纱原来长得多么美呵，可如今却永远成了一个皮笑肉不笑的姑娘。

绢打开门的时候，乔其纱才问：你不用准备明天的婚礼吗？她说，都准备得差不多了，我妈他们早就来了，根本不让我管。两只猫蹿出来，一黑一白，围着她乱叫。她往地上的小盆里撒了两把猫粮，它们才消停。乔其纱问，你不是养狗的吗？狗死了，就改养猫了。

乔其纱在屋子里转了一圈，看着卧室里白色羽毛做的落地灯说：做得很不错。她惊奇地问，你怎么知道是自己做的呢？乔其纱说，因为你和我说了很多遍。你总在炫耀你的小情调，没完没了。她们在沙发上坐了一会儿，绢起身做了两杯咖啡，又拧开音乐，房间里响起懒洋洋的 Bossa Nova。乔其纱拿起茶几上的婚纱照相册一页页翻看，他长得还不错，就是有点矮。绢坐下来说，这套"情人码头"，到海边拍的，拍到一半，来台风了。后来又专门去补拍，简直累死了。乔其纱叹了口气，我真搞不懂拍这个有什么用，多假呀。她合上相册，放回桌上，翘着指头捏起一块蘸了咖啡的方糖，直接塞进嘴里，渣粒登时四溅，落白了膝盖上的黑色网纱裙。绢怔怔地看了一会儿，又觉得乔其纱并没有失去美貌，心里竟然有些不舒服。

乔其纱约了人，不和她吃晚饭了，临出门前，想起问她要一枚避孕套。绢笑道，果然不愧是贪狼女。乔其纱不解，什么是贪狼女？绢说，我最近在学习紫微斗数。你命宫里的那颗主星是贪狼，命犯桃花，荒淫无度。乔其纱说，我现在收敛多了。快给我拿避孕套吧。绢才说，我没有。乔其纱非常惊讶，那你吃药吗？绢笑起来，从避孕方式就足以看出，我们交往的是截然不同的两类男人。如果你总是和比较传统的中年男人睡，就会知道，避孕套的使用率有多低了。乔其纱皱皱眉毛：你难道不觉得中年男人身上，有一股腐朽的味道吗？她又说，吃药对身体很不好，而且确实会发胖。可是我不明白，你为什么要迁就男人呢？

绢不甘示弱：我没有迁就啊，我自己也不喜欢避孕套。那种橡胶味，闻着就想吐。而且一想到把那么一个异物塞进身体里，总归很别扭的。乔其纱说，有那么严重吗？卫生棉条你不是也用过的吗，那个都能习惯，这个怎么就不能呢？乔其纱总是这样咄咄逼人，绢有些受不了，讷讷地说，可能是我比较敏感吧。乔其纱抬起手腕看了看表，来不及了，我先走了。晚上回来再继续说吧。绢关门的时候，问，你确定晚上回来吗？乔其纱摇摇头，不确定。最迟也就明天一早，肯定赶得及你的婚礼。你还是给我一把钥匙吧，万一我半夜回来，敲门还得把你弄醒。绢从钥匙串上解下钥匙，递给乔其纱，说，你早些回来啊，化妆师他们七点钟就来了，你在的话，也可以帮帮忙……话未说完，贪狼女已经带着桃花的香气，被合进了两扇电梯门里。

　　好像又回到了几年前，在多伦多念大学的时候。乔其纱兴致勃勃地出门约会，绢则叼着烟，窝在沙发里看 HBO 台播放的电影，静等着那个合租的长发小青年回来，如果他碰巧有兴致，其他两个合租的人又不在，他们就可以搞一搞。搞一搞，只是搞一搞，她甚至没问他究竟是在哪间学校学美术，究竟画过些什么。不过她连搞也不是很专心，后来竟是一点也想不起他阴茎的尺寸、偏好的姿势，尽管他是她的第一个。她只是记得不能叫。其他的人随时有可能回来，也许已经回来了，就在客厅里。可是她真的非常想叫。对于做爱这件事的全部乐趣，好像只是为了叫一叫。叫得响一些，高潮就到了。有一次她叫出声来，小青年撑起身体拎了只袜子塞在她嘴里。很臭。臭味从此和交欢形影不离，她后来总保有一种观点，做爱是一件很臭的事情。所以无论做爱之前或是之后，她都不爱洗澡。

她没有叫，于是其他人就一直没有发现这件事，他们未免也太粗心了。皱巴巴的床单以及其上星星点点的精液，难道从来没有引起过乔其纱的怀疑吗？要知道她们可是住一个房间的。她或许看到了，但她没有问。她是不会问的，她没有提问的习惯。她自己是笔直的，便不可能去想象弯曲。她自己是豁亮的，就以为世上不存在暧昧。乔其纱总有一种女主角的气概，如果站在舞台上，追光灯一定是跟着她走的。

绢自己，当然也不会说。她觉得长发小青年很差劲，尤其是在乔其纱带着她那个混血男友回来之后，她就更觉得他邋遢得像一团抹布。她心想，反正很快就会结束的。可是竟然持续了一年多，直至她发现自己怀孕了。她更是不能说了，要是让乔其纱知道，自己被这团脏抹布搞大了肚子，在她的面前恐怕永远都抬不起头了。所以绢一直熬到放暑假，才回国把孩子拿掉。其时肉芽已经初现形状，她孤身坐在椅子上等候手术的时候，将一张薄纸覆在 B 超图上，拓下了它的形状。她的内心起了变化，生出一种柔情，喉咙里不断涌上一股臭烘烘的情欲。暑假太漫长，她对母亲撒了谎，提早一个月赶回多伦多，可是长发小青年已经因为打架斗殴被遣送回国。他给了那个加拿大警察一拳头，一拳头，就非常干脆地结束了和她的故事，并且拥有充分的理由，从此人间蒸发。她的生命里，一段段交往都是这样，戛然而止。最重要的是，它们自始至终都非常隐秘，没有一个见证人。

二

绢站在屋子当中发了一会儿呆，把乔其纱的行李箱拖到沙发旁，打开，一件件衣服拣出来看。乔其纱还是那么喜欢连帽衫，白色、蓝色、暗红色火腿纹，配在里面穿的吊带衫，牛仔裤有两条，都是窄脚低腰，紧绷在身上的那种。无非是为了炫耀她的屁股，绢想。

又解开一只束口的布袋，从里面拎出七八件成套的胸罩和底裤。黑色软缎镶着蕾丝花边，浅紫色中间带 U 型铁箍的（又没有带低胸的衣服，穿这个有什么用），乳白色透明网纱的（乳头被这个勒着，简直是酷刑），粉白小格子的，四分之三罩杯，内侧有厚实的夹垫（和女优的偏好一样），内裤几乎都是透明的，大多是丁字裤，细得像老鼠尾巴，她想到它们梗在那里的感觉，身上一阵不舒服。

这些就是黑檀的偏好吗？绢用力回想，却还是记不起黑檀做爱的时候是什么样子。不过，想起来也没有什么用。他们一共没做几次，彼此都很拘束，根本没有熟悉起来。黑檀只是想偷欢，却偷得一点都不快活。他伏在她的身上，那么害怕，装作漫不经心，却一遍又一遍地问，乔其纱今天没说来找你吧？绢只记得这句话，因为这句话粉碎了她想要叫出声来的梦想，也使她明白，把这个男人从乔其纱身边撬走，是没有希望的。不过她还是不死心，试了再试，烤蛋糕，炖汤，做完爱给他洗澡，出门前帮他穿鞋。她以为这些能让黑檀觉得自己比乔其纱更加爱他，或者至少更适合做妻子。

直到有一天早晨，黑檀和乔其纱并排出现在她家门口。乔其纱说，我们决定结婚，然后移民到澳大利亚。黑檀笑眯眯地看着她，连一个暧昧的眼色都不敢给。绢让他们进来小坐，吃自己做的芝士蛋糕。他们吃的是黑檀前一天下午刚刚吃过的那个蛋糕，黑檀也像前一天下午那样，说好吃。绢问，需要我去做伴娘吗？黑檀马上说，不用，你还要赶过去，太麻烦了，我有一个表妹正好在悉尼。绢说，你们实在太突然了，我都没有时间准备一份结婚礼物。乔其纱坐在那里，恹恹的，好像还没睡醒，都是黑檀在说：你的心意我们领了。绢微笑点点头，心想，应该把黑檀落在这里的那件毛坎肩拿出来，那才是我的心意。他们又喝了一碗前一天下午黑檀喝过的莲子羹，起身告辞。在门口，乔其纱忽然转过身来，抱住绢说：你会想念我吗？这是五年的相处中，她唯一一次询问绢的感受。她对她们的友谊，似乎并无自信。可能因为这种罕见性，绢有一点感动，她说，会。

绢一件件拿起那些内衣，仔细观察。它们不是新的，每一件都穿过很久了。乔其纱在家的时候，一定也穿这些内衣。于是她想，不管怎么说，乔其纱对内衣还充满热情，说明她还是有爱的。也许她和黑檀的关系，并不像他们说的那么糟糕。大概是他们走后的第三月，黑檀开始给她打电话。第一次很怯，言语也有所保留，两次、三次，渐渐就成了很自然的事，每个星期至少打一次，没有事，只是闲聊。更确切地说，是听黑檀抱怨。他赚钱养家，供乔其纱继续念书，中午吃盒饭，晚上还要加班，非常辛苦。而乔其纱每星期只有三个上午去学校，其他时间都待在家里，可她从来不收拾房间，家里乱得像个猪窝。来之前信誓旦旦地说是要学做饭，可是住了半年，炉灶都还没有动过。只有一只房东留下的微波炉，迅速变脏变旧，加热的转盘上，沾满了牛奶和酱油渍。他每天回家推开门，要么看到一屋子陌生人在开一个莫名其妙的 Party，个个喝得烂醉，家具都被推到房间的一角，地毯上黏着呕吐的秽物，乔其纱从一大堆人头中伸出手臂向他打招呼，要么就是看到房间里空无一人，卧室像是被抢劫了似的，梳妆台上一片东倒西歪的瓶瓶罐罐，衣柜大开，五颜六色的衣服像洪水一样冲出来，漫溢了整间屋子。这样的日子还怎么过？黑檀无数次重复这句话，绢在这边很沉默。然而几分钟后，他挂掉电话，又乖乖回到那种没法过的日子里去了。

他们在电话里做过几次爱，那时黑檀和乔其纱正在冷战，很久没有性生活，当然，这是黑檀自己说的。起初的一次，他们的词语非常贫乏，尤其是动词，只是不断重复，整个过程显得沉闷而干涩。后来好了许多，词语随着情势变化而更换，速度和力度都得到了凸显，她怀疑黑檀可能也像自己一样，这几天上网找了许多色情小说看。总之，她挺愉快的，在自己穷凶极恶的迸发中，甚至闻到了那股久违了的臭味。最终，她放心地叫出声来，黑檀热烈地回应了她。从这个角度说，他们的做爱远比过去成功。倾泻之后，黑檀说，我从来没有这么快活过。她在这边咯咯地取笑他，内心充满了胜利感。可是这种胜利感还没有停留一分钟，那边黑檀非常深情地说：我很后悔，走的时候没有带上一条你的内裤。她笑得更厉害了，从沙发滚到地上。笑着笑着，眼泪就迸落出来。他为什么后悔的不是离开她，而只是后悔没带走她的内裤，以便手淫的感觉更好一点？男人是多么害怕失败，连后悔都只肯后悔那么一小步。她挂掉电话，从地上捡起胸罩、内裤，穿着穿着，终于哭出声来。

　　一个多月后，他们恢复了通话，但没有再做爱。有时候，她也觉得自己很可笑，为什么要和黑檀保持这种联系，听他千篇一律的抱怨。可是对于乔其纱的生活现状，她永远保有不减的热情，这种好奇心，早已扎根，无法取缔。她就是用这样的方式来怀念乔其纱的。

三

　　如果不是一直翻到箱子底，绢险些错过了那条裙子。压在手提电脑和洗漱袋的下面，叠放得很平整。拿出来的时候，她闻到一股浓郁的香水味，不是乔其纱现在用的那款，衣服应该没洗过，大概就穿过一次，新布的气味隐约可以闻到。Kenzo 的柠黄色连衣裙，很明艳，绢好像只在少女时代，才见过有人穿这样的黄色。上下用真丝缎和雪纺两种布料拼接，绛红和松绿的碎花，配上烟灰色日式和风图案，海螺袖，收身

嫁衣　　　　　　　　　　　　　　　　259

包臀的下摆长及脚踝。她特别留意到压满荷叶边的深桃心形的领口，非常低阔，那只紫色 U 形铁箍的胸罩原来是与它搭配的。绢把裙子比在自己的身上，看了看领口的位置，忽然很烦躁。她丢下裙子，跑去饮水机旁，咕咚咕咚喝下两马克杯的水。然而目光又返回到那条裙子上。它铺展在地板上，像一小块芬芳的花田。绢很奇怪，猫为什么不像平时对待她的衣服那样，从上面踩踏过去，而是小心翼翼地绕着它走。连猫都觉得这条裙子不同凡响。

她确信，乔其纱将在明天的婚礼上穿这条裙子。这让她变得很忧伤。事先对乔其纱讲好的，仪式非常简单，除了双方的亲戚之外，只有很少的朋友。穿得随意一点就好。乔其纱现在摆明是和她对着干。过去五年，她都在谦让乔其纱，从来不与她抢风头，可是这一次，这次是她的婚礼，难道乔其纱不可以谦让一回吗？虽然这条裙子，算不得礼服，可是它未免太艳丽了一些，而且，难道胸口非要开得这样低吗？昨天绢才去婚纱店试过礼服，她租的是最贵的一套，上面镶满了碎钻，紧箍着胸脯，花苞形的下摆有三层。最重要的是，白色很纯正，纱的手感也很细腻，懂行的

　　　　　　　　　　　大乔小乔

人都会知道它的价格不菲。可是现在她忽然觉得，那套婚纱很土。再纯正的白色，在这样明艳的黄色的旁边，也会变得灰扑扑的。况且这团白色必须用来衬托她的端庄和安静，呆板地堆叠在一处，看起来很臃肿。而那团黄色，自由而热烈，它可以飘来飘去，可以叫嚷或者纵情大笑（她喝了酒，一定会这样做），喝醉了可以歪倒在身旁男人的身上。她和她的乳沟会成为整场婚礼的焦点，无疑。

现在，绢真的非常后悔答应乔其纱来参加婚礼。她根本没想过要请她，是一个她们共同的朋友告诉她的。乔其纱就打来电话，说她会来。绢婉言拒绝，可是乔其纱说，我和黑檀分居了，打算搬出去住，还没找到房子，正好可以回国玩玩，都一年半没有回去了。绢心里一酸，分居的事情，黑檀怎么没提呢，他肯定还在挽留乔其纱。绢本来还想再推辞，但她前几天听黑檀说，乔其纱为了让自己的脸变得欧美一些，专门飞去韩国垫了两块高耸的颧骨，难看死了，像个怪物。黑檀说。她很好奇，想要看看，这才同意下来。

因为乔其纱要来，她更换了举办婚宴的酒楼，礼服另选，婚纱照的外景地也从公园移到了海边。原本打算草草了事的婚礼，忽然变得隆重起来。唯一遗憾的是，婚戒早就买了，上面的钻石太小了一些。

四

电话响了。是母亲打来的：

烛台还要吗？婚庆公司太坑人了，几个摆在桌上的烛台，要那么多钱！母亲的声音大得刺耳。姨妈和她一起去的，在一旁说：

不要就不要吧，也不用这么大声嚷嚷。

你为什么总是胳膊肘往外拐，帮他们说话？

这两个五十多岁的女人，从来北京的火车上开始争吵，整整一个星期，几乎没停过。应该乘地铁还是坐出租车，婚宴上的甲鱼要不要换掉，先到银行换新钱还是先去买喜糖……所有这些，都能作为一桩了不起的大事，有滋有味地吵上几个小时。就是这一次，绢忽然觉得母亲老了许多。年轻的时候，母亲心气很高，觉得姨妈庸俗，也不懂得打扮自己。现在，她终于老成了和姨妈一个模样。她们有一样圆胖的身体，用一样快的速度吃饭和说话。唯一庆幸的是，绢的家里住不下，她们白天往返于酒店和婚庆公司之间，晚上去绢的舅舅家住。这样，绢几乎不用和她们打照面。

绢觉得头疼得厉害，她有气无力地说：

你决定吧。

那就不要了，怎么样？母亲说。

绢没有回答。

说话呀。

妈妈，绢终于说，婚礼能不办了吗？

你说什么啊？就为了几个烛台怄气吗？

不是，就是不想办了。

你疯了吗？请柬早就寄出去了，酒楼的定金也付了。母亲在那边大吼起来。

姨妈又插话了：我早就说，你把绢惯坏了。什么事都要依着她。本来在青岛办婚礼，多方便啊。她非要在北京办。大老远让这么多亲戚都得赶来。这就不说了，可都订好了的酒楼，她忽然说要换，还换一个那么贵的。这个你也依着她。所有的事都是我们做，她和青杨几乎没插过手，现在都忙得差不多了，她竟然又说不办了……

母亲打断了姨妈的话，尽量平静地对绢说：你不要再折腾了。等你结了婚，以后的事我不会管了。

绢挂了电话。母亲又打过来，她按掉。再打，再按掉。这样不断反复。过去她们的记录是三十五次。她坚信母亲是有轻微强迫症的。随着年龄的增长，她必然也将获得这种血缘的馈赠，现在已经有了一点苗头。同样，许多年后，她也会长得与母亲、姨妈一模一样。和肥胖无趣的丈夫坐在一张长条桌的两端，呼噜呼噜地吃面条，抢起袖子擦拭额头上的汗水。那是一个多么粗暴的动作，几乎忘记了自己是个女人。

她是否也会像母亲一样，生下一个平庸的女儿？对此，绢几乎是可以肯定的。几年前，她堕掉的应该是个男孩，从铅笔描下的 B 超图上，仿佛可以感觉到一股英朗之气。她们家是注定要养女儿的。一个外姓的冷眼旁观者，一个怯懦的叛徒。最糟糕的是，她也会像她的母亲一样，一口咬定这个平庸的女儿是最优秀的。因为是最优秀的，所以世界上所有好的事情，都应该降落在她的身上。

念书的时候，绢很用功，成绩也只能算中等，但是母亲总会对外人说，我女儿很聪明，就是贪玩，如果认真学习，她肯定是前几名。她后来只考上一个勉强可以称之为大学的学校，母亲觉得去上那个学校很丢人，于是很支持她待国外留学，又对外人说，我们家比较开明，也很西化，绢在这种氛围里长大，比较适合西方的教育方式。绢念的是金融。读完了在加拿大找不到工作，就回国来。北京的这份工作，是父亲托老同学帮忙找的，在一家金融杂志做编辑，很清闲。那本杂志上露脸的都是成功人士，母亲觉得这工作不错，很体面。

乔其纱是和绢一起回国的，她在加拿大待久了，有些厌倦。回到北京，也没有立刻找工作，在朋友的画廊里帮忙。那年绢的母亲来北京，才第一次见到乔其纱，绢悄悄问她，乔其纱好看吗？母亲说，她的脸太尖了，看起来很小家子气。没有你好看。绢说，可是她的身材很好。母亲说，好什么，又高又黑，显得很壮。母亲又说，她和你比差远了，连份像样的工作都没有。

母亲对乔其纱分明有敌意，不让绢和她走得太近。等到乔其纱远嫁澳洲的时候，母亲终于松了一口气，说，这女孩太张扬了，总和你在一起，会抢走原本属于你的东西。绢心想，该抢走的早就已经抢走了。

母亲是靠幻想活着的女人，认为自己有世界上最好的丈夫和女儿。所以当她发现欧枫的事情时，简直要疯了。不过，她肯定早有怀疑，不然也不会偷看绢手机上的短信。

母亲痛心疾首地说，那个男人比你大整整二十岁，有家有孩子，你以为他会当真吗？他不过是看你年轻，骗取你的感情！真作孽啊，他会有报应的，他不是也有个女儿吗？等他的女儿长大了，也会被老男人欺骗，到时候他就知道是什么滋味了！

绢抬起头，幽幽地问：那么我被老男人欺骗，应该也是我爸爸的报应了？

母亲怔了一下，抬手给绢一个耳光。随即，她失声痛哭。她从来没有这样哭过，仿佛要把身体里因为代谢缓慢而囤积的水分都哭出来。

就算她能哭瘦了，也哭不回青春。

绢忽然明白，母亲并不是一直活在幻想里，也没有那么天真。她只是极力掩饰，小心维系。即便这是一种虚荣，也是赖以生活的凭借，所以没有什么可羞耻的，只是可怜。绢看着大哭不止的母亲，相信看到的也是以后的自己。她倒不觉得这是因果报应，更确切地说，也许是一种世代流传。虚荣流传，卑微流传。她好像都看明白了，于是不再挣扎，乖乖就范。

几个月后，绢决定与青杨结婚。青杨是母亲介绍给她的，高干子弟，游手好闲，看起来倒是挺像样的，也是从国外留学回来的，家里出钱开了个小公司，这样一个绣花枕头，倒是可以满足全家人的虚荣心。绢只是觉得累了，过去的那些感情，都是沉潜在水底的，见不得人。在水底待得太久，她想浮上来透口气。又看到青杨细手长腿，一双凤眼很好看。都说女儿像父亲，绢只盼着将来生一个好看的女儿，即便日后她遇上乔其纱这样的女孩，也不至太自卑。当然最好还是不要遇上乔其纱，她与母亲的区别就是，母亲身边没有乔其纱这样一个女朋友，所以她的幻想可以保存得相对完整。母亲的自愈能力也很强，后来再也没有和绢说起欧枫，像是忘了这个人存在过。

绢再看手机的时候，上面已经有母亲的十九个未接电话。

五

　　绢还是决定穿上那条裙子看看。对她来说，它的确是大了些，胸部撑不起来，堆着两块布摺。领子实在太低了，遮不住里面的白色胸罩。她走近镜子，试着拢起头发，挽在脑后，露出脖子（她猜想乔其纱一定会这样做）。真是明艳。绢不得不佩服乔其纱的好品位。即便她在百货公司看到这件裙子，也未必想要拿起来试。她总是下意识地避开那些太过耀眼的东西，觉得自己与它们是绝缘的。可是现在她觉得，自己和这件裙子很相衬。

　　绢觉得应该穿着这件裙子去见一见欧枫。她忽然感到一阵莫名的兴奋。这个忧愁得快要死掉的下午，终于又有了生机。不过，在去之前，她还需要借用一下乔其纱的 U 型胸罩。

　　绢穿着漂亮的黄色连衣裙，在欧枫办公室楼下的星巴克喝咖啡。要等到欧枫他们公司的人都走了，她才能上去。有过多少次这样的等候，绢已经数不清了。但也不会太多，更多的时候，是她在家里等他。相较

　　　　　　　　　　　　　　　大乔小乔

之下，还是在这里好一点，她至多不过掏出小镜子，用粉扑压一下出油的鼻翼，或者补一点唇膏。如果是在家里，她会不断在镜子前面换衣服。到底要不要穿衣服，穿睡衣还是正装，穿哪件睡衣。还要在茶几上漫不经心地丢几本书，以示她热爱阅读，并且好像不是专门在等着他来。

美式咖啡续了两杯，又吃掉一个马芬蛋糕。收到母亲的一个短信，她终于妥协，不再打电话来。只是告诉绢明早起床后，记得把锅里配好原料的"甜甜蜜蜜羹"煮上。又嘱咐她晚上一定要早睡。八点半，欧枫才打电话让她上来。

绢一进去，欧枫就把门反锁上。关掉所有的灯，抱住了她。她很气恼，因为他甚至没有来得及看清她身上的裙子。他的手已经摸到背后的拉链，一径到底，把她剥了出来。黑暗中，听到另一道拉链的声响，然后她就感到那个家伙拼命顶进去。在这一过程中，她再度变成一个绵软的木偶，失去直觉，悉听尊便。她想起下午和乔其纱讨论的有关避孕套的问题，觉得非常可悲。每一次，她被男人剥光的时候，大脑都是一片空白，好像死了过去，没办法发出声音，或者做任何动作。所以她从来没有打断男人的进攻，要求一枚避孕套。究其原因，也许应当再次追溯到在多伦多的时候，最初的两年，她看着乔其纱不断更换男友，和他们出去过夜，可她还是个纯洁的处女。在这样的年代，纯洁真是一个具有侮辱性的词语，它暗示着在竞争中处于劣势，因而无人问津。她觉得自己就像货架上的积压货，落满了尘埃。那一时期的压抑和匮乏，使她后来对性爱变得盲目渴望。没有避孕套没关系，没有快感没关系。没有爱也没有关系。她就好像一个荒闲太久的宅院，只盼着有人可以登门造访。虽然明知道，有些人只是进来歇歇脚。

但欧枫不一样。他和之前的那些人不一样。他不是进来歇脚的，也许最初是，但后来他长期留下来，做了这里的主人。当然，他并不了解这座宅院的历史，以为来过这里的人，屈指可数。绢给男人的感觉是，矜持而羞涩，属于清白本分的那类女孩。不过绢和欧枫在一起之后，的确变得清白而本分。本质上她并不淫乱，只是空虚。欧枫的出现，填补了这种空虚。取而代之的是等待。当然，等待最终兑换到的是另一种空虚，不过它被花花绿绿的承诺遮蔽着，等绢发现的时候，已经晚了。这个男人是世界上给她最多承诺的人，恐怕以后也不会有人超过他了。也许他天生喜欢承诺，不过绢更愿意相信，还是因为他在意她，为了笼络她的心，必须不断承诺。他承诺过年的时候陪她去郊外放焰火，他承诺带她去欧洲旅行，承诺离婚，承诺和她结婚，承诺和她生个孩子。放焰火的承诺说了两年，没有兑现。其他的承诺，期限都是开放的，如果她肯耐心去等，也许有的可以兑现。因为他也有兑现了的承诺，比如送给她一只小狗。于是变成了她一边和小狗玩，一边等，小狗死后，她开始养猫，一边给猫梳毛，一边继续等。他承诺的很多，但实际见面的时间却非常少。每次也很短，短得只够做一次爱。回顾他们的交往，就是一次又一次地做爱，它们彼此之间那么雷同，到了最后变得有些程式化。

在某次做爱之后，欧枫疲倦地睡着了。绢钻出棉被，支起身子点了支烟，静默地看着他。他每次做完爱，都出一身虚汗，裸在被子外面散热。他身上总是很烫，抱着她的时候非常温暖。她要的就是这一点温暖，如果没有，真的不知道该如何越冬。日辉从没有合紧的窗帘中照射进来，落在他的肚皮和大腿上。一直以来，他们在一起的时候都很黑，没有光线，她好像从来没有像现在一样，把他的样子看清楚。她专注地看着他。他的皮肤那样白，也许与雄性激素的减少有关。翻身的时候，皮肤颤得厉害，像是树枝上就要被震落的雪。

你难道不觉得中年男人身上，有一股腐朽的味道吗？乔其纱的话又冒出来了。

此刻，她真切地感到了腐朽的味道。眼前这个男人已经没有能力推翻现在的生活，重建一次。

绢终于下了决定离开。

青杨看起来很呆，做起爱来像一只啄木鸟，可是他还有足够的时间，足够的时间和她一起变白。原来生命力是那么重要，唯有它，可以用来和孤独对抗。

绢躺在办公室冰冷的地板上，感觉到欧枫渐弱的痉挛。她发现喉咙很疼，刚才肯定又叫得很大声。他正要从里面离开的时候，她忽然伸出手臂，紧紧搂住了他的脖子：在里面多待一会儿吧。他就没有动，仍旧伏在她的身上。绢又说，你别睡过去，我们说说话吧。欧枫喘着气说，好啊。

你爱我吗？绢问。她很少这样发问。但是这句话，作为一场无中生有的谈话的开端，确实再合适不过。

当然。

你爱我什么呢？

你又年轻又漂亮，还很懂事。

哦。绢轻轻地应了一声，说，比我年轻比我漂亮的女孩有很多，她们也会很懂事。

可我不认识她们，我只认识你。我们认识就是一种缘分。

绢没有说话。这个答案真是令她失望。他不爱她们，只是因为不认识。

他已经完全从她身体里退出来，在上面有些待不住了，做爱之后，男人会本能地想要脱离女人，似乎对刚才的依赖感到很羞耻。她箍紧手臂，不让他动，带我走吧，和我一起生活。别眼睁睁地看着我嫁给别人，好吗？绢伏在他的肩上，滚烫的眼泪涌出来。这一刻的感情如此真挚，不是爱，又是什么呢。绢好像也才刚刚明白自己的心迹。她还是舍不得他，纵使她虚荣，害怕孤独，可现在如果他答应，她可以把这些都抛下。

傻丫头。他拍拍她，松开她的紧扣的十指，从她的身上爬下来。他伸出手，擦去她脸颊上的眼泪，我早就说过了，很想和你在一起，但我需要一些时间。他摇摆着站起来，拿了杯子走到饮水机前接水喝。绢仰着脸，只看到欧枫倒立的双腿，粗短而冰冷，在黑暗中，它们失去了特征，可以是任何男人的。她无法再把它们据为己有。

绢拽过裙子，给自己盖上。这丝缎也不是她的，体温在上面留不住，凉得比她的身体还快。她慢慢清醒过来，刚才只是一时忘情，心底还怀着一线生机，希望欧枫可以带她逃离眼前的生活。她坐起来，穿上衣服。可是头发却怎么也盘不好了。

你明天结婚吗？欧枫问。

对。绢系上身后的裙带，摇摇摆摆地站起来。

就在你上次说的那个酒店吗？

是的。簪子遽然擦着头皮，穿过扭卷的发丝，火辣辣地疼。

那你今天难道不需要留在家里做准备吗？

嗯？绢走过去，打开了灯。冷白的光线，非常刺眼。一场做爱的时间，其实很短，却足以令人习惯了黑暗。他直视着她。她觉得他应该评价一下这件漂亮的裙子。

知道吗？欧枫说，我觉得，你不是明天结婚。你其实根本没有要结婚，你只是用这个来吓唬我。你在逼我。

绢站在墙角里，看着他。他的表情非常严厉，像是在斥责一个撒谎的小学生。

是不是？我早就怀疑了。欧枫追问。

绢开始冷笑。簪子又掉下来，头发散了。

我不喜欢你这样做。这种伎俩在我的身上不适用。欧枫恶狠狠地说。

我是真的要结婚了，明天。绢捡起发簪，拉开门，在离开之前又回过身来，非常凄凉地说：

我今天特意穿了一条最漂亮的裙子，来和你告别。

欧枫上下看了她一遍。目光停留在她的乳沟上。他紧绷的表情渐渐松弛下来，叹了口气说：既然你仍要坚持说，明天结婚。那么好吧，我明天中午会去那个酒店，远远地看着你嫁人。

他目光炯炯地盯着她，等着她承认自己是在说谎。

但绢转过身去，走出了门。

六

绢开车回家。夜幕降临，高架桥上塞满了汽车。路灯、霓虹灯，还有广告牌在同一时刻亮了起来。那么亮，那么拥挤，真的很像节日的前夜。她被包裹在拥挤的中心，仿佛他们都是向她而来的。为了庆祝她的婚礼。

她的眼前开始出现婚礼的幻象。她站在台上和青杨交换戒指，透过酒店的落地玻璃，她看到欧枫站在外面。但他的目光不在她的身上，甚至不在花团锦簇的高台上。他的目光落在那件黄裙子上。黄裙子的主人犹如花蝴蝶一样飞掠过人群，散播着蛊惑人心的香气。她漫无目的地飞来飞去，直到看到了他。隔着花束和玻璃，看到了他。他们互相看见了。欧枫绕到门口的时候，花蝴蝶已经等在那里了。他们伸出舌头，开始接吻。他们怎么可以先于台上的一对新人而接吻呢？不，他们根本不应该接吻！她叫起来，让他们停下来。然而他们已经相爱了，黏在了一起。可是他们怎么可以相爱呢？欧枫，你难道愿意永远面对一个塞着硅胶颧骨假笑的女人吗？哦，

　　　　　　　　　　　　大乔小乔

乔其纱，你不是讨厌中年男人身上腐朽的味道吗？他已经太老了，根本给不了你什么快活！她非常失态地甩开青杨的手，冲到前面，对着台下的人群大喊，把他们分开！快把他们分开！

绢的情绪已经失控，一阵阵晕眩，眼前变得漆黑，她把方向盘一转，拐到应急车道上，踩住了刹车。她必须休息一会儿。休息一会儿。她打开天窗，靠在椅背上，才一点点从幻象中爬出来。

可是有一些，不是幻象，它们即将发生。明天欧枫要来，他将会认识乔其纱。他认识了她，就可以爱上她了。绢有非常强烈的直觉，欧枫会爱上乔其纱。她曾经运用同样的直觉，预知了长发小青年以及黑檀的离开。只是每一次，她都不甘心，继续往前跑，直到撞得头破血流才肯罢休。

最可悲的是，从来没有人看到过她流血。没有人见证她的痴情。每次爱上一个人，总是很仓促，可那些都是真的。即便最初是因为嫉妒，因为空虚，可是它们后来，都深深地凿入她的血肉里。然后遽然连根拔起。

她在后视镜里，看到一张坍塌的脸，神情非常呆滞，她冷笑了一下，对镜子里的人说：你看你这副样子，还怎么做新娘？

次日上午九点，乔其纱从外面回来，睡得昏昏沉沉的，把定的闹钟又按掉，果然迟到了。不过迎亲的仪式应该还没有结束。她猜想屋子里挤满了接亲的人，新郎也许正在回答女方亲友团的刁钻问题，不停思考着该如何突围，闯进新娘的房间。可是敲了半天门，连门上的喜字都要震下来了，却仍是没有人回应。她忽然想起有钥匙，这才掏出来，打开门。屋子里静悄悄的，空无一人。桌子上摆着瓜子和喜糖，除此之外，与平日再没有什么不同。乔其纱很疑惑，迎亲的仪式到底有没有举行。她走进卧室，窗户敞开着，地上黄灿灿的一片。趴在上面的大黑猫，警觉地睁开眼睛。她走近了，就看到那件黄色连衣裙，已经被撕扯成许多条，宽宽窄窄，铺展了一地。她缓缓地蹲下身子，那只猫"喵呜"一声跳起来，飞快地钻到床下去了。

　　　　　　　　　　　　　　大乔小乔

阿拉伯婆婆纳

我是在同一天认识大魏和子辰的。前后相差一小时。当时我和大魏都去了一个读书会，到得有些晚，没有座位了。我们站在最后面听了一会儿，各自离开会场，去了楼下的咖啡馆。大魏坐在我的邻座，手中拿着当天读书会要讲的那本书，波拉尼奥的《地球上最后的夜晚》，而且我们都点了美式咖啡。他以一种兴致不太高的语调跟我搭话，问我最喜欢书中的哪一篇。我说是《安妮·穆尔的生平》。他说，你们女孩都喜欢那一篇。那你呢，我问。他说他最喜欢《"小眼"席尔瓦》。我立刻怀疑他是同性恋。因为我有个同性恋的朋友也最喜欢那一篇。他当时穿了白色 T 恤和牛仔裤，装束模棱两可。我们又谈了一点对《2666》的看法。读书会快结束了，他建议换个地方，因为很快听讲座的人就会从楼上下来，挤满整个咖啡馆。我们走到外面，遇见了另一个手中拿着《地球上最后的夜晚》的人，就是子辰。讲座听了一半，他出来上厕所。对着小便池撒尿的时候，他意识到几个嘉宾对于波拉尼奥的了解并不比自己更多，于是回去拿了书包离开会场。他站在一棵丁香树底下抽烟。当时是春天，刚下过一点雨，他说他想到了一个波拉尼奥的比喻：天空像方形机器人苦笑的脸。我们都忘记了这个比喻出在什么地方，没有做出回应。大魏跟他一块抽了支烟，然后他问子辰是否愿意跟我们换个地方再待会儿。

我们去了一个天花板上悬挂着很多三叶吊风扇的咖啡馆，又聊了一会儿波拉尼奥，随后各自回家睡觉。那个咖啡馆后来变成了一个据点，我们经常下午在那里见面。到了夏天的时候，我们决定做一本独立杂志，杂志的名字叫"鲸"。这个名字是大魏想的，他坚持说一个杂志就是一个生命，应该用活物去命名。《鲸》每三个月一期，包括诗歌和小说，还有少量摄影。印

　　　　　　　　　　　　　大乔小乔

刷费和稿费都是大魏出的。他爸爸给了他一套市中心的房子，每个月可以收到一笔可观的租金。但他拒绝去他爸爸的公司上班。用他的话说，那就是一个资本主义的垃圾场。垃圾，他喜欢用这个词描述一切他厌恶的东西。世界上到处是一座座垃圾场。当时是二○一二年，大魏二十九岁，我三十岁，子辰三十二岁。我们都不能算年轻了。在这个年纪，尼克目睹了盖茨比的毁灭，弗兰克失去了爱波*。是时候从梦中醒过来了，而我们的相遇，似乎只是为了延迟这件事的发生。在某种意义上说，《鲸》就成了挽留残梦的庇护所。当时我在上面连载一个长篇小说。小说讲的是一个女孩和康拉德时代的水手的鬼魂的爱情。大魏主要写诗，这一点上，他显然受到了波拉尼奥的影响，认为即便是小说家，在青年时代也必须经过诗歌的洗礼。至于在诗歌上，他到底受到谁的影响不太好说，策兰、特拉克尔还有狄金森都有。那些诗歌主要的特点是黏稠，而且充斥着各种古怪的意象，比如白熊的吻、海豹的

---

* 弗兰克和爱波是美国作家理查德·耶茨的小说《革命之路》中的男女主人公。

脚趾、屈原的枕头。他自己还画了一些插画，配在诗的后面。子辰几乎没有在《鲸》上发表任何个人性的文字，除了每期的卷首语，他主要负责约稿。我们都知道他在写小说，但他没有给任何人看过。用他自己的话来说，他的写作正处于某种剧烈的变革之中。

　　一年以后，《鲸》停刊了。主要原因是稿件匮乏，当然这也是因为我们能瞧得上的作者并不多。不过一个更为现实的困难是杂志的销路太差，我们把它送到一些小书店寄卖，卖掉的寥寥无几。退回来的杂志堆满了借来的仓库。一天晚上，我们把杂志都摞到墙边，在仓库当中辟出一小块地方，三人坐在那里，举行了简单的解散仪式。那天我们都喝多了，轮流拥抱和亲吻。大魏吻我的时候，我想到了他诗里的白熊之吻。应该具有某种纯洁的含义，不掺杂任何情欲。要是爱上他们当中的一个，将会毁了一些东西，梦会在瞬间碎掉，相当惨烈。这是我摇摇晃晃走到户外上厕所时的想法。厕所是一间在旷野中的红砖平房。从里面出来，听到附近有水声，我走了一段，看到一条河。水手的鬼魂就站在河面上。我说，小说的结尾我已经想好，但觉得没必要把它写完了。它应该和《鲸》一

大乔小乔

同沉没，你同意吗？水手的鬼魂没说同意也没说不同意。他举起一只手，似乎想看看月光是否能从他的掌心穿过。我走回仓库，站在门口，想到先前的笔记本电脑坏了，小说的前半部分存稿丢失了，这意味着如果现在放把火将库房烧掉，那个小说就从世界上消失了。水手的鬼魂似乎一直跟着我，这时候他小声提醒我，要是你那么做，我就成了鬼魂的鬼魂了！但我不顾他的抗议，继续想象大火吞噬眼前这座房子的情景，而我的两位朋友还在里面。我想象着失去他们，那会有多孤独，又会有多自由。然后我推门走进去。子辰抱着大魏的头，好像在哄他入睡。看到我进来，他把他摇醒了。大魏怔怔地坐起来，在昏暗的灯光里，子辰站起来宣布《鲸》正式解散，然后他再次重申了《鲸》的文学观。首先是反对庸俗。其次是反对现实主义和影射政治。此外，他认为小说应该是发散式的，不需要有绝对的中心，小说中应该有很多谜但不必得到解答。最后，他认为在这个国家，想要坚持过一种纯粹的文学生活是很艰难的。我们喝光了酒，都感到很难过。

杂志停刊以后，我们有阵子没见面，大概有三四个月吧。那段时间发生的事情包括，我险些跟一个在朋友婚礼上认识的男人结婚，以及大魏和相恋两年远在英国的女友分手。我们两个在电话里简单地交流了失恋的痛苦，然后想起来很久没有见到子辰了。我们分别给子辰打了电话，才得知他摔断了腿，已经在家里躺了两个月。我们表示要去看望他，他拒绝了。我和大魏又通了电话，在电话里大魏说，我还是想去看他，我觉得他现在需要我们。我说，我也很想去看他，但我觉得他正离我们而去，我们就要失去他了。我们又分别给子辰打了电话，再次提出见面的要求。最终子辰答应了，但他没有让我们去他家，而是约在了一个小公园的湖边。那次见面相当诡异。我和大魏在约定的时间到达，子辰已经在湖边，一个人孤零零地坐在轮椅上。当时是傍晚，四周没有一个人，只有几只野鸭从湖上飞起来。他好像已经在那里待了很久，或者他本身就是那里的一部分。分别的时候，他执意让我们先走，说很快会有人来接他。我们只好又把他独自留在水边。

就是在那次见面的时候，子辰第一次提到海瞳。他说，我最近在读这个女作家的小说。我们都没有听过，就问是否很有名。他说，没有多少人读过，她的

　　　　　　　　　　　　大乔小乔

行踪非常神秘，谁也不知道她在哪里。接着他问我们是否还记得小说《2666》里，三个学者远赴墨西哥城寻找作家阿尔琴波迪的故事，看到我们点头，他满意地笑了笑说，也许海瞳就是我们的阿尔琴波迪。大魏问，你的意思是我们应该去寻找这位女作家？子辰回答，接近一个作家最好的方式，就是参与到他的故事里。我们都喜欢波拉尼奥，对吧？我说，小说是一种魔魅，演绎故事的过程如同驱魔，会使小说失去它的神秘感。子辰说，所有伟大的小说都是一座迷宫，不真正走一下，怎么知道呢？大魏指了指子辰打着石膏的腿说，等你能走了再说吧。

跟子辰分别以后，我和大魏一起吃了晚饭。大魏说，子辰看起来有些憔悴，好像很久没有跟人说过话了。我说，是啊，一个人待久了就会冒出各种奇怪的念头。他说，没错。下个星期我们再去看他吧。当晚回家以后，我搜索了海瞳的名字。她在二〇〇八年出版过一本小说，名字叫"昴宿星团"，已经绝版。旧书网上只有一个北京的卖家还在出售。我在他那里买了一本，后来知道大魏也在他那里买了一本。两本书同时寄出，次日分别抵达我和大魏的住所。不过在那之前，我已经把网上关于海瞳的信息都读完了。二〇〇八年，《昴宿星团》出版以后，引起了一些反响。有的读者被书中所写的性和暴力激怒了。男孩被年长的男人猥亵，女孩用警棍自慰，老师把猫闷死在钢琴里，注满鲜血的饮水机……有评价认为，作者通过大量性和暴力的描写制造出某种奇观效果，吸引读者的眼球。但这部长达四百八十七页的小说呈现出一种杂乱无序的状态，完全没有结构可言，读完之后不知道作者到底想说什么。还有读者认为，读这个小说令人产生一种不适感，想立刻把书从窗户扔下去。也有读者说，读完以后我非常可怜这位作者。她是个意识混乱、有过严重童年创伤的女人。小说没有得到什么文学界的关注，不过到了年末，一个很有名的文学奖，出人意料地将"年度特别图书"颁给了海瞳。 授奖辞是这样写的：这是一本无法概括和总结的小说，它体现了作者旺盛的生命力和无法规训的才华。海瞳没有去领奖。她的编辑来到了现场，说她外出旅行了。但是媒体在颁奖典礼后采访这个戴着黑框眼镜的瘦高男人时，他说并没有见过海瞳本人，他们一直是通过邮件联络。媒体记者——一个看起来好像急着回家接孩子放学的女人总结性地问，那么在你心目中，海瞳是一个什么样的女人呢？编辑向上推了推眼镜，说我觉得她应该有点胖，但食量并不大，比较害羞，说话声音很小……记者收回了话筒，说，好的，谢谢，我们期待以后能读到海瞳更好的作品，好吗？

那天下午五点钟，快递员送来了书。我拆开包装，坐在餐桌前读了起来。小说的叙述声音很奇怪，像是一个人在大风里说话，忽近忽远。主人公一出场是一个三十岁的女作家，因为无法忍受和丈夫共同生活，决定离家出走。她住到了一个在读书会上认识的读者家里，那个读者是个单亲妈妈，有个九个月大的男婴。每天读者去上班以后，女作家就给婴儿讲自己编的童话。金鱼爱上了渔夫，月亮如何掩埋它的私生子，莴苣姑娘用长头发勒死了那个带她私奔的男孩……这些童话足足有三十页。就在小说快要变成《一千零一夜》的时候，有一天，女作家决定离开这里。她带上了婴儿，那时候他已经会走路了。他们乘坐一个缆车上山，在车厢里，女作家认出对面的人是她妈妈的情人。故事回到女作家的童年。父亲是军人，常年在外地，母亲忙着和情人约会，把她托付给小舅舅。小舅舅是个聋子，但同时是个画家，经常让她做模特。有一天，她把小舅舅打倒在地，坐上了去北京的火车。但是，她并没有成为一个女作家，而是成了……一个模特。她端坐在美院的天光教室中间，趁着那些男孩低头作画的时候，往嘴里塞薄荷糖。她母亲坐火车来看她，她问起她的那个情人，母亲说自己没有情人了。她随即想起，他在一九八八年严打的时候已经被处决了。然后小说讲述了他的故事，不过女作家的母亲并未在当中出现。小说第二章，男婴长成了十五岁的少年，带着年长他两岁的女孩到城市中心一座荒废的鬼楼约会。鬼楼的地下室有扇门，推开之后，是一条黑暗的地道。里面开满了一种白色的小花。随后的五十页小说变成了植物学文献，讲述这种不依靠光合作用而存在的植物如何从波斯传到中国，一度被视为剧毒之花，直到清末才被发现花蕊可以入药，治疗癫痫。紧接着，小说讲述了这条地道的由来。鬼楼曾是民国时候一个国民党官员的府邸，解放北平的时候，他携全家由地道逃跑。有个侍妾没有随他一起走，把自己吊死在了阁楼上。小说又开始讲述这个侍妾的故事，道出她没有离开的原因。到了第二章的结尾，在地道里，

　　　　　　　　　　　　　　大乔小乔

男孩告诉女孩，他小时候曾在地道里住过两年。小说的第三章和前两章完全不相关，是三个年轻人离开城市，回到乡下试图改造村庄、回归田野生活的故事，然而随着三个年轻人的陆续失踪，新建的村中城成了一座空城。当中穿插着很多村庄里鬼魂的故事，似乎想暗示是鬼魂杀死了三个年轻人。这一章的题目叫"阿拉伯婆婆纳"，关于这个名字的解释，出现在这一章末尾的脚注里。阿拉伯婆婆纳：一种大狗阴囊状的草本植物，玄参科，据说可以驱除鬼魂。同时，它也是女作家给婴儿讲的第九个童话的名字。

到了第四章，又回到了女作家。她三十九岁了，居无定所，过着一种流浪的生活。她对这样的生活感到满意，只是有时候想找个地方洗个热水澡。于是她让编辑在编辑部的楼下给她辟出一个信箱，她的读者可以把钥匙放到里面。她会依照地址过去，跟他们交谈，并借用浴室洗澡。就这样，她去拜访了一些读者，有几次相谈甚欢，洗完澡以后还跟男读者睡了觉。小说停止在一个晴朗的星期天上午，她走上陌生公寓楼的楼梯，把耳朵贴在门上听了一会儿里面的动静，然后将钥匙插入锁孔。

我是分三次读完这本小说的。中间睡了两觉，第二觉的时候梦见了女作家。她站在我家楼下的花园里喂猫，当我朝她走过去的时候，她和猫一起钻进了树丛里。醒来后，我凭靠一点残余的记忆在纸上画下的模样。尖脸，高颧骨，有一双猫的浅褐色眼睛，但这一点，很可能是和梦里那只猫弄混了。读完小说的时候，已经到了中午，我感觉很饿，叫了一个外卖比萨，然后站在窗户跟前，等送比萨的人出现。我回想着那个小说，发现对里面有些情节记得很模糊了，它们似乎已经融化，渗透到大脑回路更深的褶皱里。像是一种强行的入侵，一种殖民。我感觉我的一部分记忆被故事覆盖、替代了。我甚至能清晰地想起，地道里的那种小白花长什么样。这时候，门铃响了，是送比萨的人。但我并没有看到他从通向楼洞的唯一一条小路经过。他好像一直潜藏在这座楼里，到了时间就换上红色制服出门了。也许他有很多个身份。随即我意识到自己会有这种奇怪的猜测，可能是自己看世界的方式发生了改变。

那天晚上我给大魏打了电话，跟他商量再去看子辰的事。大魏问我，你看了吗？我就明白他也看了。

我们忽然不说话了。隔了一会儿，他说，我没法说这本小说好不好。我说，嗯。他说，我也不能说我看懂了。很多地方都有疑问。但是，怎么说呢，我感觉我在这个小说里面了，你明白吗？他的声音有些沙哑，像是刚睡醒。我说，明白。他说，关于这本书你怎么看？我说，我刚读完，感觉很疲劳，想好好睡一觉。他说，你也说一点你的看法吧，我很想跟人聊聊。你不给我打电话，我也会给你打的。我说，这个小说在讲的可能不是爱、罪恶或者性，而是孤独。我看完觉得很孤独，我知道自己很孤独，但并不是经常感觉到这一点。他说，明白。我们又沉默了一会儿，他问，明天去看子辰如何？好啊，我回答。

这一次，子辰比较爽快地答应了我们的探望要求。还是约在那个公园的湖边。我们去的时候，天空下起了雨。有个公园里修剪草坪的工人走过来，说你们的朋友在那边的亭子等着呢。我们跑过去，发现子辰一个人坐在轮椅上，身上一点也没湿。但是雨已经下了一个多小时。他腿上的夹板已经取掉了，但那条腿看起来，明显比右边的细，很像女人的腿。他说他已经可以走路，但是拄双拐来见我们未免太不优雅了。然后他问我们最近在读什么书。我们都没有说话。大魏问，你为什么想找海瞳？子辰说，她的小说里有很多我弄不明白的问题。大魏说，她自己可能也没搞明白。子辰笑了一下，她肯定是个漏洞百出的女人。可是正因为如此，寻找才有意思啊。像《2666》一样寻找那个提名诺贝尔文学的德国人，还是寻找一个像我们一样没有几个人知道的女作家，本质上并没有区别。因为寻找本身的意义大于寻找的人。说到底，在这个死气沉沉的国家，想过一种充满活力的文学生活，必须是要有行动的。不能是游行，不能是集会，那还能是什么呢？我说，这种写作耗损很大。海瞳也许不会再写了，《昴宿星团》可能是她唯一一部作品。子辰说，你忘记她在小说里说的，作家是一种人的属性，不是一个职业。她再也不写，她也永远都是女作家。而且，子辰说，我预感她不会不写的，因为这是她证明自己存在的唯一方式。大魏说，你不会爱上她了吧。子辰说，爱上一个那么遥远的人是很痛苦的。我说，但你肯定是这个世界上最了解她作品的人。子辰说，不一定，我觉得她的编辑也很了解她。大魏说，那我们就从他那里找起吧。

当晚，我做了个梦。梦见水手的鬼魂也要跟我们一起去找女作家。他说，带上我吧，我离开海洋太久了，已经快变成一个风干的标本了。我说，你的女孩呢？他说，你的小说停下来以后，她就离开我啦。她可能早就想离开了，只是一直没跟你说吧。我说，嗯，我也感觉到一点。他耸了耸肩说，没有写完的小说，是一颗没有凝结的琥珀，时间还在往前走，你说对吧？我说，对不起，让你难过了。他说，但是我没有哭。我不是玛格丽特·杜拉斯的小说里的人物，他们总是很爱哭。你害了我，你对我真好——这样的对话你永远都写不出来的。我说，可能吧。我不是一个慷慨的人。

我给《昴宿星团》的编辑写了一封邮件，提出想跟他见面。他过了半个月才回信，说是出版社把邮件转给他的，他已经离职很久。他感谢了我们对海瞳的关心，答应下个星期见面。我没跟他说还有另外两位朋友，所以见面的那天下午，他一直坐在一个只能容纳两人的方形咖啡桌前等候。当时子辰已经可以拄单拐走路了。那根拐杖挺酷的，让我很想送给他一顶礼帽。我们三人是一起出现的，编辑连忙换了一张大桌子，一一握了手，才重新坐下来。

怎么说呢，编辑推了推眼镜说，我觉得属于海瞳的最好的日子已经过去了。我们有些机会，但最终没有成功。他轻轻叹了一口气。我问，你希望这本书能引起巨大的轰动？编辑说，这是我给她的承诺。最初我是在网上看到《昴宿星团》，只有一个开头，很想知道后面发生了什么，就给她写了邮件。她很快回信了，发过来小说的全文。她说，你是第十五个向我要这个小说的人，谢谢。我读完以后，觉得小说有很多缺陷，但不失为一部独特的小说。我写信过去，表示很想出版它，希望跟她碰面，讨论一些需要修改的地方。她回信说，由于某些无法解释的原因，她恐怕没法跟我见面，而且她不想修改这个小说。我向她解释说，应该考虑读者的阅读感受，小说中的人物不能这样无序地繁殖，次要人物的故事，没必要写得跟主要人物一样多。她回信说，她认为小说如同计算机运算，每个涉及的人物都是一个等待求解的未知数，它们是平等的，而且必须把关于它的运算全部做完，才能返回上一级。我又试着说服了两次，都没有用。按理说，面对这样一个不肯露面，又不愿意修改的作者，

大乔小乔

我应该放弃了。我也确实是这么做的，把稿子扔进了抽屉。可是过了几天，我又拿出来看了，然后，我开始在上面修改起来……大魏打断他：这么说，我们现在看到的是你修改过的小说？编辑摇摇头，我一共修改了二十四页就病倒了。我在床上躺了两天，改变了想法，决定原封不动地出版这个小说。我花了很多时间说服领导。你们也看到了，小说里的禁忌内容不少。到了要下印厂的前一天，海瞳忽然发来邮件，希望我能停止出版。没有说什么原因。我没有遵照她的意愿，等到书上市以后，才给她写了一封信，我说，相信我，这本书会引起巨大的反响，很多人将因此爱上你。然后我问她要地址，说会寄去样书。她回信只有一句话，不用寄了，我买了一本。不过遗憾的是，没过几个月，这本书就因为涉及色情暴力，勒令下架了。子辰问，你觉得海瞳为什么拒绝露面？编辑说，不知道，也许她还有别的身份，不想让人知道这本书是她写的吧。我说，你觉得小说里的内容有一些是真事吗？编辑说，你要是问我，我觉得里面都是真事。历历在眼前啊，他们都说我已经中了这本书的毒。大魏问，没有人怀疑你其实知道海瞳在哪里，只是不愿意说出来吗？编辑说，当然有了，你们也尽管怀疑去吧。我为了这本书而受到的攻击已经够多了。我说，辞职是因为这个？编辑说，多少有些关系吧。主要是那个出版社以后再也不会出版海瞳的任何书了。子辰问，她有新的书吗？编辑说，她没有说过，但是我跟她说，只要她写出来，我一定能找到地方出版。我说，你对她很忠诚。编辑笑了笑，我只是想给自己找点事情做而已，不然人生太空虚了。大魏问，出版一本书总得有合同，那就需要她的真实姓名和地址吧。编辑说，我冒了个险，用前女友的名字签署了合同，倒是没人发现。大魏问，那稿费呢，你没有寄给她吗？编辑说，寄了，跟那些钥匙一起。大魏问，什么钥匙？编辑说，书刚上市的时候，出版社做了一个活动，读者可以把钥匙寄到我们给的信箱，我们会转交给海瞳。她也许会像小说里写的那样，有一天登门拜访。当时书出来已经一个月了，卖得并不好，网上一片骂声。我的一个女同事帮我想了这么一个噱头。她说，想想吧，有一天你推开家门，发现有个陌生的女人坐在你家的客厅里。那会是多么别开生面的约会啊。我跟她说，我不相信有人会随随便便把家里的钥匙交给陌生人。结果没过两个星期，我们就收到了十几把钥匙，都用小卡片附上了详细的地址。这件事并未征询海瞳的同意，我想反正把钥匙都扔掉就是了。没想到等我写信过去问她稿费怎么处理的时候，她说，寄给我吧，连同那些钥匙。然后她留了一个信箱，是那种在银行申请的财物保管箱。现在偶尔还能收到一两把钥匙，我的女同事都会给她寄过去。大魏笑着说，你不会把你家的钥匙也寄过去了吧？编辑的脸一下子红了，气呼呼地说，我才不屑参加这种无聊的游戏呢！我们向他要那个在银行里的信箱地址，他拒绝了。他说，作为编辑，我乐意回答任何对她好奇的读者的疑问，但是我绝对不会协助他们去找她。说完他站起来，推开咖啡馆的门走了出去。我们继续在那里坐了一会儿。我说，我有一种感觉，女作家好像一直在暗处注视着所有事情的发生。大魏说，是啊，没准连我们现在坐这里讨论她都知道。子辰露出微笑——自从腿断了以后，他变得很喜欢笑，好像那些笑容是受伤的腿的某种分泌物，他说，也许海瞳正等着我们找到她。大魏说，我在想那些把钥匙寄过去的人，他们得有多么孤独啊。咖啡馆的灯光忽然暗了下来。门口的柜台里，一个女人正算账。我说，走吧，要打烊了，还是原来的咖啡馆好啊，过两天再去那里吧。好啊，他们两个一起说。

可是那个有三叶吊扇的咖啡馆已经倒闭了。取而代之的是一个教幼儿游泳的地方，门口浮动着一只巨大的充气卡通鱼。大魏说，好像是只鲸鱼呢，大概是为了纪念我们吧。子辰说，这里面的某个孩子没准会在多年以后，翻开一本《鲸》杂志的时候，回想起他第一次看到的鲸鱼的样子。这话令我想起前夜的梦。水手鬼魂的脸因为痛苦而扭曲，好像刚从地狱的一只笼子里升起来。他说，你们从来都没有想过，那些没有写完的小说里的主人公，过着一种怎样的生活。他们如同孤魂野鬼一般在世界上游荡。

我们在旁边找到一家咖啡馆，生意很萧条，咖啡有股塑料的味道，大概很快也要关门了。我们开始每隔两三天去那里一次，每个人都尽可能地带来一点新的发现。大魏认为，小说里写她四岁的时候，曾跟舅舅到街口看他站在梯子上画计划生育宣传画的经历如果真实，那么海瞳的年龄很可能比小说中的女作家小几岁，是家中唯一的孩子。小时候身体比较弱，在体育方面不太擅长，音乐和绘画也马马虎虎。她对裹着

大乔小乔

花生碎的巧克力似乎有种偏爱，也很喜欢牛轧糖和凤梨酥，不出意外的话，应该是个甜食爱好者。子辰找到了鬼楼的原型，从前的确曾是国民党军官的官邸，但现在已经被夷为平地，一家房地产公司正着手把它建成写字楼。没有任何新闻提到在下面发现了地道，但是有三名建筑工人在拆楼的过程中离奇失踪，至今生死未卜。他认为地道里的植物，其实是阿拉伯婆婆纳的一种变异，阿拉伯婆婆纳通常开蓝花，但在没有阳光的情况下，也许就变成了白花。这是一种生命的两种选择，能驱魔者亦能附魔。

而我找到了编辑提到的那个只有开头的小说，在一个非常小众的文学论坛。"海瞳"这个名字在注册之后，只发表了这一篇文章，也没有回应过其他人发表的文章。所使用的头像照片，是一片什么都没有的黑色，但我把它放大之后，发现右下角有一朵白色小花。相当模糊，应该是在极暗的地方拍下来的。用户信息里留了一个邮箱。我们开始商量给她写一封什么内容的邮件，也讨论是否可以冒充记者或者对她的小说感兴趣的海外出版商。但最终还是决定说实话。我们写了一些对《昴宿星团》的看法，罗列了几个疑问，在末尾恳切地表达了跟她见面的愿望。那段话是我写的，所以印象比较深刻。我说，首先得感谢你让我们三个重新聚在一起。我们试图通过抓住你的小说中的某些东西，来把自己和他人区分开，确认文学是灵魂的唯一出口。我们都相信，有一天终会和你相见，不是我们走向你，就是你走向我们。你愿意走向我们吗，非常期待跟你见面。大魏很想附上自己的两句诗，但是被我们阻止了。

邮件没有得回复。过了两个星期，子辰有了一点新发现。就是旧书网上那个唯一出售《昴宿星团》的卖家，在这本书的库存显示上，把原来的三本改为十本。这说明什么？他似乎在收集这本小说。我们给他写了邮件，以请他帮忙找些旧书为理由，提出跟他见面。他回信给了一个地址，让我们到那附近给他打电话。我们按照地址找过去，附近一带都是庄稼地。至于具体种的是哪种农作物，我们三个谁也说不上来。打完电话，过了一会儿，有个戴着草帽的男人走出来接我们，带着我们拐进一条小路，尽头有个院子。里面有三只土狗趴在地上睡觉。我们在葡萄架底下坐下，他问我们要不要喝自己酿的苹果酒。苹果酒的味道很古怪，一条黑白花纹的狗醒了，到我的杯子跟前闻了闻又走了。大魏说，你有很多本《昴宿星团》吗？戴草帽的男人摘下帽子，他是少白头，头发几乎全白了。他说，几百本吧，我陆续在各地收购了一些。我问，为什么这么做？他说，书店卖不掉，就退给出版社。囤积到一定时间，会统一销毁。读者就再也买不到这本书了。我说，所以是出于对海瞳的喜爱。他说，出于一种保护吧。每个人都有他想捍卫的东西，如果找不到，就自己造一个。子辰询问他对海瞳的看法，他说，我觉得她已经死了。在《昴宿星团》里面，我读出一种很强的厌世气息，一方面，我能感觉到作者顽强的生命力，一方面，我又感觉到她打算把它摧毁。某种意义上说，这个小说更像是一部自杀宣言。作者好像在对我们说，我要死了，你们能在我死之前找到我吗？我们三个都沉默了。他说，当然，这只是我读完的感觉。最初这种感觉很淡，后来一天天地加深了。有一天早上我从床上坐起来，对她的死确信无比。从那天开始，我四处购买《昴宿星团》。也许我是错的，只是因为她死了比较符合我的审美，能给我制造出某种幻想，是那种我能长久待在那里的幻想。

阿拉伯婆婆纳

苹果酒在太阳底下，散发出一股腐烂的气味。他向我们承认酿酒尚处于实验阶段，啤酒花也许加得太多了。喝吧，喝吧，他说，不会醉的。大魏问，你一直都住在这里吗？他说，哦不是的，我之前住得离城市近一些，也是个平房，存放了大量的旧书。有天晚上放书的那个房间着火了。大魏问，里面有很多《昴宿星团》吗？白发男人说，是啊，损失惨重，不过还有一些没有被烧掉。我就都搬到这里来了。大魏问，你怀疑有人故意纵火，要烧掉这本书？他说，不知道。也可能是偶然吧。我是个简单的人，倾向于把事情想得简单一点——我们还能坐在这里聊天，就说明了这一点，对吧？大魏说，我们可不是来烧书的！白发男人笑起来。他说，书是永远烧不尽的。

临走前，他领我们到院子后面的菜园参观，指着卧在泥土里的西瓜说，瓜皮上的花纹是会改变的，你要是每天盯着它看，就会发现这一点。然后他把目光投向远处的空地，说，也许不久的将来，这里会有图书馆，有餐厅，有小礼堂，房顶是玻璃的，晚上一抬头，星星大得好像要从天上掉下来。我问，就跟《昴宿星团》里写的一样吗？他说，哈哈，我会记得多种一点阿拉伯婆婆纳来驱赶鬼魂的。

我们又坐在了那家萧条的咖啡馆。秋天到了，树叶从敞开的窗户里飘进来，盖在冷却的咖啡杯上。我问，你们觉得她死了吗？子辰说，我感觉还没有。但是我同意那个人的说法，《昴宿星团》里确实笼罩着浓重的死亡气息。她恐怕确实有自杀的计划，也许给自己设定了一个最后期限。大魏说，我们要是能快点找到她，就能阻止这件事。子辰说，死是没有办法阻止的。我问，如果真有人蓄意想烧掉那些书，会是什么人呢？大魏说，没准是海瞳自己。她不想让那些书留在世界上，记得吗，在《昴宿星团》里面，女作家说过，她希望自己拥有3999个读者，不多不少。书的印数应该不止这些吧。我说，网上没有旧书店的地址，她怎么找到的呢？子辰说，只要在书店买了书，就会有它的地址，对吧？大魏说，太疯狂了，她根据快递单上的地址，找到旧书店，晚上潜进去，烧了他的仓库……子辰说，我们喜欢的正是她的疯狂吧。

我又给白发男子打了电话，问他要一份购买《昴宿星团》的人的联系方式。他在那边笑起来，说是要成立一个读书会吗？我说，嗯，想听听他们对这本书的看法。他说，你们是想找到什么关于海瞳的线索吧。我说，我们还是愿意相信她仍旧活着。他回答，那真好。要是有什么发现，记得告诉我。对了，苹果酒试验成功了。

根据白发男子发过来的名单，他总共卖出过十六本《昴宿星团》。十二个人在别的城市。根据编辑所说，海瞳的保管箱是开在本地银行的，所以我们决定从那四个本地的人找起。我们分别打了电话，说要举办一个《昴宿星团》的读书会，询问他们是否愿意参加。前三个接电话的都是男人，一个忘记买过这本书，另一个说他只是对鬼楼感兴趣才买来读，结果一点都不吓人，所以挺失望的。第三个男人答应来参加读书会，我们说稍后会通知他具体的时间和地点。第四个接电话的是个女人，她只说了一句不感兴趣，就把电话挂掉了。她留的地址是一座大学的文学院217办公室，姓名的地方填写的是"罗老师"。

我们来到那所大学，找到文学院的217办公室。那间屋子不大，养了很多花草，像个热带温室。有个年轻的男人正坐在一株大叶植物下填写表格。我们问他这里有没有一位罗老师。他说，嗯，罗雪薇老师，她不在。我们说很想听她的课，请他告诉我们具体的时间。男人在电脑上查了一下，说是星期四下午两点，公教二，2113教室。他把我们送到门口，说你们最好快点去听。我们问他什么意思。他说，罗老师下半学期就不上了，她快生小孩了。

我们从人文楼走出来，门前是一片枯黄的草地。我说，她要生孩子了。大魏看了我一眼，你难过得好像心爱的男人背叛了一样。子辰说，也许是因为怀孕推迟了自杀的计划。大魏说，不知道嫁了一个什么样的人啊。

星期四下午，我们准时来到课堂，坐在了最后一排。学生大概有二十多个，有的染着紫头发，有的穿着鼻环。前座的女生跟男生说，我就着啤酒吃百忧解，结果看到了海市蜃楼。我在海边长大，从来不好意思跟人说自己一次也没见过。

罗老师来了，黑色毛衣裙裹着滚圆的肚子。她走到讲台上，说今天讲乔伊斯的小说《死者》，大家都看过了吧。有个男生说，故事很平淡啊。罗老师摇头说，这里面其实蕴藏着巨大的悲伤……另一个男生举手问，老师，你会做关于前男友的春梦吗？他旁边的男生问，怀孕的时候也会做春梦吗？罗老师并不生气，始终面带微笑。她用缓慢的语调分析那篇小说，悲痛、伤害、阴影等词语被反复提及。同学们频繁打断她，讲述自己的痛苦经历，被父亲虐待，或是因为失恋而企图自杀……罗老师目光和蔼，如同聆听教徒倾诉的牧师。下课后，我们问旁边的同学，这门课的名字叫什么。她说她忘记了，反正罗老师讲的都是让人难过的小说。我们问，这是罗老师的偏好吗？她说，不，是我们的需要。我们就喜欢听这些很丧的故事。

我们又来到她的办公室，她正在那里浇花，一转身看到了我们。她和我们都吓了一跳。她找了几把椅子，让我们坐在那些植物当中。我们跟她探讨了她的课，认为很像某种心灵辅导。她说，是的，选我的课的孩子都有点心理疾病，悲伤的小说可以帮助他们疏导内心的痛苦。大魏问，你自己也写小说吗？她说，大学时写过一点，后来没有再写。我们三个互相看了一眼。子辰问，你看过一本叫《昴宿星团》的小说吗？看过，她回答。我问她是否喜欢。她笑了笑，我当然喜欢了，因为那是我的故事啊。也不能说都是，其中一部分吧。我说，这可能是读这本书的后遗症，我读完也觉得小说里写的一些事亲眼见过，比如地道里的小白花。大魏和子辰说，是啊，我们也觉得见过。罗老师说，你们的妈妈也有一个被处决的情人吗，你们的小舅舅也让你们当过他的模特吗？我们不说话了。她说小说里女作家的童年经历简直跟她一模一样。大魏说，好吧，你把那些经历讲给过什么人听吗？罗老师说，上大学的时候，我有个关系很要好的室友，我给她讲过，她鼓励我把这些故事写出来。我写了一点，后来精神状况变得很糟，就休学了。子辰问，现在小说里的那部分，跟你当时写的一样吗？罗老师说，我想不起来自己怎么写的了。我听人说了《昴宿星团》的内容，但是一直不敢看。我想先把我以前写的那部分找到，可是一直都没找到。我最后还是在旧书网买了一本，读完以后，小说里的故事覆盖了我的记忆。我现在唯一知道的是，那是我的故事。大魏问，你的室友是个什么样的人？罗老师说，是个很高很瘦的女孩，不怎么讲自己的事，休学两年我回到学校，她已经毕业了，换了电话号码，可能是不想跟我联系吧。后来我回想起她，发现对她的过去一无所知。大魏问，她喜欢吃甜食吗？罗老师说，她有轻微的厌食症，只喝芹菜汁。

阿拉伯婆婆纳

我问，你恨她偷了你的故事吗？她说，她在我的脑海中形象很模糊，我总是不太相信这部小说是我认识的那个人写的。我每次回忆童年，它们就会滑向那个小说里后来发生的情节。我已经是一个没有过去的人了。所以我必须得有一点未来才行啊。她把双手放在肚子上，好像在取暖。我们离开了她的办公室。

冬天到了，我们瑟缩在咖啡馆的角落里。女服务员裹着棉衣，面无表情地看着工人修暖气。我们从罗老师那里得到了女室友的名字，陈思宁。根据校园网上的信息，她毕业以后就去了西班牙，现在生活在南部的科尔多瓦。她的相册上传过三张照片，一张是萨拉戈萨的斗牛场，一张是塞维利亚跳弗拉门戈的女演员，第三张，是她站在自己寓所的露台上，被很多三角梅簇拥着。搜索她在校园网所用的 ID，我们在一个美容论坛看到她发过帖子，询问隆胸之后有没有人因为肋骨疼，不敢打喷嚏。没有回答。那一行来自二〇一一年的问题孤独地挂在页面上，令人眼前浮现出一个在异国他乡的深夜努力制止自己打喷嚏的女人。

我们都有些沮丧，可能是没法相信女作家最在意的是自己的胸吧。大魏提议我们还是去一次科尔多瓦，他出钱。他说，科尔多瓦可能就是我们的阿拉比[*]，可是非得去一次才行啊。子辰盯着窗外光秃秃的树枝说，没错，《最后一片叶子》[†]是个很差的小说，可是说真的，要是谁现在给我画上那么一片树叶，我会很感激他的。大魏说，科尔多瓦挺暖和的，有很多树叶。子辰说，希望如此吧。大魏说，她不是我们要找的人也无所谓，我们可以在西班牙待一阵子，直到把我的存款都花光。

根据陈思宁的第三张照片，她的公寓背后，能看到清真寺的金色尖顶。我们在地图上把科尔多瓦所有的清真寺都圈了出来，并在其中一座的附近订了旅馆。

临行的前一天，子辰自杀了。他吞了一瓶安眠药，被家人——一个很老的姑姑发现的时候，还有一丝鼻息。她立刻叫了救护车。结果救护车遭遇了满城的大戒严——一位国家首脑刚结束为期五天的国事访问，正要赶往机场。救护车停在戒严线前面，头顶的红灯像摇头的先知。到了医院，他已经断气。

---

* 《阿拉比》是乔伊斯在一九一四年出版的短篇小说，收录于《都柏林人》中，阿拉比是小说中一个市场的名字。

† 欧·亨利的短篇小说。

我和大魏去了子辰的葬礼。来的人寥寥无几，互相也不认识，独自参加完仪式就走了。我过去跟那位年迈的姑姑说话。她谈不上难过，倒是好像松了一口气。我提出过几天想去和她一起收拾子辰的遗物。她建议我下午三点以后去，因为她午睡的时间比较久。大魏一个人走出去抽烟了，后来我在一棵松树下找到了他。那天不是特别冷，下着水状的雪。天空像方形机器人苦笑的脸，我说起这个比喻。大魏报以苦笑。

　　我生了场病，高烧不退。在电话里我告诉大魏，自己恐怕没有勇气去收拾子辰的遗物了。大魏说，明白，我去吧。你好好保重。我说，你也是。

　　我和大魏有四个月没有再见面。那四个月发生的事情有，我搬了一次家，相了两次亲，跟其中一个男人开始交往。还有一个人打来过几次电话，问《昴宿星团》的读书会到底还办不办了，为什么一直没有通知他。此外，水手的鬼魂又露面了，给我讲了一些他失败的恋爱经历。我劝他不要沉迷于爱情。他说，小说里的人物并不是真的人啊，他们往往总是为了一件事忙活。你给我设置的人格里，只有爱情一件事。我问他是不是会遇到很多别的作者没有写完的小说里的角色。他说，我遇到的姑娘都是啊，她们就像天生没发育好的胚胎，所以做事才会那么飘忽不定。我问他能否帮我找一找我一个朋友写的小说里的人物，他叫吴子辰。他说，试试吧，一般我们都不怎么提自己是什么作者写的，除非作者特别有名，那些小说角色觉得自己出身好，才总爱把作者的名字挂在嘴上。

四月的一天，大魏打来电话约我见面。他的语气凝重，好像有很重要的事要说。换个地方吧，他说，那家咖啡馆关门了。我们去了最初认识的那家书店。一楼咖啡馆的陈设变了，服务员告诉我们，等会儿会有插花课，现在报名还来得及。大魏坐在我的对面，十指紧扣。他黑了，蓄起了胡子。我问他是不是出去度假了，他没有回答，向前探了探身，低声说，我找到海瞳了。我放下咖啡杯，看着他问，她在哪里？他露出非常痛苦的表情，然后告诉我，子辰就是海瞳。我摇了摇头，不可能。他说，我这几个月一直在调查这件事，确凿无疑。

大魏告诉我，追悼会那天他一个人出去抽烟，有个穿着紧身呢子大衣的小个子男人过来问他借打火机。那人问他，你也是子辰的朋友吗，他回答是。那人点点头说，我也是。他似乎想起一些往事，难以自抑地告诉大魏，他和子辰七年前曾经很相爱。大魏没有显得很惊讶，他说自己和子辰是文学生活里的朋友，对彼此的私人生活了解很少。哦，文学！小个子男人点点头说，我记得当时子辰说，他很想以女性口吻写一本书，自己躲起来，谁也不知道作者其实是他。大魏掩饰住自己的震动，问小个子，为什么非要用女性口吻呢？小个子说，可能还是觉得大家对同性恋作家有偏见吧，如果在男人和女人的口吻里选一个，他更偏爱女人。大魏问，后来他真的写了吗？小个子说，不知道，我们早就不联系了。他恐怕不会想到我今天来吧。

大魏停顿了一下，继续讲下去。他去子辰家收拾遗物的那天，并没有看到日记本或者手稿之类的东西。所有的地方都已经整理过了。只有一个很久不用的书包里，有一摞便条纸，上面是一些不相干的名词和支离破碎的句子。名词里不止一次地出现了地道和缆车。而有几张便条纸标注了时间，是二〇一〇年，早于《昴宿星团》的出版。他还在那些便条纸当中，发现了一朵风干的白花。我说，这些也许都是巧合。大魏说，你想想吧，我们寻找海瞳的时候，几乎所有新的线索

大乔小乔

都是子辰提出的，对吧？我问，那他为什么要让我们去找海瞳呢？大魏说，他需要几个不朽的读者，做他的守灵人。我们是最合适的人选。我们中毒还不够深吗？我哭了起来。大魏说，可能罗老师那个室友——陈思宁认识他，她把罗老师的故事又讲给了他。所以，他不想去科尔多瓦，你明白吗？大魏叹了口气说，子辰的姑姑说，那次他的腿骨折，是因为从四楼的阳台上跳下来。他已经自杀过不止一次。我说，说到这里吧，我想回家了。

　　第二天早上，我给大魏打了电话。下午我们又在书店的咖啡馆见了面。我说，我一夜没睡觉。大魏说，也许我不应该告诉你。我说，开始我很恨他，天亮的时候不恨了。我有些羡慕他，他能够用全部生活向文学献祭。但是我们不能。大魏说，是啊，我们不能。因为人生只此一回啊。我们在咖啡馆逗留到关门，又去酒吧喝了一杯才回家。第三天下午我们又碰面了，去了同一家酒吧喝酒。接下来的一周都是如此。我们谁也没有谈起文学或者子辰，只是若有若无地聊了一点生活。他很后悔大学的时候放弃足球，我则想报名参加烘焙课程。我们叮嘱彼此一定要好好生活。但不断延长的鼓励，似乎泄露了我们的迷茫。到了第二个星期的一个晚上，酒吧被看足球赛的人占据了。他问我愿不愿意去他家坐会儿。我去了，房子很大，空荡荡的，有个花园，在五月时节也是空荡荡的。大魏说，我一直想种点花的。我说，嗯。他问，种什么好呢？我说，月季或者蔷薇？他说，好，我查一查哪里能买。我说，邻居家满院子都是，问他们要几棵吧。他说，可是我从来没跟他们说过话啊。我说，那就去说吧，不是说好要毫无保留地拥抱生活吗？

那天晚上我没有走。第二天早上，我们两个挽着手，按响了邻居家的门铃。他给我们剪了三株蔷薇，挖了五棵月季。我们两个人忙活了一天，才把那些花安顿下，然后赶在商场关门前，去买了两条浴巾和两双拖鞋。

一个月以后，我们结婚了。又过了两个月，我怀孕了。我们把屋子重新布置了一番，邀请几个新交的朋友来玩。过了两个月，大魏开始去他爸爸的公司上班。有重要会议的早晨，我会爬起来帮他打领带。那时候我已经胖了二十斤，脸上生了很多斑，每天窝在床上，睡一阵醒一阵。做的梦都像经过多次过滤的纯

　　　　　　　　　　大乔小乔

净水，没有一丝杂念。下午我到楼下散步，认识了两个比我肚子还大的女人。她们不知疲倦地跟我讨论婴儿车和奶粉的品牌，讲保姆把孩子偷走的可怕故事。我觉得她们似乎挺喜欢我，因为我一无所知，总是流露出一脸的茫然。天呐，你竟然不知道……她们尖叫着，得到了一种满足。

洋平早产两个月，在保温箱里待了两星期。那段时间，我总觉得自己只是生了场病，忘了还有那么一个孩子。当护士把他抱给我的时候，我流露出惊讶。他小得像一颗裸露的心脏。大魏说，别担心，他以后会长得很壮。

他每晚醒很多次，把我的睡眠剪成了碎片。有时他睡着了，我就坐在窗前，扣子也不系，等着他再醒。窗外的花园，移植来的蔷薇和月季没有开花，枝干上光秃秃的，一片叶子也没有。

大魏每天回来得很晚，而且喝了很多酒。他向我抱怨公司的同事如何怠慢他，如何令他难堪，抱怨他爸爸总是把那句"你令我很失望"挂在嘴上。有一天，我说，这只是一份工作而已。大魏说，是啊，可是除了这份工作，我还有什么呢？我不说话。他说，我知道你怎么想，你觉得我变得很庸俗，而且什么事也做不好。你也对我很失望，是吧？无论给你什么样的生活，你都不会满意的，都不会在我回家之后，露出他妈的一星半点的笑容！我说，孩子哭了。大魏说，让他哭吧！我们就在孩子的哭声里坐着。孩子哀号了一阵，后来变成小声啜泣，最后停止了。大魏问，你总是会想起子辰吧。我说，是啊，你也会，不是吗？大魏说，所以我们在一起是个错误。我说，可能吧。他靠在沙发上，露出绝望的眼神。过了一会儿，他睡着了。我继续坐着，等着孩子再一次用哭声呼唤我。但他没有。我走过去，摇醒他。他看了我一眼，翻了个身继续睡了。我在静悄悄的屋子里站着，不知过了多久，我听到有人敲窗户。是水手的鬼魂，把脸贴在玻璃上冲着我笑。我推开门走到院子里。他一见到我就说，我找到那个叫子辰的人写的小说里的人物了。我问，是个什么样的人？他说，是个很酷的女孩，从一个写了一半的科幻小说里来。我说，科幻小说？他说，是啊，那个女孩脖子以上是金属的，脑袋特别聪明，能口算七位数开三次方。然后他有点激动地告诉我，他追求了她好久，昨天她终于答应跟他谈恋爱了。他

　　　　　　　　　　大乔小乔

说他非常快乐，除了接吻的时候有点凉飕飕的，一切都很美妙。我说，祝福你们。他说，也要谢谢你，还有你的朋友。他挥了挥手，跟我告别。我关掉院子里的廊灯，回到屋子里，脱下被露水浸湿的拖鞋。

第二天，我起得很早，做了早饭，站在门口目送大魏走出去。我把孩子喂饱放回婴儿床，然后打扫了一遍屋子，拿出一些衣服放进旅行袋。临走前，我从书架上取下了我的那本《昴宿星团》塞进去，拉上了拉链。我锁上门，提着旅行袋走到街上。阳光明晃晃的，洒水车留下的水渍正在蒸发。我走到地铁站，被人群推着上了车。有个男人用手肘蹭我。我盯着他，他把头转向一边。又到站的时候，我挤出人群下了车。我在长椅上坐下，掏出一个面包狼吞虎咽地吃起来。我忽然有一点想家，就是刚刚离开的地方，也说不上具体想念什么。我把最后一口面包塞进嘴里，走向了对面的站台。

我走到门前，放下旅行袋，拿出钥匙打开门。孩子咿咿呀呀地叫着，我来不及脱鞋，就跑进客厅。一个女人正坐在婴儿床边，梳着一条很粗的麻花辫，皮肤黝黑，穿一件深灰色的袍子，看不出年龄。她正用一种低沉的语调给孩子讲故事。

我问，你是谁？

她笑了笑，说我是海瞳。是你寄去的钥匙吗，好久了，去年吧。我一直没有空过来。

我摇了摇头说，我没有寄过钥匙。

哦，她说，那应该是家里别的什么人是我的读者吧。还在小纸条写了一首情诗，挺动人的。她把手伸进婴儿床，摸了摸孩子的脸颊说，他很乖，特别安静。

我有很多问题想问她。那些永远无法破解的谜。可是我说，请你出去，这里是我的家。

她露出不解的神情，说，是这里的主人邀请我来的。

我说，我就是这里的主人，请你出去好吗？

我拉开门，站在那里。她一边摇头一边说，现在的人真是不可理喻，然后嘟嘟嚷嚷地走了出去。

我关上了门，回到盈满阳光的客厅。说到无法破解的谜，也许只有一个，就是未来是什么样。未来我会变成什么样，大魏会变成什么样，长大了的洋平会变成什么样。我在窗前坐下，看着已经睡着的洋平，把一只蓝色小熊放在了他的手中。

我循着火光而来

第一次见面，周沫就意识到蒋原对她感兴趣。

"你和她们不太一样，"他说，"不像她们那么焦躁。你看起来——很平静。"

当时他们正站在一个簇拥着人群的大厅里，望着两个穿紧身短裙、忙着跟别人合影的年轻姑娘。圣诞树上的串灯变换着颜色，忽红忽绿的光落在他们的脸上。

"那是因为我比她们大很多，已经过了那样的年纪。"周沫说。

"你是说你以前跟她们一样？"

"年轻的时候总归会浮躁一些，对吧？"

"有些东西是骨子里的，相信我。"

"好吧。"她笑起来。有人要走了，推开了大门，寒风从外面涌进来，吹在她发烫的额头上。

相信这个陌生男人是一件危险的事，周沫知道，特别是对现在的她来说。一个刚离婚的女人的意志，就像一颗摇摇欲坠的牙齿。

周沫没打算去那个慈善晚宴。收到那两张请柬的时候，她看了一眼，就和信用卡账单一起丢进了废纸篓。到了平安夜前一天，她受凉了，开始发低烧。昏昏沉沉睡到第二天中午，宋莲打来电话。每逢节日，宋莲一定会约她出门，她觉得自己有责任不把周沫一个人留在家里。周沫也不想辜负她的好意。就算不是宋莲，是别的什么朋友，周沫也不会拒绝。她害怕他们都放弃她，她会把自己藏起来，变成一个古怪的老女人。

她发着烧，根本没有听清宋莲约她去哪里，直到快挂电话的时候，听到宋莲在听筒那边大声说，"欢迎重返名利场！"她打了个寒噤，顿时清醒了一半。

　　　　　　　　　　　　　大乔小乔

"慈善晚会？"她说，"是为我募捐吗？一个离婚、无业、没有孩子的可怜女人。"

"得了，你每个月的生活费够给五十个白领发工资了。"

"可是我没有积蓄，还要还房贷。"

"别告诉我你在为这些发愁。你每天唯一会想的问题是，今天应该买点什么呢？"

这十几年，她确实没为钱的事发过愁。家里有多少钱也不清楚。所以直到离婚的时候，她才知道庄赫把钱都拿去做地产生意，结果项目出了问题，土地被收回，钱没了，他们住的房子也被抵押进去。她是到那时才意识到庄赫对财富有那么强烈的渴望。也许他想要的是私人飞机或者游艇之类的东西。可他为什么没有跟她说过呢，是怕她笑话吧，她会说还不如收藏印象派的油画捐给一个博物馆。

所幸投资失败并不会击垮庄赫。猎头们清楚这位斯坦福毕业、经验丰富的跨国公司副总裁的价值。离婚后不久，他跳槽去了另外一家更大的公司，收入增加了三成。这三成刚好用来支付前妻的生活费。

周沫每个月都会领到一笔钱，这种感觉很新鲜。

她已经十几年没有工作过，现在终于有了一份工作，这份工作叫作前妻。很清闲，报酬还相当丰厚，只用了几个月的时间，她就交掉一套房子的首付，搬进了新家。

她留了几件从前的家具，都藏在角落里，不仔细看看不出来。宋莲来的时候，就以为都是新的。

"挺好，一个全新的开始。"宋莲里里外外看了一遍，"让我想想还缺一点什么。"

然后她送给周沫一只猫。它原来的主人移民去加拿大了，临走之前把它托付给了她。猫有点老了，很凶，不让周沫摸，不过晚上又会跳上床，睡在她的脚边。

这是第一次不以庄太太的身份参加社交活动，周沫坐在床边，思考着自己晚上要穿什么。是不是应该换一种风格以示重生呢？她最终选了一条经常穿的毛衣裙。六点钟，她披上大衣在苍白的脸颊上扫了一点腮红，抓起手袋走出门。

宋莲和秦宇开车来接她，一路上为春节去哪里度假争论不休。最近周沫常跟这对夫妇一起出门。她习惯了和他们一起吃晚饭，一起看电影，习惯了听他们毫无缘故地争吵起来又戏剧性地和好，习惯了他们花一晚上的时间怀疑家里保姆的忠心或是饶有兴味地分析邻居的夫妻关系。有时他们还会询问她的看法，让她也加入到讨论中去，好像她是他们家的一员。是啊，为什么不能三个人生活在一起呢？当她喝得醉醺醺的，和他们因为一点小事大笑不止的时候忍不住想。这种幻觉会在那个夜晚结束，她摇摇摆摆走回家，一个人站在镶满大理石的大堂里等电梯时完全消失。电梯门合拢，她斜睨着镜子中的许多个自己，慢慢收起嘴角残留的笑意。

举行慈善晚会的那间酒店很旧，门口的地毯很多年没有换过。一个体型瘦小的圣诞老人在大堂里走来走去，弯下腰让小女孩从他手中的口袋里摸礼物。经过面包房的时候，周沫向里面张望，生意还像从前那么好。有一年圣诞节，她和庄赫在这里买过一个巨大的树根蛋糕，吃了很多天，后来她一想到那股奶油味就反胃。现在她试着召唤那股味道，可是口腔里干干的，只有出门前吃过的泰诺胶囊的苦味。

他们到得有一点早，还有一些客人没有来。周沫找到了自己的座位，很庆幸它在一个不起眼的角落里。趁着周围的人不注意，她拿起桌上写着庄赫名字的座签塞进了手袋。有两个很久没见的朋友走过来问候她，问她最近去什么地方玩了。"没有。"她摇头。也许在他们看来，她应该找个地方躲起来疗伤。后来，其中一个朋友说起她的狗死了，周沫觉得这个话题很安全，就详细询问了狗的死因、弥留之际是否痛苦，以及埋葬它的过程。她对这条从没见过的狗所表现出的关心令那个朋友很感动。

然后，杜川出现了，把她从狗的话题中解救了出来。

"多久没见了我们！"他拍了拍她的肩膀，大嗓门一如从前。

一个年轻的男人站在他身后，杜川介绍说是他的助理蒋原。蒋原挺英俊，但身上那套黑丝绒西装未免正式得过了头，还佩戴了领结，向后梳的头发上抹了很多发胶，好像要去拍《上海滩》。特别是跟在穿着连帽滑雪衫和慢跑鞋的杜川身后，显得有点可笑。

现在的杜川已经是很有名的画家了。周沫认识他的时候，他才从美院毕业不久。那是十二年前的事了。当时她和庄赫刚回国，租了一套顶楼的公寓，他们在北京的第一个家。过道的尽头有一架梯子，可以爬到天台上去。天台上风很大，天好的时候能看见不少星星，周沫常常会想起那里。

杜川的画室离他们的家不远，有时晚上他工作完，就来坐一会儿，和庄赫喝一杯威士忌。两人没有共同爱好，也没有共同话题，却缔结了一种奇妙的友谊。杜川当时可能有一点喜欢周沫，他说过想找一个她这样的女朋友。"什么样？"庄赫问。"温暖、体恤。"杜川回答。"那是你还不了解她。"庄赫哈哈笑起来。周沫把怀里的抱枕丢过去砸他。杜川微笑地望着他们，拿起杯子喝光了里面的酒。很多年以后，那个他们三人坐在一起的画面，成了她最乐于回忆的场景，甚至打败了庄赫在广场的喷泉前向她求婚的夜晚。

后来，杜川把画室搬到了郊区，庄赫总是在出差，他们的来往渐渐少了。再后来，杜川声名越来越大，每回他的画展开幕周沫都会收到邀请，但她一次也没有去。她害怕看到他已经变成另外一个人。

但他看起来一点都没有变，见到她非常高兴，提议晚宴后一起去喝一杯。周沫不想去，因为一定会谈到庄赫。也许杜川知道他们离婚的事，否则他为什么没问起庄赫呢。他可能想安慰她，或是表达惋惜之情。她不想在他面前流眼泪，这会毁掉从前的美好回忆。

可是杜川的热情让人没法拒绝。他还向蒋原郑重地介绍了她：

"这是最早收藏我的画的人，那张《夏天》在她那里。"

那张画早就被庄赫卖了。

"您的眼光真好。"蒋原没有把目光移开，直到她把脸转向一边，他仍旧看着她。

那么持久的目光，应当是一个明显的表示好感的信号。可她只希望是自己搞错了，因为除了拥有一张市值超过三百万的油画之外，他对她一无所知。她还不至于傻到去相信他是被她的样子吸引——一个至少比他大十岁的女人，而且因为生病，看起来一定特别憔悴。所以，她的结论是，鉴于这份好感相当可疑，最好对它视而不见。

晚宴上举行了冗长的慈善拍卖。其中有一件是杜川的油画。蒋原走上舞台，举着它向大家展示。也许因为要上台，他才穿得那么正式。可惜身体都被油画挡住了，脸也深陷在阴影里，只能看到头顶的一圈发

大乔小乔

胶，闪着油腻腻的光。可怜的孩子，周沫想。

她喝了一点酒，头很晕，注意力开始涣散，加入一旁宋莲夫妇的谈话变得很困难。他们正和另一对开画廊的夫妇讨论北海道的温泉旅馆。看起来度假旅行的话题将延续整个夜晚。她从手袋里拿出烟，穿上外套离开了座位。

她推开一扇玻璃门，来到户外。夏天的时候，这里有一些露天座位。有一年庄赫和他的同事常来喝啤酒。那是哪一年？她按了按太阳穴，拢起火苗，点了一支烟。她最近才恢复了抽烟。戒了八年，那时候他们打算要小孩。怀孕三个月的时候，她陪庄赫到巴黎出差，在塞纳河边的一个旅馆里，她的肚子疼了一夜，孩子没了。那之后他们再也没有一起出过远门。现在有时候她点起烟，就会想到那个孩子。想到要是没去巴黎，那个孩子现在可能正坐在书房里写家庭作业。

玻璃门被推开了，热闹的声音从里面涌出来。她转过身，看到蒋原朝自己走过来。她发觉自己对这个时刻有所期待。这可能才是她发着烧、头疼欲裂却依然留在这里的原因。她的鼻子忽然酸了一下，觉得自己可笑。更可笑的是，有那么一瞬，脑海中浮现出来的是大学二年级的那次舞会上，庄赫走向她的情景。
她立即为自己将二者相提并论感到羞愧。没有可比性，
一点也没有。

"这扇门可够隐蔽的。"蒋原没穿外套，把手抄在
裤子口袋里，"幸亏你点着烟，隔老远我就看到了火光。"

"杜川呢？"她问。

"不知道。没准一会儿就来了。他烟瘾也挺大。"

"你见到他跟他说，我有点发烧，先走了。"

"现在就走？"

"过一会儿，"她说，"我坐朋友的车来的。"

他从口袋里掏出卷烟纸和烟丝，熟练地卷了一根
烟递给她："试试这个？"

她摆摆手。他笑了一下，给自己点上："天气预报
说今晚有雪。"

"前几天预报了也没有下。"

"要等到半夜，肯定会下，相信我，"他说，"明
天你一觉醒来拉开窗帘，外面已经是白茫茫的一片了，
我们打个赌怎么样？"

她摇了摇头："只有你们小孩才那么把下雪当
回事。"

　　　　　　　　　　　　　　　　大乔小乔

他耸了耸肩膀，丢掉烟蒂："进去吧，我们。"

他们回到大厅，拍卖已经结束了。很多人离开了自己的座位，在桌子之间的过道聊天。他们站在一个靠近大门的角落里，远远地看着人群。她以为他会被那几个穿梭来去的漂亮姑娘吸引，可他似乎很讨厌那种招摇，反倒觉得她的安静很可贵。

"你也画画吗？"她问。

他告诉她，他大学读的是美院油画系，在重庆，毕业后在艺考辅导班教过几年素描，两年前来北京投奔杜川。助手的工作很烦琐，从绷画布到交罚单，有时杜川应酬到很晚，他还要开车去接他。她问他是否还有时间自己画画。"有，"他说，"晚上和周末。"

"那点时间够吗？"她看了他一眼，"不过也不是人人都要当艺术家的，有份安稳的工作也挺好。"

他笑了笑，没说话，过了一会儿，从口袋里摸出两颗巧克力球。

"你吃巧克力吗？我从圣诞老人的口袋里拿的。"

她说不吃。他剥开金箔，把整个巧克力球放进嘴里。她听到牙齿粗暴地碾碎坚果的声音。

"我从小就喜欢画画。当时还有另外俩小孩，我们一块儿画村里的计划生育宣传画，画完刷子归我们。每回都弄得一身颜料，就跳到河里洗澡。刷子在水里一泡，毛都掉了，可心疼了。"他笑了一下，"这些事听起来挺无聊吧？"

"没有。那俩孩子现在在干什么？"

"一个在东莞打工，一个在县城里运沙子。整个村里就我一人摸过油画笔。运沙子那个特羡慕，专门让我带回去给他瞧瞧。"

这时杜川走过来。说有个台湾的朋友来了，今晚不能一起喝酒了。他向周沫道歉，说一定再约一回，让她等他的电话。

周沫发觉自己竟然有些失望。她看着蒋原跟着杜川走远，有点不愿意相信，这个夜晚就这样落下了帷幕。

回家的路上，宋莲和秦宇对开画廊的夫妇的看法产生了分歧，又争吵起来。周沫坐在后车座上，头靠着玻璃窗。她手中握着手机，不断按亮屏幕，看是否有新的消息。她没有给蒋原留电话。当然他可以问杜川要，虽然有些奇怪。不过要是想知道，总归能想出办法。

手机忽然响了起来，她吓了一跳。是顾晨。

"还在外面？"顾晨问。

"对。我晚点打给你好吗？"她压低了声音。

"你去哪儿玩了，酒吧吗？"

"我快到家了，等会儿跟你说。"她按掉了电话。

要是宋莲和秦宇知道她在和谁说话，肯定会把她大骂一顿，以后再也不管她。不过他们正吵得不可开交，没空理会别的事。周沫把身体探向前座："就在这儿停吧。我去 7-11 买点东西。"

"我也要下车，跟他没法过了。"宋莲说。

"我也早就受够了。"秦宇说。

"什么时候开始受够了的？从黎娅回国的那天起吗？"

"别无理取闹行吗？"

周沫趁乱跳下车："晚安啦，二位。"

她刚踏进家门，外套还没有脱，顾晨的电话就打来了。

"你不觉得活着一点意思都没有吗？"她在那边说。

和庄赫离婚一个月以后，顾晨第一次打来电话。

"告诉我庄赫现在在哪里？"她劈头问。

她打的是床头那台几乎没有人知道号码的座机。后来她向周沫承认，她和庄赫曾在电话里做爱。而周沫只想知道当时自己在哪里。"不知道，可能在隔壁房间吧。"顾晨没精打采地回答。她能想象顾晨眯起眼睛的样子。她见过她的照片，在庄赫的电脑里。

是顾晨摧毁了他们的婚姻，但是半年后庄赫娶了另一个女孩。这意味着什么？周沫想，也许和谁在一起没那么重要，重要的是离开自己。

没人知道庄赫怎么想。他用一个短信宣布了分手的消息，然后从顾晨的生活中消失了。

顾晨去他的公司，发现他已经离职。她找他的朋友，他们都躲着她，其中一个告诉她，庄赫已经结婚了，可是她不信，还把那个人的鼻梁骨打断了。最后，她想到了周沫，就打来电话。但周沫说她也不知道庄赫在哪里。电话并没有就此挂掉。顾晨突然意识到可以跟电话那边的人谈谈庄赫，至少她比别的任何一个人都更愿意听。

起初接听顾晨的电话，只是出于好奇。周沫想知道这个强大的情敌到底败在哪里。顾晨相信是她和庄赫的感情太激烈，没有喘息的空间。所以庄赫需要暂时离开一下，出去透一口气。暂时，她强调。

后来，打电话变成一种习惯。那时候顾晨通常已经喝多了。她不停地讲话，然后开始号啕大哭，要是周沫不打断她，最终挂断电话的方式只有一种，那就是她醉得不省人事。

周沫很快发现，顾晨身上有一种歇斯底里的气质，好像非要拉着别人一同坠入深渊。这大概就是庄赫离开她的原因。当然可能也是他爱上她的原因。

"庄赫说我是你的反面，"顾晨说，"你像冰，而我是一块炭。"她会告诉周沫庄赫说过的话，还会讲起他们做过的事。

"我们在他公司楼顶的平台上做爱……连着两次，他下楼开完会又回来。"

"平台？"周沫重复了一遍。

"对，他喜欢平台。"

周沫想起刚来北京时住的公寓上面的平台，秋天的时候他们在那里开过派对。结束后，她一个人去收拾杯盘，偶然抬起头，看到天空中布满了明亮的星。她从来没有在北京的上空看到过那么多的星星。有一瞬间，她的头脑中掠过和庄赫在这里做爱的念头。平台上风太大，得支一个帐篷，像是一次露营。露营计划在她心里徘徊了一阵子，但庄赫总是出差，要么深夜才回来。有几次她问他周末有什么计划，他摇摇头，看起来毫无兴致。不如在平台上搭一个帐篷看星星吧，好几次这句话就在嘴边，又咽了下去。她担心他会嗤之以鼻，问她你今年多大了。

顾晨还在那边不停地讲。周沫握着电话，眼泪掉下来。不是因为他们偷走了她的主意，而是因为她非常想念那个花了很多个晚上蓄谋搭帐篷的自己。那个自己相信很多现在的自己不再相信的事。

"好了，你已经喝多了，"周沫说，"去睡吧。"她从腋下拿出体温计，三十九度二。温度又升高了。

"我才开始喝呢，你也去倒一杯。"顾晨说。

"我发烧了，今天不想喝。"

"喝一点吧，喝一点就好了。"

"我得保持清醒。没准等会儿还得一个人去医院。"

"我可以陪你去……"电话那边传来呕吐的声音，然后是马桶的冲水声。

大乔小乔

“我以前也陪庄赫半夜去医院看急诊，”顾晨说，“有一次在医院病房里他打着点滴，我们还做起爱来……结果吊瓶架倒了，针也鼓了，护士把他骂了一顿，说怎么那么大的人了，打个针也不老实……”她哧哧地笑起来，笑得咳嗽不止。然后笑声一点点塌下去，她呜呜地哭了起来，“他为什么要这样对我，你告诉我，为什么……”

周沫吞下一片退烧药，在床上躺下来。她把电话放到旁边的枕头上。里面的人还在哭。哭声凄厉，让人坐立难安。可是这个冬天有很多个寒冷的夜晚，周沫都是听着这样的哭声入睡的。一个比自己更伤心的人在另一端。她需要这样的陪伴，或许已经到了依赖的地步。所以有时候，她会劝顾晨多喝一点酒，或者诱使她回忆那些美好的时刻，以换得她情绪再次失控，放声大哭。在那样的时候，周沫会觉得自己完全控制了顾晨。她在榨取顾晨的痛苦，可是那又怎么样呢，这原本就是顾晨亏欠她的。她认为她所承受的不幸能够允许她降低对自己的道德要求。

她一直有一种担心，那就是顾晨会比她更早走出失去庄赫的阴影。顾晨的痛苦虽然剧烈，却可能很短暂。她年轻，感情充沛，或许明天就会投入新的恋爱。一想到这个，周沫就感到很难受，那就如同是另一次背叛。她不知道如何阻止它发生。她能做的就是接听顾晨的电话，确保她沉浸在怀念过去的痛苦中。还有，就是不把庄赫的地址告诉她。

她当然知道庄赫住在哪里。搬家以后，她每隔一段时间会去从前的住处取信，并把其中一些可能对庄赫有用的东西转寄给他。从前美国同学的明信片，或是红酒品鉴会的请柬。地址是庄赫给的，他从来没有打算向她隐瞒什么，包括他结婚的事。在他眼里，她是最明事理的前妻。但她没有把地址给顾晨，绝对不是在为他考虑。她有一种很强的直觉，那样顾晨会得到解脱。顾晨之所以那么痛苦，是因为心还没有凉透。庄赫的不辞而别，使她对他还有期待。如果再见到庄赫，听他亲口告诉她他结婚了，宣布他们再没有可能，也许她从此就放下了。周沫一点也不担心他们旧情复燃。庄赫决定了的事是不会再改变的，她很了解，所以没有试图挽回他们的婚姻。

在这个发烧的夜晚，周沫又梦见自己害怕的事。顾晨打来电话，说自己明天要结婚了。"不，不可能。"

她在这边大声说。

"感觉就像生了场大病,我现在完全好了。"顾晨咯咯咯地笑了起来。

周沫感到一阵耳鸣,心脏锥痛。那痛楚穿过梦直戳她的胸口,她猛然睁开眼睛。她躺在黑暗里很久不能动,只是感觉着身上的汗慢慢冷却。

她拿起手机看时间。凌晨三点。一条新短消息跳出来,陌生的号码:"外面下雪了。我赢了。"

他们约在美术馆的门口见面。周沫来得早,站在玻璃门里面等。

天空中飘着零星的雪花,远处的铁轨上有火车经过。美术馆门前空地上表情狰狞的雕塑被积雪覆盖,变成了一个个纯真的泥坯。

蒋原穿过马路,朝这边走过来。他穿着牛角扣大衣,背了一只很旧的剑桥包,看上去像个忧郁的大学生。他和前一天晚上如此不同,以至于她差点没有认出来。然后,她开始惊讶自己是怎么和眼前这个男孩产生关联的。

上午的美术馆里空空荡荡的,只有一对很老的夫妇，缓慢地挪着脚步。今天是莫奈展览的最后一天，明天这些画就要运回美国了。来看这个展览是蒋原的提议，不过周沫也一直想来。

"你今天不用工作吗？"周沫问。

"我请了假。"蒋原眨眨眼睛，"我说我的一个表姐到北京来了。"

"表姐？"她揣摩着这个身份。

"嗯。杜川说，我的亲戚可真多，上个月是我妹妹，这个月是我表姐。"

他看了看她，立即说："上个月可不是跟什么人约会，真的是我妹妹来了。"

"约会"两个字听起来相当刺耳。

"就是真的约会也很正常啊。"她说。

"哪有那么多值得约会的人？"他看着她说。

从美术馆出来，雪已经停了。他们踩着积雪去附近的餐厅吃午饭。

"我不喜欢莫奈。一点都不喜欢。"他看着菜单，忽然抬起头来说。

"嗯？"

"我一直忍着没说，总觉得不该破坏你看展览的

　　　　　　　　　　　　　大乔小乔

兴致。"

"为什么不喜欢？"

"太甜了，像糖水罐头，一点也不真诚。"他说。

"也许他看到的世界就是那样的。"她说，"每个人眼睛里的世界都不一样。"

"话是没错，但一个好画家不应该只看到那些。"

"既然你不喜欢他，为什么不选一个别的展览呢？"

"别的？那些国内画家太差了，还个个以为自己是大师。"

她差一点问他对杜川的作品怎么看，话到嘴边又咽了下去。她指了指菜单："看看你想吃点什么。"

吃饭的时候，她悄悄停下来看着他。他咀嚼的声音响亮，嘴巴动的幅度很大，好像要让每一小块牙齿都充分地触碰到食物。她不记得有什么她认识的人这样吃东西。可他还是一个男孩的模样，看起来并不让人讨厌，反倒觉得有一点心疼。不过看他吃饭似乎能让胃口变好，她吃掉了一整碗米饭。

离开餐厅，他们走到街上。太阳出来了，空气很好，周沫感觉肺里凉凉的，像窗台上的广口瓶。风吹掉了树枝上的雪，落在蒋原的头发上。他比庄赫要高，虽然很瘦，但是肩膀宽阔。路边有个雪人，堆成小沙弥的模样。走过去的时候，他摸了摸它的头顶。

"我家就在附近了。"她停下脚步，做出要告别的样子。

"时间还早呢。"他也站住脚，"好吧，今天很愉快。"

"愉快？看了那么不喜欢的展览。"

"那不重要。重要的是有好天气、好朋友。"他重新定义了她的身份。

"你怎么回去？"

"坐地铁。最近的地铁站在哪儿？这一带我不熟。"

"我带你过去，我正好也往那边走。"

他们又走了一会儿，来到她住的公寓楼前。

"前面就是地铁站了。"她说。

"嗯，看到了。"他仰起头看了看大门里面的那几座公寓楼，从口袋里摸出烟盒，"今天都忘记抽烟了。你来一支吗？"

"不了。"她说。

他叼着烟，冲她挥手："那么好，再见。"

他的神情沮丧，像游乐园关门时被驱赶出来的小孩。她站在原地，看着他慢慢向前走。等他回过

　　　　　　　　　　大乔小乔

头来的时候，她笑起来，好像他们是在做游戏。他也笑了。

"上去坐一会儿吧。"她说。

他很喜欢她家。他喜欢她的旧地毯和丝绒沙发，觉得客厅里的壁炉很酷。她做咖啡的时候，他在屋子里四处转悠，看那些墙上挂的摄影。"我能选张唱片放吗？"他问。

"当然。"她在里面说。

她从厨房走出来的时候，他正蹲在地上抚摩那只猫。猫终于闭上了那双令人焦躁不安的眼睛。她把托盘放在桌上，跟着音乐小声哼唱起来。那种轻快的感觉很久没有过了，虽然她不清楚到底是因为喜欢他，还是喜欢把一个陌生男人带回家的感觉。无所谓，她鼓励自己，就当是一种体验，什么都应该尝试一下。

所以当蒋原从后面抱住她的时候，她的内心很安静。当时，她正跪在地上换唱片。他那双褐色的大手从后面伸过来，把她箍得很紧。

他没有动，好像在等着什么东西融化。

阳光从半掩的窗帘照进来，落在墙角的矮脚柜上，那是从以前的家里搬来的，她总是不自觉地把目光落在上面。矮脚柜有记忆吗？它会记得那次她和庄赫谈话的时候也这样盯着它吗？

"我很后悔，"庄赫说，"当初不该让你待在家里不上班，你才会变成现在这样。吹吹尺八，学学茶道，看看书和展览，你以为这就是生活了吗？你根本不知道外面是什么样。你的生活都是假的。"

她绞着手指头，盯着矮脚柜。有一只把手生锈了，她竟然从来没发现，在阳光下特别明显，铁锈像密密麻麻的虫卵。一切都是他的错，庄赫是这么说的，而她是无辜的，就像一棵因为修剪坏了而被主人丢弃的植物。一棵植物还能做点什么呢？庄赫搬走后的那个下午，她卸掉了矮脚柜上的把手。

蒋原做爱的方式有些粗暴。他按住她的手腕，像是把她钉在十字架上，他似乎很欣赏这个受难的姿势。在太过激烈的撞击中，她听到自己骨头碎裂的声音。到了溃泻的时候，他的凶猛退去，如同现了原形，露出一种慌张的温柔。他发觉她在看着自己，就用枕头

大乔小乔

盖住了她的脸。

蒋原抽着烟，坐在十九层的窗台上往外看。逆着光，他的裸体看起来像个少年，有山野的气息。她不记得看到过这么年轻的男人的身体。虽然刚和庄赫在一起的时候，他还不到二十岁，但他很少完全暴露自己的身体，也许是不太自信。可是在顾晨面前，却好像没有这个问题。

她坐到蒋原的旁边。他给她点了一支烟。天已经完全黑了。窗外是林立的高楼，闪着晃眼的霓虹灯，斑斓的车河在高架桥上流动。

"我妹妹，就是上个月来的那个妹妹，"蒋原说，"她一下火车就对我说，哪里是北京的中心，带她去看北京的中心。我带她去了天安门、故宫还有鼓楼，但她走的时候还是有点失望。现在想想，应该把她带到这样一个窗台边，指一指下面，看，这就是北京的中心。"他吐了一口烟，"早认识你就好了。"

她把烟灰缸拿过来："为什么走近我？"

"我告诉过你啊，第一次见就说了。"

"嗯？"

他指了指她手中的烟："我循着火光而来。"

他笑起来，拉起她的手："床很舒服。我想睡一会儿，可以吗？昨晚基本没睡。"

他们躺下来。他用她的手臂环住自己，屈起腿蜷缩在她的怀里。

她闭了一会儿眼睛，就要有一点睡意的时候电话响了。她抽出手臂，跳下床，飞快地拿起听筒。这种惊慌里多少有点表演的成分，她当然没有忘记她那个亲密无间的情敌，也想过要拔掉电话线。但她没有那么做。

"今晚你得陪我喝一点。"顾晨哀求道。

"好，等一会儿。"她扭过头去看了一眼，蒋原没有动，仍旧睡得很熟。

"现在，就现在！"顾晨嚷着。但她没再追究，很快就陷入了夹杂着回忆的倾诉里。在车里做爱这一段，周沫听过很多回了，也许不是同一段，就算是也无所谓，她不介意。她一边听，一边重温先前的激情，并且不自觉地开始做对比。莽撞和粗暴显然更具有生命力。但这不是最重要的，她想，重要的是我的身体此刻是热的，皮肤在发烫，我能感觉到它的存在。

顾晨开始哭了。她已经听不见周沫说话了。周沫没有挂，她把听筒搁在窗台上，然后回到床上，拉起蒋原的手臂，钻进他的怀里。蒋原动了几下，睁开了眼睛。

"睡得好吗？"她问。

"好。还做了梦。"

"梦见什么了？"

"记不清了，好像是我们俩在一个 KTV 包房里玩色子。"

"玩色子？谁赢了？"

"忘了，我光记得我在想怎么能把你拉得离我近一点。"他低下头吻了她，"嗯，现在这个距离不错。"

她用冰箱里剩的东西做了简单的晚饭，想等吃完以后把他送走。她不打算留他过夜，一想到他穿着拖鞋和浴袍在屋子里走来走去，或是站在盥洗池前刮胡子，她就感到怪诞。但蒋原没有要走的意思，吃完饭，他提议看一张影碟，然后又自告奋勇地给猫洗澡。他不断找到新的借口，推迟着离开的时间。直到他们发现外面又下起雪来。

"有酒吗？这种天气应该喝点酒。"蒋原趴在窗台上，扭过头来。

"那等会儿怎么开车送你？"

"我可以打车，或者等酒劲过了。"

"后半夜吗？"她笑起来。

"喝一点吧。"他哀求道。

周沫开了一瓶红酒，换了一张比较欢快的唱片。蒋原的酒量不好，很快有些醉了。

"离我近一点儿。"他把她拉过来，开始吻她。他们吻了整整一首歌。

"谢谢，"他说，"嗯，我得谢谢你，我来北京好几年了，今天是最开心的一天。这儿很温暖，就像在家里，我可以把这里当成家吗？对不起，我可能有点一厢情愿了……"他低下头，喝光了杯子里的酒。

她有点无措，只是握住了他的手。

"这种感觉特别好，"他说，"你知道吗，特别好……"

喝了酒之后，蒋原睡得很沉。周沫躺在旁边，想了很多事。她想要是杜川知道他们睡在一张床上，会是什么反应。又想要是以后都不再见面，蒋原会不会很难过。不知道过了多久，她终于睡着了。可是没有多久，就被他摇醒了。

大乔小乔

"快起来，"他说，"我带你去看我的画。"

"现在？"

"对，雪已经停了。"

"天还没亮呢。"

"白天画室归我室友。"

他把她拖起来，给她穿袜子。

"太疯狂了。"她摇头。

他们驾车开往他的住处。凌晨四点，街道上空无一人，大片完好的积雪望不到尽头。

一个画廊老板把存放雕塑的仓库转租给了他。他和另外一个朋友隔出两个小房间睡觉，剩下的作为他们的画室。画室晚上归他用，他画到快天亮，睡两三个小时爬起来去工作。

那里冷得像冰窖，大风摇撼着铁门，发出吱嘎吱嘎的声响。七八个巨大的画框靠在墙边。在黑暗中，画布上浓稠的油彩像凝固的血。

他打开灯。

炸裂的坟冢。劈开的山丘。着火的河流。悬崖上倒挂的村庄。

她看到黑暗、愤怒和末日。这就是他眼睛里的世界。和她想象的不一样，她以为他会画一些轻盈和漂亮的东西。可她早就应该知道不是那样的，和他做爱的时候她就知道了。

她走到墙边，仔细地看着画的局部。

"很震撼。"她轻声说。

"我跟你说过的，"他说，"我不是个小孩儿。"

"我没有那么以为。"

"相信我，给我一点时间。"

"我相信。"她走过去抱住了他。这个野心勃勃的男孩让她觉得难过。她喜欢那些画，虽然它们超出了她的审美范畴。

"我们走吧，你一直在发抖呢。"蒋原说。

"实在太冷了。你是怎么在这里画画的？"

"哈哈，穿上军大衣，我有两件。也生炉子，烧麦秸秆的那种，但是这两天堵住了，还没有来得及通，烟太大，熏得眼睛疼。"

"为什么不换个地方呢？"她立刻意识到自己问了很蠢的问题。

他笑了笑："我们走吧。"

外面的天空已经发白。仓库在郊外，周围一片荒

大乔小乔

寂。几公里以外，有一个新开通的地铁站。他说他每天骑自行车到那里，然后再换地铁。自行车总是被偷，现在已经是第五辆。

他摇了摇头："干吗要跟你说这些呢？"

"你把这些画拿给杜川看了吗？"她问。

"他不会喜欢的。"

"为什么？"

"因为这些画没有他的'痕迹'，"他说，"你不觉得他很喜欢影响别人吗？"

"我觉得你不应该放过任何机会。"

"我参加了一个新人奖评选，要是得奖了就请你吃饭。"

"那我现在就开始想去吃什么。"

"别抱什么希望，看看吧。"

他们在一家茶餐厅吃了早饭。临走之前，他问下次什么时候见面，她显得有点敷衍，说再打电话联系。他想吻她，被她推开了。"公共场合别这样。"她说。但他还是飞快地伸过头来吻了她一下："我想快点见到你。"他穿起大衣，推开门走了出去。

她透过玻璃窗看着他穿过马路。他需要一件新大衣，身上的那件起了很多毛球，也不够暖和。但她立即打消了给他买衣服的念头。算起来他们一起度过了将近二十四个小时。她很久没有和一个人一起待那么久了。

接下来的一个星期，周沫没有和蒋原见面。她把每天的生活填得满满当当：上瑜伽课，学法语，去看西班牙电影周的影片。蒋原发来短信，她也会跟他说说自己在做什么。他们用短信聊天，谈论最近好看的电影、猫的肥胖症，以及杜川的新女友。蒋原告诉她，杜川的婚姻已经名存实亡，他最近在和一个二十出头的模特交往。他们聊各种琐碎的事，像最亲密的朋友，可是每当蒋原问哪天见面，她又会说太忙没时间。

"猜猜我今天做了什么？我把我表妹的婚礼搅砸了……"顾晨在电话里叫嚷着，她不得不把听筒拿得远一些，"这一点也不能怪我，谁让他们准备了那么多酒！而且那个主持人真的很蠢，在那里大谈真爱啊、灵魂伴侣啊……哈哈，我实在受不了了，就跑上去抢了话筒，然后我说，我来给你们讲讲什么是真爱吧，我的真爱为了我和老婆离婚了，可是他娶的那个人不是我，哈哈哈，太好笑了是不是……"

周沫想挂断电话，又担心这样做，顾晨就不再打来了，然后去找别人倾诉。那些人会开导她，把她从这个深渊里拉出来。她不能允许他们那么做。她必须亲自照看顾晨，确保她乖乖地待在这份痛苦里。

三十一号那一天，蒋原约她一起庆祝跨年。她犹豫了一下，还是拒绝了。下午宋莲照例打来电话约她出门，她提议他们到她家来吃饭。

已经很久没有在家请人吃饭了。从前有一阵子，庄赫常带同事来家里。她热衷于钻研菜谱，尝试各种新菜。但那些同事都很无趣，在饭桌上谈论的永远是房产、股票和移民。她在一旁郁郁寡欢地听着，觉得实在辜负了面前这些食物。后来，她就没有兴趣再做菜了，庄赫和同事要聚会的时候，她总是建议他们去外面吃。

她做了柚子沙拉、烤鸡和西班牙海鲜饭。秦宇带了一瓶饭后甜酒。食物很受欢迎，全都被吃光了。她的胃口也好得惊人。

"我说什么来着，"宋莲说，"没有过不去的坎，你现在看起来好多了。把所有不开心的事都留在旧的一年里，新的一年一切重新开始吧，来，干杯！"

手机响了起来，是蒋原。她离开座位，走到厨房接电话。

"新年快乐！"蒋原大声说，"你好吗？"

"挺好。你喝酒了？"

"我现在在你家楼下。"

"别上来，"她脱口而出，"我的朋友在。"

他笑起来。"我开玩笑的，就是想问候你一声。好了，快去忙吧。"他挂断了电话。

她端着中午烤的芝士蛋糕回到客厅。

"哇，甜点来了。"宋莲拍手。

她坐下来，看着宋莲把蛋糕切成小块。她意识到宋莲正看着自己。

"啊，对不起，我去拿叉子。"她站了起来。

秦宇给每个人倒上甜酒。

"这个酒庄每年只产一千瓶，我觉得不比贵腐差。"

"只有你才信卖酒的人说的鬼话。"宋莲说。

"他是我的朋友。"

"那他也是个卖酒的。"

手机又响了。她从座位上弹起来，冲进厨房。

"抱歉，还是我。"蒋原说。

她握着听筒，太阳穴突突地跳。

"我以为你和她们不一样，"他说，"可是我错了。你是个虚伪的人，不遵从自己的内心。你害怕和我在一起会被你的朋友笑话，对吧？"他吐字不清，声音忽大忽小，好像喝了很多酒，正在大风里走。

"不是这样的。"她说。

"承认喜欢我让你感到羞耻对吗？"

"不，不是。我只是——"她说，"你有没有想过，你为什么想和我在一起？"

"我知道你想说什么，你想说我和你在一起，是为了一些别的什么。没错，我想要一个像你家那样温暖的家，想要你的帮助和支持。但这些的前提是我喜欢你。向喜欢的人索取没什么可耻。我也会把我得到的一切都献给你。我的每一幅画都是献给你的。我的成功也是属于你的。因为我们是一体的……"

"可是我想要的爱情不是那样的。"

"好吧，"他的声音苦涩，"我明白了。对不起，我不会再打扰你了。"他挂断了电话。

她回到客厅的时候，宋莲和秦宇正在各自看手机。

"蛋糕怎么样？"她问。

"很棒，再多冻一会儿会更好。"宋莲说。

"是吗，我尝尝。"

她用叉子一点点吃着面前的蛋糕。眼泪不知不觉掉下来。

"怎么了这是？"宋莲摇摇她的手臂。

"没事。"她吸了两下鼻子，给了宋莲一个难看的笑容。

"谁的电话？"宋莲问。

"你知道吗，我已经不爱庄赫了，"周沫说，"有一阵子一想到他就觉得厌恶，恨不得他从这个世界上消失。可是我真的很怀念刚毕业那会儿，我们在郊外租了个公寓，房顶漏雨，浴室的地上没有下水槽，我生日那天，我们在浴缸里喝醉了，水漫出来把整个走廊都淹了，木头地板全泡烂了，保险公司让我们赔八千美金。八千美金，什么概念？当时觉得一辈子都还不完。我们还没找到工作，就欠了一屁股债，前途一片黯淡，什么都不确定。唯一确定的是我们会在一起，一起面对这个冷酷的世界。"她揩掉脸颊上的泪，"我总觉得那才是爱情，毫无杂质的爱情……"

"亲爱的，你真是天真得像个高中女生。"宋莲说，"哪有什么毫无杂质的爱情呢？"

"我知道，我知道。"她喃喃地说。

"你要是问我，我觉得爱情就是——两个人一起做很多事。"秦宇悄悄地望了宋莲一眼。

"嗯，是一种陪伴。"宋莲也看着他。

"反正我也没什么可以失去的了，是吧？"周沫凄然一笑。

元旦之后的第三天，杜川打来电话，说周日打算在新建好的工作室举行一个派对，请她一定来玩。

这个邀请是一种天意，她想，她就知道她和蒋原不可能从此断了联系。但她没有告诉蒋原，打算给他一个惊喜。

她绕路去买了一捧花，到杜川那里的时候天已经黑了。她穿过空阔的庭院，循着人声走到餐厅，铺着白色台布的长条桌两边已经坐满了客人。她没想到这么正式，蒋原大概不会在。她有点失望地脱掉外套，坐了下来。杜川向她逐个介绍那些客人，有商人，也有教授。他指着身旁的那个女孩说："小爽，我女朋友。"

周沫笑了一下。她想到在离婚之前，庄赫大概也是这样坦坦荡荡地向他朋友介绍顾晨的。

有个年轻的男孩走过来给她倒酒。她拿起酒杯，正要和旁边的人碰杯，就看到蒋原从一扇门里走出来，手里托着两只碟子，上面好像是鹅肝。

他神情严肃，像没看到她一样，快步走到桌边，把碟子放在了客人的面前。她还没有回过神来，他已经第二次端着碟子从里面走出来。

"工作室还没弄好，大家将就一下，主要是这个法国大厨正好在北京，想专门请他来一趟可不容易。"杜川说。

蒋原面无表情地朝这边走来。周沫低下了头。她真的没有想过他会这样出现。可她以为助手是做什么的呢？其实她问过的，他轻描淡写地说，什么都做。

他把碟子放在她的面前，虽然动作很轻，但她能感觉到他是气呼呼的。她想用手臂碰碰他，给他一点安慰。可是他一下也不停留，立刻转身走了。

她没心情吃东西，碟子里的食物一点也没碰。上

大乔小乔

主菜前，他过来把它收走了，也没问她还要不要吃。旁边的男人转过头来和她讲话，她只能报以空洞的微笑，眼睛的余光始终在跟随蒋原移动。

甜点上来之后，蒋原走进厨房没有再出来。她把那块熔岩蛋糕戳了很多小洞，喝光了杯子里的酒，然后站起来，走了出去。

她唐突地闯进了厨房。法国大厨正和先前那个倒酒的男孩用简单的英语聊天。蒋原不在。她退出来，推开门走到户外。大玻璃窗里的灯光照着外面，使院子里看起来很亮。

蒋原正站在一棵光秃秃的紫藤下面抽烟。

她停在离他还有几米远的地方。

"你是特意来看看我这个服务生当得怎么样的，对吧？"蒋原说，"你的目的达到了，可以走了。"

"我不知道他会这样安排。"她说。

"现在你知道了。"蒋原丢掉烟，朝院子的另一边走去。她跟在他的后面。

"别跟着我。"他恶狠狠地说。

他快步走向院子另一头，倚在墙上又点了一支烟。她跟了过去。

"进去吧，你。"他把一口烟喷在她的脸上。她抬起手去摸他的脸，被他甩开了。她又伸出手，再次被他打落。他突然把她按在墙上，"你到底要怎么样？"

她盯着他的眼睛不说话。

他也看着她，然后勾住她的头，拉向自己，开始用力地吻她。

"想我吗？"他用嘴唇碰着她的耳垂。

他拉起她冻僵的手，带着她爬上墙角的楼梯，来到楼顶的平台。他脱下身上的夹克，让她躺在上面。不知道为什么，在冷得快失去知觉的情况下，她好像完全打开了自己。抵达高潮的一刻，她看到一颗很亮的星从云层中显露出来。然后她意识到这是在天台上。她一直想要的天台。

周沫决定试一试。试着和蒋原在一起。她拥有的不多，不过要是能帮到他，她会很乐意去做。也许最后他还是要离开她，但她现在不愿意去想。她只想享受眼前的欢乐。第二天下午，她给蒋原打去电话：

"你在干什么？"

"在机场接客人。"他说，"飞机晚点，我绕着航站楼兜圈呢。"

她沉默了一会儿："用完那批麦秸秆别再买了。"

"嗯？"

"不是说喜欢我家吗？搬过来吧。"

"噢——"他说，"是看我当服务员当得不错，打算给我一份兼职？"

"对，但是每个星期都得给猫洗澡。"

"好的，还有什么别的要求吗？"

"周末之前到岗，不然我找别人了。"

"没问题，"他停顿了一下，"我能问问那个别人是谁吗？"

晚上顾晨来电话的时候，周沫没有接。电话机上的红灯不死心地闪着，最后熄灭了。她坐在黑暗里，一直盯着它。顾晨今晚肯定不好过，但终归会有这么一天，她们要各走各的路。人生长着呢，总还是要振作起来。恋爱好像使她善良起来，终于能够宽恕那个早已不是她情敌的女人。她做了一个决定。决定释放被囚禁的顾晨。

清晨时分，她给顾晨发了一条短信。写上了庄赫的住址。

星期六下午，蒋原带着五六个纸箱搬过来。在那之前的几天里，她重新布置了家，找物业的工人挪走家具，把一间屋子腾出来给他做小画室。当然，他还需要一间更大的，有个朋友推荐了一处地方，她打算下周和他去看看。但小画室还是需要的，可以画画草稿，查些资料。这样有时他可以在家工作，能吃上她刚烧出来的菜。

蒋原一来，她就拉着他去看那间屋子。她把它布置得很漂亮，摆了他喜欢的古董书柜，窗边是一张柯布西埃的躺椅，新买的，可以晒着太阳打个盹。还有一张敦实的长条桌，花瓶里插着早晨买来的龙胆。蒋原抱住她，很久都说不出话。

天黑之前，他们牵着手去了附近的菜市场。蒋原挑了一条鲈鱼，买了排骨、莲藕和小圆蘑菇，要给她做一顿饭。

"我能做点什么？"她站在厨房门口问。

"摆一下筷子？"

她找出两支蜡烛，铺好餐布，往壁炉里添了几根木头。时间还充裕，她对着镜子抹了一点口红。目光掠过角落里的一瓶指甲油，很久以前买的，总想着有什么事的时候用一下。她坐在沙发上涂起来。印象中是暗橘色，没想到那么鲜艳。

电话响了。她支棱着手指捏起手机。是庄赫的哥哥庄显，听筒离耳朵有点远，声音特别细小，好像是从天边传来的。但她能听清他说了什么。

庄赫死了，早上的事。有人看到顾晨一早去了他住的小区，在他的车旁等他。地库的监控录像显示，两人发生了激烈的争执。顾晨打了庄赫两个耳光。庄赫想开车走的时候，她强行拉开车门，跳了上去。二十分钟以后，那辆车冲出护栏，掉下了高架桥。

事故多半是由于两人在车上争执所致，但也有可能是顾晨一心求死，警察在她的公寓里发现了几瓶安眠药。

"殡仪馆定了我告诉你。"庄显没挂电话，隔了一会说，"我早就让他离顾晨远点，那个女的就是个疯子。"

她挂了电话，低头看到红色的指甲，吓了一跳。像血，她摸了摸，还没有干。她拼命地抹去它们，弄得手上、衣服上都是。然后她安静下来。有一种疼痛的感觉从身体很深的地方升起。很多往日的画面在眼前晃过，越来越快，她不停地出汗，头疼得就要裂开了。

等她有知觉的时候，发觉蒋原正抱着自己。她还坐在沙发上，但时间似乎过去了很久，好像已经是深夜。她告诉他庄赫死了，早上的事。然后她说起顾晨，说起她们的电话。她不停地说，越说嘴唇越抖，说出的每个字都碎了。

她的眼睛一直盯着面前墙上的照片。镜框好像有一点歪了。她迷迷糊糊地想，明天要重新挂一下。然后她意识到，明天自己可能会失去这套房子。失去那些她曾认为理所当然、不值一提的东西。失去她认为掌握在自己手中的自由。

她忽然停下来，不再说了。在黑暗中，她听到风掠过树梢，听到雪落在地上，听到火劈开了木头。蒋原好像睡着了，她感觉他的手臂一点点往下滑，然后像是怕从树梢摔下似的，又紧紧抱住了她。她屏住呼吸，一动也不敢动。

　　　　　　　　　　　大乔小乔